西出阳关

丝路纪行（一）

XICHU YANGGUAN

SILU JIXING

小重山 著

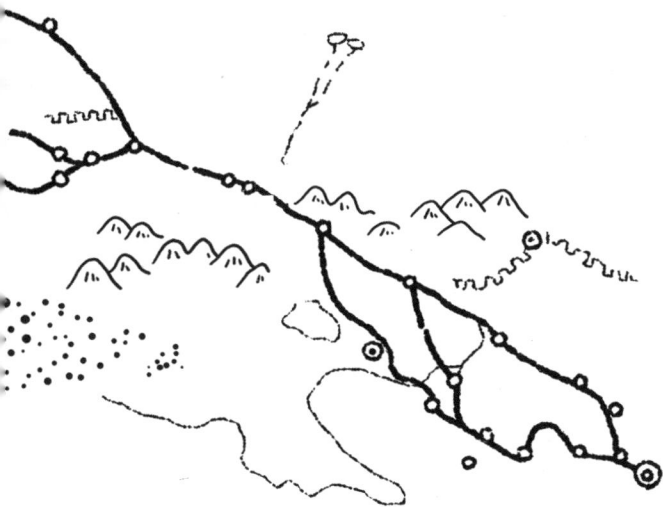

GUANGXI NORMAL UNIVERSITY PRESS

广西师范大学出版社

· 桂林 ·

图书在版编目（CIP）数据

西出阳关：丝路纪行. 一 / 小重山著. 一桂林：广西师范大学出版社，2020.1

ISBN 978-7-5598-2345-8

Ⅰ. ①西… Ⅱ. ①小… Ⅲ. ①游记－作品集－中国－当代②散文集－中国－当代 Ⅳ. ①I267

中国版本图书馆 CIP 数据核字（2019）第 240480 号

广西师范大学出版社出版发行

（广西桂林市五里店路 9 号　邮政编码：541004 ）
网址：http://www.bbtpress.com

出版人：黄轩庄

全国新华书店经销

广西昭泰子隆彩印有限责任公司印刷

（南宁市友爱南路 39 号　邮政编码：530000）

开本：787 mm ×1 092 mm　1/16

印张：21.75　　　　字数：250 千字

2020 年 1 月第 1 版　2020 年 1 月第 1 次印刷

印数：0 001~5 000 册　定价：78.00 元

如发现印装质量问题，影响阅读，请与出版社发行部门联系调换。

目 录

3

| 西　出　阳　关 |

序

西出阳关

陇中何所有？远道几回肠。

云淡天空碧，山深地色黄。

野风吹断续，落日照苍茫。

杨柳谁人种？那年是两行。

——己酉岁末还乡即事

　　中国南部的台风又一次过境的时候，总算给我的"日落魔鬼城"画上了句号。

　　"玉关晴有雪，砂碛雨无泥。"这是诗人笔下的丝绸之路；而在摄影师的镜头里，丝绸之路则是大漠落日和骆驼商旅。对于我来说，丝路是一个传奇，是一段历史，是中华民族与世界交流的通道，或者干脆就是一群赶着骆驼的粟特人。

　　因为我是地道的甘肃人，所以对丝路有一种莫名的亲近感。总想着有一天，能为这个响当当的"招牌"做点什么。其实，具体执行起来还是有点难度。从洛阳到敦煌，前后四五次才大致走完这条线上的名胜古迹。说起来颇有意思，关于古都、历史和文化，洛阳与西安经常打嘴仗，不论是官方还是民间，似乎都在有意无意地较劲儿，认为自己曾经"更辉煌更阔绰"。我认为这是好事，将对方当作镜子，才能看到自己的短处嘛。

甘肃则要低调得多，因为经济垫底，想说句话都得捏着嗓门。事实上，甘肃是中华民族农耕文明的发祥地，有河西走廊粮仓，有石油煤炭和钢铁金属，诞生了人文始祖、医学鼻祖等古圣先贤。甘肃坐拥七处世界文化遗产，丝绸之路贯穿全境，整个省份就是通向西方的走廊。有雪山冰川、高原牧场、湖泊河流，也有森林峡谷、戈壁沙漠、丹霞雅丹。地质地貌丰富多彩，几乎能看到除海洋外的所有旅游资源。只是在新一轮的竞争中有些迟缓，导致"家道"中落，羞于见人。

我不知道怎样定义这些文字，历史散文，抑或地理笔记？也许都能说得过去。我的写作，有时很情绪化，容易受外部环境的影响。譬如我造访某地，如果受到不公正待遇，一个糟糕的人，一件龌龊的事，就能影响我，我很可能会将这种不满情绪带进文字里。所以，如果看到我"由点及面"的言论，不妨见谅则个。至少那是我当时所经历的真实的一面，而且也没必要都唱赞歌。

除风景名胜和传统民俗，我还重点关注当地的美食与特产，如洛阳的牡丹、西安的回坊、定西的药材、兰州的面食、武威的葡萄酒、酒泉的夜光杯等。在旅行的时候，品尝美味，甚或喝上一杯，亦不失为诗意的做派。

无论如何，从洛阳到敦煌，是由丝绸、茶叶和珠玉铺成的黄金旅游线。实际上，只有这段丝绸之路才被历代中原王朝真正控制，尤其河西走廊，就像一个跷跷板。中原王朝强盛稳定，西域诸国安分守己称臣纳贡；中原王朝衰落，西域四分五裂甚至倒戈相向。这不仅是历史，而且具有现实意义。因为世界好，中国才能好；中国好，世界才更好！

好吧，现在的北方正是秋高气爽、天高云淡的季节。我们这就出发，沿着丝绸之路西行。

小重山

广州南沙

引 言

世界好，中国才能好

古长安城的含光门外，一群粟特商人刚吃完"水引面"，就拎起皮帽子走出门外。这帮家伙再次小心地检查过骆驼背上的丝绸和茶叶，然后甩一记响鞭，开始向西进发。

这趟生意可不容易，虽然是回程，但还是要走好几个月，才能抵达地中海沿岸。他们要跨过陇西高原、河西走廊、西域荒漠，翻越葱岭，穿过中亚进入伊朗高原，继续向前至小亚西亚和阿拉伯腹地，最后经伊斯坦布尔到达欧洲。这就是丝绸之路，从汉武帝时期到现在，已经走过两千多年。今天，中国的"一带一路"倡议，将世界的目光再次聚焦到丝绸之路上。因为我们确信，"世界好，中国才能好；中国好，世界才更好！"

"丝绸之路"一词源自德国地理学家李希霍芬（Ferdinand von Richthofen）

于1877年出版的《中国——亲身旅行的成果和以之为根据的研究》一书。后来将始于中国的商贸通道都叫"丝绸之路",如海上丝绸之路、南方丝绸之路、草原丝绸之路等。归根结底,这些连接四方的通道,使我们与世界变得更近。

《左传》云:"中国有礼仪之大,故称夏;有服章之美,谓之华。"我们的祖先是制衣专家,先民早在黄帝时代就开始养蚕缫丝,穿上了精美华丽的丝绸衣裳。《路史》记载:"黄帝元妃西陵氏曰嫘祖,以其始蚕,故又祀先蚕。"所谓"先蚕",就是最先教人们栽桑养蚕织丝的神,又称"先蚕神",后称祭蚕仪式为"先蚕"。

传说,黄帝战胜蚩尤,各部落推选他为联盟首领。于是,黄帝带领大家建设经济:种五谷、驯六畜、采矿冶金。制衣冠由元妃嫘祖负责。嫘祖使胡曹制冕,伯余制衣,於则制履,自己供应原料,保障后勤。她经常带人上山,剥树皮、薅兽毛,部落头人很快衣着光鲜起来,但普通民众却无衣遮体。嫘祖为此忧心劳累,不思饮食而病倒了。几位"闺蜜"打算将采来的白色野果煮烂给她吃,结果煮出一团细如发丝的白线。嫘祖知道后,觉得不可思议,决定去看个究竟。嫘祖亲自到桑树林里观察,终于搞清楚,原来白色野果是由一种小虫吐丝织成。嫘祖回来把这事向黄帝作了详细说明,并要求黄帝下令保护所有的桑树林。从此,栽桑养蚕就在嫘祖的带领下开始了。她也许没有料到,这个看似细微的发现,可谓惊天动地,使他们的后人受益几千年,并延续至今。黄帝命令保护的桥山桑树林,恐怕是最早的"森林保护区"。从此,在嫘祖的带领下,中华民族开始种桑养蚕,纺织丝绸。后人为纪念嫘祖,尊她为"先蚕娘娘"。

嫘祖"西陵氏"的故里究竟在哪里?四川、河南、湖北三地为此争得头破血流,都有证据说自己的地盘是嫘祖故里,我倾向于四川盐亭县。盐亭除传说故事,还出土了许多文物,包括由大诗人李白的老师赵蕤[ruí]题写的《嫘祖圣地》碑文:"嫘祖首创种桑养蚕之法,抽丝编绢之术。谏诤黄帝,旨定农桑,法制衣裳;兴嫁娶,尚礼仪,架宫室,奠国基;统一中原,弼政之功,殁世不忘,是以尊为先蚕。"

"乡村四月闲人少,才了蚕桑又插田。"后来,江南发展成为蚕丝业中心,我甚至在国外见过杭州丝绸专营店。而浙江民间的"蚕花娘娘"传说是另一个版本。一位女子随口说愿意嫁给帮助她的白马，白马因此表现暧昧，她父亲知道原委后将白马射杀剥皮；结果这女子被马皮裹走，当人们发现时，女子变成马头模样，伏在树枝上正在吐丝。这就是"马头娘"的故事，带着点邪乎气，可归纳为"一句戏言引发的惨案"。对此，东晋干宝的《搜神记》里有详细记载。江南蚕农尊她为丝织业的始祖神，谓"马明菩萨"。每至蚕事前后，进行祭祀祈福。

姑且不论传说与故事。实际上，丝绸的起源可追溯到新石器时代。1926年，考古学家李济在山西夏县西阴村彩陶文化遗址，"有趣地发现了一个半割的、丝似的半个茧壳"。这个看似无意的发现，同样震惊世界。后来被认定"是家蚕的老祖先，蚕丝文化是中国发明及发展的东西，这是一件不争的事实"。

这半个人工切割过的蚕茧距今已有五六千年，被确认为中国蚕茧丝绸最重要的实物证据。说明中国是桑蚕的发源地，而晋西、陕北、陇东就是最早种桑养蚕的地方。回过头来看，这里正好是华夏"人文始祖"黄帝的活动范围，与"嫘祖始蚕"相呼应，可见传说并非无稽之谈。如今，这半个具有里程碑意义的蚕茧标本，珍藏在台北故宫博物院。

商周秦汉时期，中国丝绸开始西传。《穆天子传》载："天子宾于西王母，乃执白圭玄璧以见西王母，好献锦组百纯。"是说周天子会见西王母时，以丝绸作为国礼。有趣的是，这位西王母，不是神话中慈眉善目的王母娘娘，"西王母如人，虎齿、蓬发戴胜、善啸"，几乎就是怪物。由此也可看出，受礼乐熏陶的周人面对西方"蛮族"所表现出来的绝对自信。

《史记》载："安息长老传闻条枝有弱水、西王母，而未尝见。""条枝"在今天伊拉克境内，可见西王母与她的瑶池远在波斯以西的两河流域。难怪李商隐说："八骏日行三万里，穆王何事不重来？"

汉武帝建元二年（前139），为联络当时的大月氏［ròu zhī］包抄匈奴，武帝派张骞出使西域。张骞历经磨难，两次被匈奴俘获，十三年后终于返回。虽然没有和大月氏达成夹击匈奴的战略目的，但却得到西域诸国的第一手资料。

由此可见，张骞不仅是优秀的外交官和旅行家，而且是极为出色的"间谍"。元狩四年（前119）张骞再次出使西域，这次非常成功，汉朝与西域诸国的来往更加密切频繁。

雄才大略的汉武帝奠定了中原王朝的地理版图，同时开辟出连接东西方的商贸通道。元封六年（前105），汉使沿着张骞的足迹，来到波斯，给安息王献上华美的丝绸；安息王以鸵鸟蛋和魔术表演团回赠，丝绸之路正式打通。《后汉书》对此评价："汉世张骞怀致远之略，班超奉封侯之志，终能立功西遐，羁服外域。"

路虽然通了，但公元一世纪以前的罗马和汉朝并没有直接往来，当时做生意全靠帕提亚（Parthian，即安息国）的掮客。《后汉书》载："永元九年，都护班超遣甘英使大秦，抵条支，临大海欲渡，而安息西界船人谓英曰：'海水广大，往来者逢善风三月乃得渡，若遇迟风，亦有二岁者，故入海人皆赍三岁粮；海中善使人思土恋慕，数有死亡者。'英闻之乃止。"精明的安息人欺骗了甘英，他们没有告诉甘英，通过陆路也可抵达罗马。

三年后，罗马遣使抵达中国。《后汉书》说："永元十二年冬十一月，西域蒙奇、兜勒二国遣使内附，赐其王金印紫绶。"与此相对应，罗马地理学家托勒密（Claudius Ptolemaeus）在他的《地理学》中记录了马其顿商人到"赛里斯（Seres）"的路程。

赛里斯在哪儿？公元前四世纪的希腊文献第一次称中国为"赛里斯"，本意是蚕与丝，就是蚕丝之国。他们认为赛里斯人"身体高大近二十英尺，过于常人，红发碧眼，声音洪亮，寿命超过二百岁"。写到这里，我怀疑自己是假中国人。

当时丝绸已进入欧洲上流社会，价格贵如黄金。公元前一世纪，罗马执政官恺撒（Gaius Julius Caesar）身着中国丝袍看戏，让观众艳羡不已。罗马博物学家老普林尼（Gaius Plinius Secundus）在他的《博物志》里说，赛里斯国"林中产丝，闻名世界；丝生于树上，取下湿一湿，即可梳理成丝"。还有各种猜测，说什么丝源自"爱吃青芦的大甲虫"。直到四世纪，罗马人还认为这种"东方绚丽的朝霞"是从会产丝的"羊毛树"上长出来的。

中国一直严禁桑蚕种子出口，以垄断丝绸贸易。其实，西方对桑蚕的窥探与争夺从来就没有停止，甚至发生过著名的"丝绢之战"。六世纪中叶，两名来自印度的和尚利用佛教做掩护，把中国蚕种藏于行路杖中带出关口，走私到君士坦丁堡。欧洲人见到蚕，才知道"产丝者乃一种虫也，丝从口中天然吐出，不须人力……虫以桑叶养之"。玄奘《大唐西域记》则说，桑蚕种子被和亲的公主带出国门。

总而言之，中国对丝绸的贸易垄断被打破。这恐怕是全球最早、最大的商业间谍案，"赛里斯"的称呼也告终结。但丝路上的贸易和交流还在继续，直到蒙古铁骑和航海时代来临。

事实上，丝绸影响到中国人的方方面面。我们不仅做"锦绣文章"，建设"锦绣山河"，有时也"作茧自缚"。诗人眼里的蚕桑，是田园，是奉献，甚至苦难，如汉朝人的"罗敷喜蚕桑，采桑城南隅"；南北朝时期的"春蚕不应老，昼夜常怀丝"；唐人的"杀湍湮洪水，九州始蚕麻"；宋人的"遍身罗绮者，不是养蚕人"。种桑养蚕，几乎是农耕民族的主旋律。唐人张籍说"无数铃声遥过碛，应驮白练到安西"，更是写绝了繁忙的丝绸之路。

今天中国的"一带一路"倡议，使古老的丝绸之路再度热闹起来。当然，中国不是独家垄断，而是建设利益共同体、责任共同体和命运共同体。因为我们知道，世界不是平的，世界是通的，唯通方能成久远。

小重山

广州南沙

一 洛阳

九朝古都

大道通罗马

秋天最美的一个黄昏，有意无意地，我居然来到洛阳城南的定鼎门前。

这里原是隋唐洛阳外郭城的正南门，据称当年的外国使节就住在这里，现在被列为"丝绸之路：长安—天山廊道的路网"中的一处世界文化遗产，所以声名鹊起。其实只有一座新修的城楼，既没有绝版的"洛阳牛肉汤"，也不见"万国来朝"的气象，所以我也就懒得认真光顾，转身前往旧洛城的西门。

洛阳是长者，是被花神青睐的城市，少说也有五千岁。相传上古伏羲氏时，流经孟津县的黄河中浮出龙马，背负"河图"，献给伏羲。伏羲依此推演成八卦。至大禹时，洛河中又浮出神龟，背驮"洛书"献给大禹。大禹依其治水成功，划天下为九州，是为华夏。所以《周易》有"河出图，洛出书，圣人则之"，后世认为，"河图""洛书"就是华夏文明的源头。

东汉时期，明帝刘庄夜梦金甲神人，于是派人西行求经，这才有了"白马西来洛城东"，佛教第一次通过官方经丝绸之路进入中土。随后汉明帝又派班超出使西域，将丝绸之路拓展延伸到欧洲，中国与罗马开始有了来往。可以说，东汉时洛阳取代西安成为丝绸之路的起点，是以有"东洛阳，西罗马"的说法。如今，这条贸易通道再度将我们与世界联系起来，成为推动构建人类命运共同

定鼎门

丽景门

体的新平台。

然而，现在的洛阳有点像旧袍打了新补丁，让人捉摸不透。到底是土豪还是新贵？也许只有洛阳的寻常巷陌才能给出答案。于是，我在市中心的九龙柱旁边下车，顺着街道穿过熙熙攘攘的人流，缓步来到丽景门前。只见拱形城墙中央耸立着巍峨的门楼，红窗绿瓦，高檐翘角。虽然也是仿古的新建筑，但照顾到周围的环境，与整座城市还算般配。站在城门楼子下面打量，古都秋韵，市井风物，让人想做个卖花人，挑上担儿，沿街吆喝一番。

古城的一砖一瓦、一草一木，仿佛都带着历史的印记。公元前2070年，大禹在河洛地区建立夏朝，晚年传位于儿子夏启，改变了原始部落的禅让制度，"家天下"肇始。而后殷商、东周、东汉、曹魏、西晋、北魏、隋唐等十三个王朝将这里作为首都，时间加起来超过一千五百年，随便一挥洛阳铲，都能挖出商周礼乐和汉魏风骨。因此，洛阳是名副其实的华夏文明的发源地。

护城河两岸草木茂盛，夹竹桃热烈奔放，其华灼灼；垂杨柳风姿绰约，其色青青。这等境界，惹得许多"洛阳才子"蜂拥而至，频频按动快门，咔嚓声不绝于耳。如此张扬的秋天，倒不觉得讨厌，反而让人心生怜悯。也许过不了几天，这多情缠绵的季节也将变得严酷起来。

或者为了发展旅游，或者为了留住岁月，洛阳人改造老城，以恢复帝都昔日的荣光。就像这座丽景门，原为隋唐时洛阳城的西大门，如今在原址重建，旧貌新颜，很是聚敛人气。记得有位建筑学家说过，太过干净整洁的城镇，缺乏一种生活气息。很难描述，其实就是那种妙不可言的人情味儿。诚如兰州人印象里的一碗牛肉面，凌乱而腥膻，原非画家笔下的美术课。

有着汉白玉石狮护栏的丽景桥和拱形的城门洞子按双向单车道规划，人来人往，川流不息。洛阳是历史文化名城，如果韩愈路过，也许会美滋滋地吟道："香车倾一顾，惊动洛阳尘。"不过，昔年满路的油壁香车，与今日终有天壤之别。

跨过丽景桥，穿越城门洞，就是瓮城。举目四望，瓮城确实像大肚罐儿。

唐三彩：黑釉马　　　　　　　　　　　唐三彩：嘶鸣骆驼

这是城池的最后一道防御体系，如果被攻破，则可以尽情地烧杀抢掠了。当然，也有可能会被瓮中捉鳖，一网打尽。现在的瓮城里都是纪念品店铺，摆着许多仿古的唐三彩，如李世民的"昭陵六骏"，标价贵得惊人。店家明知你不是买家，还是耐心解释，厚颜如我，倒也学得许多新知识。

买张门票就可以爬到城墙上面，正好看到洛阳城在夕阳下闪着金色的光芒。姑且不管北邙山头的洛阳人旧墓，所谓落晖夕照，宿鸟归巢，这场景多少带着点儿诗化了的忧伤情调。

箭楼有古庙，两边的弧型廊道，曾是祭祀神灵和祈福纳祥的场所，如今辟为"河洛文化长廊"，有帝王馆、天后宫、九龙殿等建筑。一路浏览，仿佛走进历史，和穿着宽袍大袖的洛阳人闲聊。不晓得那时的洛阳话，是不是掷地有声？或者抑扬顿挫，满嘴之乎者也？不妨拱手行礼，答曰："多谢洛城人。"

瓮城往东是西大街，也叫仿古一条街。与别处的古镇一样，店铺林立，游人如织，飘扬飞舞的招牌幌子让人眼花缭乱。这里云集了洛阳所有的小吃，店小二现场卖弄，双手翻飞，将雪白的牡丹酥拉得细如银丝，惹得路人大声喝彩。即使早就过了花期，洛阳人也没有忘记做牡丹的文章。

有家号称洛阳第一的"绝味不翻汤"，店小人多。我也挤进去要来一碗，酸辣爽口，余味悠长。所谓"不翻"，就是将绿豆面糊倒在平底锅里，不用翻个即成一张春卷似的薄片。两张"不翻"叠放在碗里，再浇上骨头汤及各种佐料，即成"不翻汤"。这家店被"舌尖上的中国"渲染，美其名曰"绝味"，门脸儿快要被慕名而来的人群挤破。

说到饮食，怎么能少得了洛阳水席？关于"水席"，有两种说法，一是菜肴都为汤汤水水，故而得名；也有说上菜如行云流水，前八品、四镇桌、八大件、四扫尾，二十四道连续不断。洛阳亲友曾带我去品尝，每道菜都是一个传奇，一则故事。水席的来源与一个神秘的预言有关，相传袁天罡夜观星象，知道武则天将来要当皇帝，但天机不可泄露，就摆出这个日后称为"洛阳水席"的大宴，预示武则天总揽朝政后二十四年的酒肉光景。一桌子菜吃了一千三百多年，是不是早就吃腻了？非也，花样多着呢，洛阳人百吃不厌，外地人趋之若鹜。

夕阳穿过城门楼子，照得地面金黄一片，将人的影子拉得老长。沿着太阳的足迹往前，就是十字街。这里更加热闹，一派夜市独有的气象，真正的街头百态，市井生活。如此喧嚣的场面，也不怕惊扰到埋在地下的周天子。十字街再往东行，两边尽是寿衣店与花圈铺，仿佛走进冥府集市。阴阳两界，天上人间，居然只是前脚与后脚的距离。

穿过鼓楼，人声消歇，恍如两个互不相干的世界。

"千年帝都，牡丹花城"，当地人这样宣传洛阳。我是惜花人，奈何错过了牡丹文化节，没有能耐像武则天那样命令百花非时而开，只好等来年春天时再访，以寻求那一片如云的富贵！

天子驾六

唐人卢照邻有诗曰："长安重游侠，洛阳富财雄。"他对这两座古城的印象，颇有些与众不同，想来也是极为妥当的。盖因此公在长安和洛阳都混得风生水起，更兼妙笔生花，体会自然比常人深刻。但是，如今再拿这两句诗来说事，难免有些尴尬。因为现在的洛阳就像繁华过后的歌舞场，百无聊赖，与西安的风貌相去甚远。

不过，洛阳毕竟是祖业，华夏的发祥地。诸侯争霸，问鼎中原，自然有不平凡的过往。

传说五帝时，尧命舜摄政，"修五礼"；舜命伯夷为秩宗，"典三礼"；任命夔［kuí］为典乐，负责教导年轻人。《史记》里说："昔者舜作五弦之琴，以歌南风；夔始作乐，以赏诸侯。"及至《周礼》问世，"兴正礼乐，度制于是改，而民和睦，颂声兴"，从此礼乐制度规范化，开始"经国家，定社稷，序民人，利后嗣"。所以，我华夏向来自称"礼仪之邦"，是有根据的，而且教化"四夷"，美其名曰："归服王化！"

这已经是几千年以前的事情了，现存可供考据"礼乐"的遗物甚少。所幸，洛阳当地的朋友说，王城公园有座天子驾六博物馆，里面是周朝遗迹"天子驾六马"，为周朝礼制的直接证据，与《尚书》"懔乎若朽索之驭六马"及《逸礼》"天子驾六，诸侯驾五，卿驾四，大夫三，士二，庶人一"相吻合。

穿过王城路，就是王城公园。公园四面高楼，闹中取静，免费对外开放。清晨游客不多，几个遛鸟的闲汉，拎着精致的笼子吹口哨。空旷处有尊六匹马拉一辆车的雕塑，六马前蹄腾空，几欲直立，仿佛昂首嘶鸣，神骏非凡，这就是"天子驾六"博物馆。2002年"天子驾六"车马坑被发现后，于原址建馆，以保护这处绝无仅有的"天子驾六"遗迹。

其实，王城公园及周围的房屋都建在原东周王城上面，而"天子驾六"博物馆地处王城遗址的东北部。公元前770年，周平王东迁洛邑，在此建立起东周王城。从周平王至景王及后来的赧[nǎn]王，有二十五位帝王在这里发号施令过，时间长达五百余年。古人是如何建造城池的？《周礼》记载："匠人营国，方九里，旁三门。国中九经九纬，经涂九轨。左祖右社，前朝后市，市朝一夫。"这种规制与考古发现的东周王城基本吻合。

我患考据癖，便在服务中心租了台语音导览器，按顺序参观。"天子驾六"博物馆主要的展品为"王城、王陵、王器"，陈列着出土的兵器、编钟，以及一尊内壁铸有"王作宝尊彝"铭文的铜鼎复制品，原鼎现藏洛阳博物馆。"王作"铜鼎是洛阳地区目前发现唯一的周王自作器，出土于一座商周时期规格最高的亚字形墓葬，主人是东周的一位天子。

鼎是王权的象征，立国重器。"王作"铜鼎，即周王自己使用的鼎。传说夏王大禹划分天下为九州，令九州牧贡献青铜，铸造九鼎，象征九州。将九州风物分别镌刻于鼎，一鼎象征一州，而将九鼎安放在夏朝都城，以示掌管天下。商代对鼎有严格的规定：士用一鼎或三鼎，大夫用五鼎，诸侯用七鼎，而天子才能用九鼎，祭祀天地祖先时行"九鼎"大礼。

《史记》载："禹收九牧之金，铸九鼎。皆尝亨（烹）鬺[shāng]上帝鬼神。遭圣则兴，鼎迁于夏商。周德衰，宋之社亡，鼎乃沦没，伏而不见。"帝王说话，金口玉言，普天下莫不遵从，这就是"一言九鼎"。随着周室坍塌，九鼎

天子驾六博物馆

王作宝尊彝

隐匿，实在是中华民族的一个谜团。

其实，东周时期，列国逞强，诸侯争霸，有几个"刺头"根本不将朝廷放在眼里，天子对九鼎的掌握已经不太牢靠。周定王时，楚庄王首次于洛邑"问鼎之轻重"，被王孙满呵斥。后来秦、齐等国君都加入觊觎宝鼎的行列，甚至秦武王因举"龙文赤鼎"被砸而意外身亡，所谓"问鼎中原"，即来源于此。

据说，秦灭周以后，第二年即把九鼎西迁咸阳。可惜秦朝短命，灭亡后九鼎不知所踪。这"王作"铜鼎虽然珍稀，但显然也不是传说中的镇国神器，真正的"禹铸九鼎"，至今还是一个传说。

"九鼎"不知何处，"天子驾六"却真实存在，就在东周时期大型车马坑展区。东周王城墓葬区被发现后，挖掘清理出车马坑十八座，原址保护展示的是比较典型的两座，其他车马坑和墓葬坑按原样回填。

走过一段有点倾斜的通道，即见两座车马坑。一座较小，只有两匹马的遗骸，但很完整，似乎仍然保持着奔跑的姿势。另一座地势略低，里面有26辆车和68匹马，分别为驾六、驾四、驾二者。车辆与马匹都呈纵向两队排列，头南

| 西 出 阳 关 |

尾北，井然有序。车体多为方形，少数几辆圆形，猜测为女性专用。

倒数第二列的一辆车由六马牵引，车体方形，三匹马头朝左，三匹马头朝右，左右对称排列。这就是"天子驾六"，世上仅此一辆。因为深埋地下将近三千年，木头腐朽，泥土渗入，现在仅剩泥土轮廓，但车辆构件、马匹骨骼都清晰可见。

纵观整个列队，车辚辚，马萧萧，甲戈林立，旌旗招展，浩浩荡荡，迤逦前进。仿佛穿越历史，看见周天子"驾六"，被"驾四""驾二"的诸侯和官员们簇拥着出行时的壮观场面。整个陪葬队伍的组合，以狩猎出行为基调，场面雄壮生动，展现出周朝王室的日常生活，以及当时严格的等级制度。

天子真的"驾六"？东汉的学者士大夫曾有过争论，似乎"天子之车，盛则驾六，常则驾四"更合乎情理，李商隐有"八骏日行三万里，穆王何事不重来"，或可证"周穆王驾八马"巡游世界。

车马骸骨如此整齐排列，说明下葬的时候，马匹都已经死亡。另外有七只小狗的骸骨，六只在车底，一只在车外。也有人说这些狗被活埋，填土时其中一只想跑出来，结果被人用鹅卵石砸死。

坑里还有一具人骨，可能是车夫或者奴仆，也许被活埋。不过，相对于西周以前普遍流行的活人殉葬，已经算是很进步了。更值得庆幸的是，这些"礼制"确实像"烂绳子驾六马"，终被埋葬，否则我只能赶着毛驴车来洛阳了。

白马自西方来

中国人对"门路"的钻研，真的是穷尽智慧，无以复加。譬如"天下衙门朝南开，有理没钱少进来"。衙门也还罢了，就连僧寺禅院的门道，都名目繁多，需要花点心思研究。

但凡古刹僧院，正面楼门称"山门"。盖因其多居山林，故有此名。一般开三个门，象征空门、无相门和无作门。直白点儿说，就是智慧、慈悲、方便三解脱门，故又称"三门"。其实，即使建于平原谷地，甚至仅有一门，同样叫"山门"或"三门"。

洛阳白马寺的楼门可谓典范，平日中间紧闭，左右洞开。不过，两侧红墙上的"庄严国土""利乐有情"八字，与别处相比，似乎多了点人情世故。譬如进出山门，并没有太多讲究，还是按着世俗的交通规则——右边进，左边出。

作为中华第一古刹，白马寺来历不凡。相传汉明帝夜宿南宫，梦见一身高丈六，头顶放光的金人自西而来，在殿庭飞绕。次日得知梦中所见为佛，便派臣子蔡音、秦景出使西域，求取佛经佛法。中国佛教的开端，竟缘于帝王的一场梦境，听起来多少有些荒诞不经。

公元65年，蔡音、秦景等人离开帝都前往"西天取经"，在大月氏遇到印

白马寺

度高僧摄摩腾、竺法兰，见到佛经和释迦牟尼佛白毡像，便邀请二位高僧去中国弘法布教。公元 67 年，摄摩腾、竺法兰与使者一道，用白马驮载佛经、佛像返回洛阳。这就是"白马驮经"，比我们熟知的"唐僧取经"早560年。实际上，汉武帝时期，张骞出使西域，就已经打通了这条被后世称为"丝绸之路"的贸易通道。

明帝在位期间，独尊儒学，吏治清明，是难得的和谐社会。他出击北匈奴，经营西域，当朝有窦固、班超等名震天下的将才，也算是一代雄主。永平十六年（73），汉明帝派遣班超出使西域，镇抚西域诸国。丝绸古道上重新响起驼铃声，而且首次延伸到了罗马，洛阳因此成为丝绸之路的东方起点，所谓"东洛阳、西罗马"，这两座古都是当时世界上最繁华的大城市。

唐僧玄奘也是洛阳人，在龙门石窟以南伊河边的净土寺出家。唐朝佛教兴

齐云塔

盛，宗派林立、百家争鸣。玄奘也算生逢其时，能够学有所成，学以致用。

汉明帝见到佛经佛像十分高兴，亲自接待高僧，安排他们住在鸿胪寺。何谓鸿胪？原为大声传赞，指引导仪节，接待外宾。所以原来的鸿胪寺不是寺庙，而是官署名，类似今天的钓鱼台国宾馆。公元68年，汉明帝敕令在洛阳西雍门外三里御道北兴建僧院，为纪念白马驮经之功，取名"白马寺"。"寺"即源于鸿胪寺，再后来，"寺"成为佛门僧院的统称。

白马寺作为中国第一座官办寺院，自然是汉传佛教的"祖庭""释源"。第一部中文佛经、第一位汉人和尚、第一场佛道之争，以及其他种种第一，都源于白马寺，所以就有了"祖庭十古"。甚至可以说，中国佛教的故事，都从白马寺开始。

现在的白马寺门前有四尊石雕马，以对应"白马驮经"典故。其中古旧而斑驳的两座原为宋人墓前作品，近代重修白马寺，从别处迁置于山门前，与寺院创建无甚关联。石马耳朵磨损殆尽，秃头秃脑，神情萎顿，看起来不太搭调。

经过山门广场，往前有齐云塔院，也隶属于白马寺，为比丘尼道场，姑且前往。途中逢狄仁杰墓，树木掩映，古藤披离。墓冢两边建碑亭，存古碑两方，上刻"有唐忠臣狄梁公墓""大唐名相狄梁公墓"。此公为武周时期的宰相，人称"河南之明珠，东南之遗宝"。如今一系列的影视剧，将他塑造成刚正廉明的神探，在这里碰到，难免感慨一番。

穿过写着"中原第一比丘尼道场"的楼门，就是齐云塔院。"洛阳有座齐云塔，离天只有一丈八"，齐云塔高十三层，原为汉明帝时期的作品，几度兴废，现存为金元时期重建的砖塔。听说在塔南约二十米处用力击掌，塔身会发出青蛙般的叫声。我找准位置，尝试几次，蛙鸣却不明显。据称有几个中学生测量后得出结论——此系一种复杂的"综合回声"现象。精于物理学的游客，大概不以为奇。

齐云砖塔过于吸引人，倒令人疏忽了对面的大雄宝殿。站在一个光亮的圆球前拍几张照片，我便原路返回山门。

再回到白马寺广场，穿过三解脱门。门后有几方石碑，文字已很难辨认，包括著名的"断文碑"。一块新立的"般若波罗蜜多心经"碑，系唐玄奘所译。"舍利子，色不异空，空不异色，色即是空，空即是色，受想行识，亦复如是。"这是菩萨对舍利子的教诲，无非是说"透过现象看本质"，或者"不管风吹浪打，我自岿然不动"，佛门将简单的事情复杂化。

整座寺院坐北朝南，依次递进，主要建筑有天王殿、大佛殿、大雄殿、接引殿、毗卢阁等，均列于南北向的中轴线上，两边有钟楼鼓楼、客堂禅房及其他配殿。与其他寺庙相比，毗卢阁较为罕见，颇有天竺风韵，供奉"毗卢遮那佛"，即释迦牟尼的法身，也就是我们常说的"大日如来"。佛教中有"三身佛"，是指法身"毗卢遮那佛"、应身"释迦牟尼佛"、报身"卢舍那佛"。

摄摩腾和竺法兰圆寂后葬于寺内，墓冢在天王殿两侧。他们在这里译出《四十二章经》，为中国第一部汉译佛典。墓旁有明崇祯时所立的墓碑，上面有两人雕像，额阔眉长，正如寺庙里常见的十八罗汉。此后150多年里，高僧云集，共译出192部、合计395卷佛经，是为中国第一译经道场。有趣的是，安息僧人昙谛，在白马寺译出规范僧团组织生活的《昙无德羯磨》。安息即今伊朗，是伊斯兰教什叶派掌权的国家，居然曾有佛门大德，倒是出乎意料。

寺内宝藏，要数大雄殿的三尊主佛、二位天将、十八罗汉，以及天王殿的弥勒佛，共二十四尊都是元代"夹纻干漆"造像，系1973年从北京故宫慈宁宫大佛堂调入，为传世极少的文物珍品，其中十八罗汉系国内仅存，是白马寺的镇寺瑰宝。

曹魏时期，第一位受过比丘戒的和尚在白马寺诞生，打破了"身体发肤，受之父母，不敢毁伤"的传统说教。巧合的是，曹操曾有"践麦田割发代首"的糗事，倘是被某和尚听到，还不给笑话几回？

十月的洛阳，云淡风轻，树高草微。诗人唱道："五月榴花照眼明，枝间时见子初成。"这庭院种植的石榴，花为白色，与众不同。据说农历四、五月间，榴花如雪似玉，颇为稀奇。石榴与佛教一样，都自西而来，到中土别有气象，也是理所当然。

登上清凉台，但见禅堂僧舍，红墙青瓦，苍松翠柏遮天蔽日，端的是个清心养性的好去处。唐人王昌龄夜宿白马寺，有诗曰："月明见古寺，林外登高楼。南风开长廊，夏夜如凉秋。"可见白马寺还是个避暑的佳处。

清凉台、腾兰墓、断文碑、夜半钟、焚经台、齐云塔，旧时称白马寺六景，现在已流于寻常，或许只有诗人才能领悟其中三味。我虽在金秋时来，走入王昌龄的诗境，但吟不出好句，只能边走边看，于缭绕的香烟里玩味白马寺的古韵；想象当年白马西来，沿着丝绸之路直达洛阳的历程。

寺院西边有国际佛苑，其实只有缅甸、泰国、印度的寺庙。我去过佛祖诞生地尼泊尔，蓝毗尼园里的国际寺庙，几乎囊括了所有佛教国家的建筑风格，那才是真正的万国佛殿。

佛教起源于古印度，却是"墙里开花墙外香"，如今在印度反而没什么影响力。印度人收集到许多图片摆放在国际佛苑的寺庙里，让人能够大致了解佛教在印度的发展情况。古印度的佛教人物雕塑，与中土颇为不同。譬如女性多反映其丰饶的一面，就连女性化的观音菩萨也宽臀溜肩，细腰丰乳，与汉地衣袂飘拂的南海观音相去甚远。

印度佛教雕像，桑奇大塔
娑罗树神夜叉女

神坛上的武圣人

唐人王建有诗云："北邙山头少闲土，尽是洛阳人旧墓。"其实，这已经是后来的事了。此前的洛阳，曾发生过两件大事，即"河出图，洛出书"，后世认为这就是华夏文明的源头。

洛阳是曾经"阔过"的人家，从夏朝开始，有十三个王朝在此建都。但现在多少有些寂寞，昔日的皇家风范淹没在街头小贩的吆喝声里。马路也不再有以前"王道""御街"的气势。譬如洛阳最主要的几条街道，像横向的九都路、纵向的王城大道和龙门大道，虽然车水马龙，热闹喧嚣，但都充满了市井味儿，显然没有多少王侯将相的富贵气。

来到洛阳，一定要去拜访"关林"，即"武圣"关羽的陵寝：一座山西运城人的旧墓，墓主是忠义仁勇的化身。

有种说法，凡华人聚居之地，皆有关庙。普天下最著名的关庙有三：河南洛阳关林、湖北当阳关陵、山西运城关帝庙，尤以洛阳关林级别最高。一座坟墓而已，何以成"林"？中国古代通常将百姓墓称"坟"，王侯墓称"冢"，天子墓称"陵"，圣人墓称"林"。关公是"武圣"，所以其墓称"关林"。凭什么呢？朝廷敕封！正所谓"英雄有几称夫子？忠义唯公号帝君"。

关林

　　其实，洛阳埋葬的只是关羽首级。三国时，关羽"大意失荆州"，败走麦城，被"吴下阿蒙"设计杀害。孙权将其首级送与曹操，企图嫁祸。曹操何等人？自然明白孙权的"良苦用心"，但他敬重关羽，便将计就计，将关羽首级配上沉香木制的身躯，用王侯之礼安葬于洛阳城南十五里，建庙祭祀，这就是现在的关林。算起来，已经过去了将近1800年。

　　造化弄人，关羽曾经被曹操所俘。但他一心追随刘备，才有灞桥挑袍，出五关斩六将，后来又在华容道上演"捉放曹"，彼此可谓最好的对手。或许关羽做梦也没有想到，他最后又回到老对手老朋友曹操的身边。然而，戏台上的关羽红脸，曹操白脸，分别是"忠"与"奸"的代言人。

　　走进写着"博厚高明"的牌坊门，就是关林广场。广场中央有座叫"千秋鉴"的戏台，拱顶繁复，檐角欲飞，显然是"顷刻间千秋事业，方丈地万里江

关林前明代铁狮

山"的场所。戏台下面围着一圈人正在表演豫剧，吹拉弹唱一应俱全，但内容不是我熟悉的"刘大哥讲话理太偏"。奇怪的是，这个草台班子的后面立了一块墓园广告牌，想来"人生如戏，也不外乎兴亡"。

关羽之死历来为世人百般解读，大都将他的失败归于刚愎自用，性格使然。其实，就算被困麦城，也还有救。但在生死关头，刘封拒发援兵，可见关二爷平日的为人处世确实有点问题。话说回来，我们真得感谢曹操，正是因为他爱惜人才、敬重关羽，关羽首级才得到厚葬，洛阳才有了关林。今人在祭拜关二爷的时候，才不至于觉得太过寒碜，太过凄惶。

关林现存门庭殿阁，多为明朝万历年间在汉代关庙基础上重修和扩建而成。整座建筑群沿中轴线展开，依次为大门、仪门、甬道、拜殿、大殿、二殿、三殿、石牌坊、林碑亭，最后面是关公墓，两侧附钟楼、鼓楼，以及其他结构相同的配殿，成为冢、庙、林三祀合一的古典建筑，也是中国唯一称为"林"的关庙。

清代毛宗岗评点《三国演义》"三绝"称：关云长为"义绝"，诸葛亮为"智绝"，曹孟德为"奸绝"。关云长义薄云天，恐怕世人对此都没有异议，这也是关林的主题，诚如大门所题"忠义""仁勇"。

所谓"仪门"，取"有仪可象"意，即遵循皇家礼仪——文官下轿，武官下马。门前有明代铁狮，门额悬慈禧所题"威扬六合"匾。仪门东厢墙壁有"关圣帝君像"，南宋岳飞所画；西厢墙壁镶"关帝诗竹"，相传为关羽亲手画成。竹叶点缀成诗："不谢东君意，丹青独立名。莫嫌枯叶淡，终久不凋零。"两位中国历史上的名将，文武双全，确实让人拜服。

不过，我怀疑这"关帝诗竹"是后世伪作。近体诗格律于中唐才趋于完善，汉魏则流行古风。这首五绝平仄相谐，格律严整，显然为唐宋以后作品，而遣词用字，简直就是近现代口吻。果然，两年后我在白帝城又见到这首"竹叶诗"，才知此诗原来是清光绪年间浙江会稽人曾崇德所题《丹青正气图》，关林管理处将原诗"不谢东篱意，丹青独自名"改了两个字，附会成关羽作品。

关羽去世后，逐渐被神化，被民间尊为"关公"。历代对关公的追谥，以明清为最，"协天大帝""三界伏魔大帝神威远镇关圣帝君"，一路晋级，从"帝"到"圣"。清康熙敕封洛阳关帝陵为"忠义神武关圣大帝林"，这座关庙才开始叫"关林"，与山东曲阜"孔林"并列，被称为中国两大圣域。从此，"文圣"孔子，"武圣"关羽，成为后代子孙学习的榜样。南方人甚至在家里供奉关公，将其当成武财神。

穿仪门过石狮御道，前为拜殿，有联曰"汉封侯宋封王明封大帝，儒称圣释称佛道称天尊"，一语道出关公地位。后为正殿，也叫启圣殿，是关林的主体建筑，雕梁画栋、气势恢弘。门前香炉青烟缭绕，两边院落松柏苍翠，置身其间，恍如神仙府第。殿内供奉贴金关圣帝君像，关平、周仓、王甫、廖化侍立两侧。这几个人物中，关平与关羽同时被俘；留守麦城的周仓、王甫得知关羽死讯后，周仓拔剑自刎，王甫堕城殉义；只有廖化逃出生天，才有后来"蜀中无大将，廖化作先锋"的事情。

在中国，关公故事老幼皆知，耳熟能详，留下许多著名典故，至今为人引用。桃园结义、斩颜良诛文丑、过五关斩六将、单刀赴会、水淹七军、刮骨疗毒，甚至连败走麦城也成为千古绝响。宋人陈普有诗云："天地有心诛汉贼，但迟数月取襄阳。"他对关羽倒挺有信心，可惜历史没有假设。

再往前行是二殿，也叫财神殿，内供关公武财神像，关平捧印、周仓持刀分立身后，招财童子、利市童子侍奉身前。东为娘娘殿，供关羽夫人及儿女；西为五虎殿，供蜀国五虎上将。关羽忠义仁勇，不为金银财宝所动，被儒道佛共同崇信。他在佛教中位居伽蓝殿，商贾们敬佩其义薄云天，奉为武财神。事实上，经过时间的演绎，历代统治者煞费苦心，终于将他打造成完美人格的化身。人人都如关羽，江山自然永固。

据传关羽"身在曹营"时，将曹操所赠金银按照"原、收、出、存"四个项目记录，清晰明了，后世商人如法炮制，称之为"商用簿记法"。因此关羽被视为会计的创始人，继而演变为武财神。道教中还有个武财神，即龙虎玄坛赵公明，黑面浓须，骑黑虎，一手执银鞭，一手持元宝。有好事者考证说，赵公明确有其人，也是商界奇才。

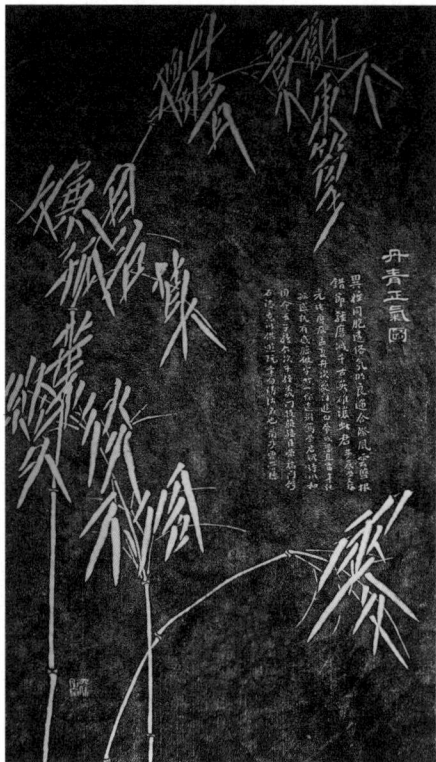

会稽人曾崇德所题《丹青正气图》

三殿又称春秋殿，即寝殿，为清代建筑。殿前有"旋生"和"结义"两株古柏，内供关公夜读《春秋》像和睡像。

当年关羽降曹，曹操千方百计想留住关羽，便安排他与两位皇嫂同住一个房间，以乱君臣之礼，好逼其就范。但关羽让两位皇嫂在里屋安歇，自己在门外夜读《春秋》。这个举动，不仅因为他勤奋好学，而且也以此回应曹操，让他趁早死了那份心。后来，左有关平捧汉寿亭侯印、右有周仓持青龙偃月刀，关羽居中端坐夜读《春秋》的场景，为世人顶礼膜拜。

穿过写着"汉寿亭侯墓"的牌坊式大门，见到后立石坊，上题"中央宛在"，意为"首级依然还在"。再后见八角亭，内立龟趺座雕龙石碑，正面题"忠义神武灵佑仁勇威显关圣大帝林"，即"勒封碑记"，为关羽的最高封号。再后面是埋葬关羽首级的坟堆，青墙围绕，翠柏掩映，不由得让人缅怀今古，感悟人生。正面南墙有清康熙时所建的石墓门，中间题"钟灵处"，两边有联曰："神游上苑乘仙鹤，骨在天中隐睡龙。"

石墓门开了两个小孔，有对男女正在往里投掷硬币，叮当叮当，响声不绝，是为招祥纳福也。一介武夫，杀人无数，死后却层层爬升，被封为帝圣神仙，尊享人间香火，其间所蕴含的文化思想与社会伦理，一时半会儿恐怕很难说得清楚。

传说洛阳关庙被钦点御封为"林"后，埋葬关羽身躯的当阳关陵很不服气，辩解道："关公身在当阳，头在洛阳，魂归运城。身躯好比山脉，头颅好比山峰，没有山脉，何来山峰？当阳关陵才应该叫'林'。"听起来颇有道理，但中国人向来以头颅为尊，将能够当家作主的人或领导称作"元首""首领""头领"。所以关庙的头把交椅，洛阳关林是坐定了。

风起洛阳南，香绕关帝林。一阵秋风吹来，翠柏摇曳，香烟扑鼻。"关林翠柏"曾列洛阳"八小景"，相传疾风骤雨过后，有云气升腾，烟雾缭绕，如丝如缕，有如香篆，缥缈虚幻之情状令人叫绝。

说话间，又走进几个汉子，焚香点烛，然后趴在地上恭敬地磕起头来。

洛都山水，龙门首焉

伊河是洛河的支流，洛河是黄河的支流。伊河、洛河孕育出的"伊洛文明"，被称为中国的"两河文明"。实际上，较之其他名山大川，这两条河流显得低调而朴实，声名远不如伊河两岸的龙门石窟。浅陋如我，在翻阅龙门石窟资料的时候，才知道伊河的渊源。

洛阳龙门石窟与敦煌莫高窟、大同云冈石窟、天水麦积山石窟并称中国四大佛教石窟。海外的佛教洞窟，声名远播者，有印度的阿旃陀（Ajata）、埃洛拉（Ellora）石窟，斯里兰卡的丹布勒（Dambulla）石窟，均为世界文化遗产。阿旃陀以壁画为主，建于公元前二世纪；埃洛拉以石刻造像为主，建于公元五世纪前后；丹布勒石窟建于公元一、二世纪，洞窟保存尚好，佛像和壁画色彩鲜艳，令人印象深刻。我还参观过莫高、麦积山等石窟。民国的一位学者说："敦煌者，吾国学术之伤心史也。"一段屈辱的记忆，不提也罢。

如今去龙门，乘高铁到龙门站下车即到，方便得很。当然也要为景区的管理与服务点赞，如今景区有免费网络覆盖，只需要微信关注龙门石窟，输入景点编号，就能享受到图片文字和语音解说。相对洛阳博物馆收费的语音导览器，实在是天壤之别。

龙门石窟

《越绝书》载："禹穴之时，以铜为兵，以凿伊阙，通龙门。"《汉书》也记："昔大禹治水，山陵当路者毁之，故凿龙门，辟伊阙。"所谓伊阙，盖因此地两山对峙，伊水从中间穿过，如天然门阙，故而得名。"阙"是古代皇宫门外两边对称的高台，一般供装饰和瞭望用。有句话说"身处江湖，心存魏阙"，就是典型的"狗拿耗子——管得宽"。据说隋炀帝杨广迁都洛阳，宫殿正对伊阙峡谷，叫"龙门"显得更加应景，便延用至今。

洛阳的十月，不冷不热，正是"跳龙门"的好时节，但风光到底有些萧索。伊河的调子灰涩暗淡，安安静静地向北流去，于不远处的南王村转而向东，最后在偃师境内与洛河汇流而成伊洛河。伊河水面偶尔漂过的船只，雕栏玉砌，富丽堂皇，慢悠悠地，如古时的画舫。船上的客人神采飞扬，指点江山，真是看尽了龙门的山色水光。我可没有这等福气，姑且沿着西岸徒步往南，穿过高耸的门"阙"，走进石雕的佛国。

"气色皇居近，金银佛寺开。"龙门石窟是洛阳八景之首，开凿于北魏孝文帝迁都洛阳后，历经东魏、西魏、北齐、隋唐、五代、两宋等朝代，是朝廷发愿造像最集中的地方，也是皇家意志和行为的体现。整个洞窟群南北长达一公里，现存窟龛2345个，造像10万余尊，碑刻题记2800余品。其中《龙门二十品》是书法魏碑精华，褚遂良所书的《伊阙佛龛碑》则是初唐楷书艺术的典范。将近两千年的历史，就凝固在这些岩壁上，供世人阅读、思索。

奉先寺，原名大卢舍那像龛，保存比较完整，也是龙门石窟最精湛的一组摩崖石雕，因隶属于当时的皇家寺院奉先寺而得名。居中最雄伟的"大卢舍那佛"，高17米有余，耳朵比普通人还高。这是典型的唐人作品，轮廓饱满、面形丰润、笑容慈祥。有人说这尊佛像融入了武则天的神态，所以看起来如一位睿智的中年妇女，形象与气质臻于完美，成为龙门石窟的标志性雕像，也是洛阳旅游的名片。

"卢舍那"是释迦牟尼的报身，而白马寺所供奉的"毗卢遮那"为其法身，应身"释迦牟尼"则最为常见。所以，一日看尽"三身佛"，在洛阳同样能够完美实现。

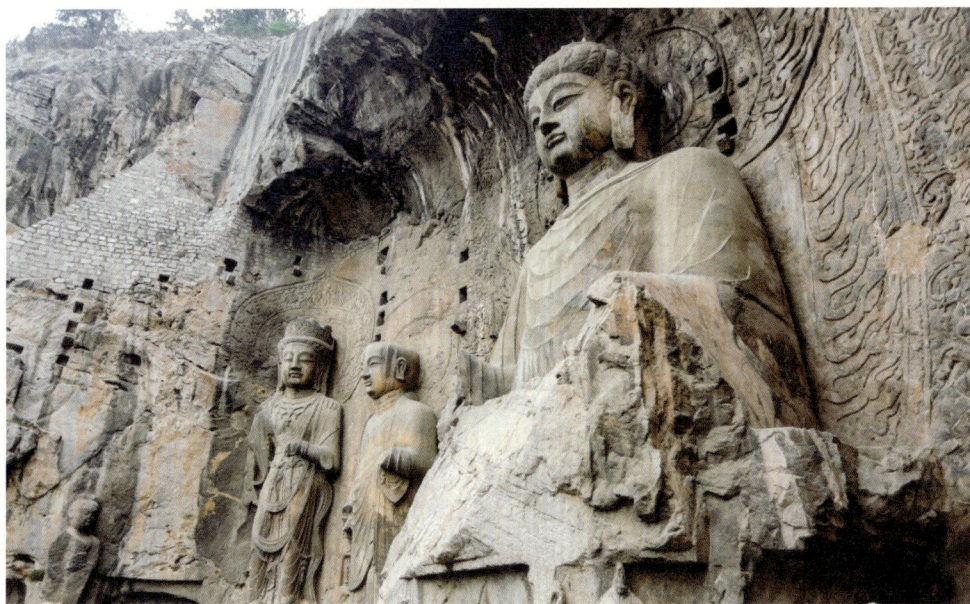

卢舍那大佛

另有潜溪、宾阳、古阳万佛、莲花、药方、老龙、看经等洞窟，从北魏到唐朝，都打上了时代的印记。其中古阳洞内有北魏迁都洛阳初期的一批皇室贵族和宫廷大臣的造像，反映出当时独尊佛法的社会风气。

此处虽然是石雕的佛世界，但完全没有寻常庙宇中的庄严与肃穆，倒像是一座艺术殿堂。完整的石窟雕像布局多为一佛二弟子二菩萨四天王，排列次序体现出明确的等级观念。在这里，可以认真仔细地观摩，不用担心失礼或者冒犯佛祖。但是，如果没有佛教、雕刻以及时代背景知识，参观起来颇为无趣，甚至产生审美疲劳。

我向来以为，所谓佛法，无非是一种封闭的哲学体系，是古人认识世界、解释世界，以及认识自我、征服自我的逻辑思辨。然而，随着时间和空间的推移，逐渐被神魔鬼怪掌控，成为统治阶级麻痹人民，维护其统治的工具，或者专揪人们小辫子的把戏。事实上，征服思想比消灭肉体更为高明，而芸芸众生却深信不疑。有些教派，甚至衍生出神秘邪恶的修习法门，试图突破人类生理学的极限，实在有违佛祖最初的意愿。

看完西岸，跨过一座桥，来到对面。这边也有几处石窟，但并不算精彩。东岸主要部分是白居易故居及与他有关的园林和寺院，譬如他所重建的香山寺、与之相邻的墓园。

"门前常流水，墙上多高树。"白园还算清幽，如果香山居士能活到现在，一介寒儒，恐怕很难消受得起这方山水。他说："洛都四郊，山水之胜，龙门首焉。"言简意赅，当是龙门石窟的首位代言人。

香山寺南有"蒋宋别墅"，为蒋介石五十寿辰时所建。当年他住在这里部署"西北剿共"计划，如今却被他的"对手"保护起来作为旅游景点。"问苍茫大地，谁主浮沉？"如果当事人有知，回过头来再看，或许真有点"三十年河东，三十年河西"。

落日西沉，游人散尽，伊河的调子变得更加低沉且灰暗。有道是"洛阳吹别风，龙门起断烟"，这个时候，世界才算清静下来。

我是洛阳花下客

再访洛阳，自然是因牡丹而来。

话虽如此，但我还是先去参观洛阳古代艺术博物馆。原来叫古墓博物馆，位于邙山南麓，由一组汉代和北魏风格的建筑群组成。里面是仿造的不同年代和各种类型的古墓，分为历代典型墓葬、北魏帝王陵、壁画馆三大展区，为世界第一座集中展示古墓的博物馆。

邙山是秦岭余脉，也是风水宝地，自古就有"生在苏杭、死葬北邙"的说法，所以成了洛阳人的旧墓。归纳起来，邙山有东汉、曹魏、西晋、北魏四朝十几位帝王的陵寝及皇族和大臣的陪葬墓，总数超过千座。显然，寻常百姓没这福分，很难沾到邙山的尘土。

从某种意义上说，人类文明的发展史，就是死亡与丧葬的过程。那些穷奢极欲的陪葬品，是人类文明历史的直接证据。从古埃及的金字塔到周王朝的天子驾六，从玛雅人的水晶头颅到印度莫卧儿的泰姬陵，莫不如是。说起来，我们的秘密，有时简单得不可思议，或许就在洛阳铲上的一撮黄土里。

捱到下午四点多，见门外的阳光逐渐变得柔和，我才走出博物馆。洛阳国际牡丹园离此不远，我便徒步而往，以观瞻牡丹仙子的真容。

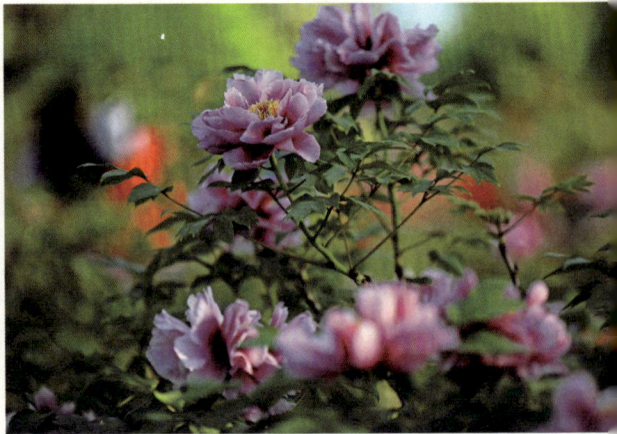

洛阳牡丹

　　唐人张籍说："人居朝市未解愁，请君暂向北邙游。"足见邙山不仅是死者的归宿，也是游人揽胜的佳处。如果说古墓陵寝是死神的领地，牡丹园区则为花神的天堂。其实，地狱和天堂，只是路的左边与右边。

　　牡丹是花王，芍药科落叶小灌木，原产秦岭和大巴山地区。因其绽放时又大又香，富丽堂皇，雍容华贵，是谓"国色天香"，周敦颐称之为"花之富贵者也"。《神农本草经》有云："牡丹味辛寒，一名鹿韭，一名鼠姑，生山谷。"可见牡丹是中国本地的美人，乳名又土又俗，鲜为人知。唐人刘禹锡不喜芍药荷花，独爱牡丹，他说"唯有牡丹真国色，花开时节动京城"。千余年过去，这句话依旧是牡丹最好的广告词。

　　牡丹至少有1500年的栽培历史。隋炀帝迁都洛阳后，"辟地周二百里为西苑，诏天下境内所有鸟兽草木驿至京师……易州进二十箱牡丹"。除引进牡丹，他还改伊阙为"龙门"，这也成了洛阳的名片。隋炀帝爱花成性，曾下扬州观琼花，可惜落得个"花死隋宫灭，看花真无谓"的结局，足见花儿不怎么待见他。然而，今人还是改不了他那种毛病，美其名曰："牡丹花下死，做鬼也风流。"

唐人咏牡丹的诗句不胜枚举。《酉阳杂俎》记载："穆宗皇帝殿前种千叶牡丹，花始开香气袭人，一朵千叶，大而且红。"洛阳人宋单父有"幻世之绝艺"，应皇帝召，到骊山种各色牡丹一万多株。《事物纪原》则神秘地说："武后诏游后苑，百花俱开，牡丹独迟，遂贬于洛阳。"看来，牡丹盛于洛阳，是霸道女皇武则天的功劳。后来她又跑到洛城发号施令，这花儿还不给吓着？据说今天的"洛阳红"就是当年差点被她烧死的"焦骨牡丹"。想来牡丹也有骨气，原非趋炎附势的俗气女子。

欧阳修在《洛阳牡丹记》中说："牡丹出丹州、延州，东出青州，南亦出越州。而出洛阳者，今为天下第一。"又云："洛阳之俗，大抵好花。春时，城中无贵贱皆插花，虽负担者亦然。花开时，士庶竞为游遨，往往于古寺废宅有池台处为市，井张幄帟〔yì〕，笙歌之声相闻。"可见宋时牡丹已经能够买卖，嫁接改良成风，洛阳人甚至将牡丹花季当盛大节日过。

明清关于牡丹的专著和文章更多。汤显祖作《牡丹亭》，将他的人生推向新的高度。《本草纲目》则认为："牡丹虽结籽而根上生苗，故谓'牡'，其花红故谓'丹'。"说明古人很早就知道牡丹可以无性繁殖。李时珍是医药学家，在他眼中，牡丹是能治病救人的仙子。取干燥根皮，是谓"丹皮"，味苦性寒，可活血化瘀、清热降温、镇痛解痉。丹皮药效的发现，缘于"牡丹仙子智救刘春"，甚为传奇。

说话间，已经进入园区。国际牡丹园有国内品种300多个、国外品种100多个，还有300多个芍药品种。相对于洛阳其他园区，这里因地处邙山，温度略低，是以花开较晚。四月底也算盛花期，勉强被我赶上。只见红粉绿白，争奇斗艳，顾盼生辉，真个是花海如潮。

如今最有名气的"牡丹花城"是菏泽与洛阳，花期在四月中旬到五月上旬间，按理菏泽要晚几天。"洛阳地脉花最宜，牡丹尤为天下奇。"现今的洛阳牡丹，一个园子里就能装七八百个品种，名目繁多，让人眼花缭乱，其中魏紫、姚黄、豆绿、墨魁、二乔等是花中极品。

洛阳古代艺术博物馆中壁画

| 西 出 阳 关 |

对于牡丹，我是外行，只看热闹。要不是做过功课，我甚至分辨不出芍药与牡丹。懂行的人告诉我，牡丹茎木质，叫"木芍药"，芍药茎草质，叫"没骨花"；牡丹独朵顶生，芍药数朵顶生；牡丹叶稀，芍药叶密；牡丹花期早，芍药花期晚。生搬硬套地记下来，看到园中的花儿就念叨一遍，有时相互对应，有时似是而非。我也不气馁，一边欣赏，一边观察。仿若楚王夜访巫山，阮郎步入天台，倒也乐在其中。

游人如织，几位身着汉服的姑娘款款走来，手中摇着椭圆形的画扇，倒是非常应景，引得游人频频按动快门。她们也大方，见大家追逐拍照，便摆出各种造型配合。牡丹与美人，如旧时相识，怎么搭配都自然谐调，流转如意。

说起来，中国人对花草树木的品评，目光犀利，观点独特。文人墨客笔下的仙花瑶草，几乎就是他们的操守和德行。林逋"梅妻鹤子"，陶渊明"采菊东篱"，周敦颐"予独爱莲"，可谓独立人格的楷模。大抵是"富贵花"的缘故，歌颂牡丹会被当成追求功名利禄的典型。尽管如此，还是"宜乎众矣"。尽管爱，不张扬，这才是真爱。

要说真爱，还是唐人高调。白居易吟起牡丹来，如黄河之水滔滔不绝，长诗短歌有七八首。"绝代有西子，众芳惟牡丹"，将牡丹比作西子，世间仅她一人。依我说，如今的洛阳才子们，至少应该在龙门的白园里遍植牡丹，让他做个风流鬼也罢。

二　灵宝

两京通衢

老子天下第一

从洛阳西行至灵宝，再往北十五公里就是函谷关。

灵宝属三门峡的一个小县城。我到时，正好赶上炎夏时节的第一波热浪，地面似乎要冒火，晒得人心烦意乱。这座小城虽然曾被三皇五帝青睐，但现在的容貌有些邋遢。据称盛产苹果，遍地黄金，不过看起来有些名不副实。

春秋时秦穆公从晋国手中夺取崤函之地，设置函谷关，成为进出秦国的门户。函谷关"因在谷中，深险如函而得名。东自崤山，西至潼津，通名函谷，号称天险"。从记载的历史来看，最初的函谷关是阻隔东西的军事要塞。

公元前318年，楚、赵、韩、魏诸国合纵攻秦。因为联军各有所图，人心离散，联结为秦军所破。西汉贾谊在他的名篇《过秦论》中写道："秦孝公据崤函之固，拥雍州之地。君臣固守以窥周室，有席卷天下，包举宇内，囊括四海之意，并吞八荒之心……于是六国之士……尝以十倍之地，百万之众，叩关而攻秦。秦人开关延敌，九国之师，逡巡而不敢进。秦无亡矢遗镞之费，而天下诸侯已困矣。"这就是著名的"函谷关之战"，秦国据崤函天险而败诸侯。

金人有诗曰："双峰高耸太河旁，自古函谷一战场。"作为东西通道的咽喉，函谷关历来为兵家必争之地，《太平寰宇记》里说："其城北带河，南依山，周

函谷关关楼

回五里余四十步，高二丈。"因谷道"车不方轨，马不并辔"，故而"一夫当关，万夫莫开"，甚至"一泥丸而东封函谷"。汉景帝初期的"七国之乱"，西晋太安二年（303）的"八王之乱"，唐代的"安史之乱"，甚至抗战时期的日寇，都未能攻克函谷关。

冷兵器时代，函谷关将其作用发挥到极致。时至今日，当年的天险要道，被周边的公路和铁路网所取代，过往的客商多从三门峡出入，函谷关则淡出人们的视野。这道雄关虽然失去了昔日的功用，但因老子曾在此驻足，留下千古名篇《道德经》，所以成了访古探幽、寻道问德的所在。当然，我来这座小城的缘由，也是因为"老子天下第一"。

作为"道教之源"，函谷关与道教始祖老子颇有渊源。道家学派是中国土生土长的宗教，恐怕也是最早有完备理论体系的宗教流派，创始人姓李名耳，字聃，后世称老子。老子做过周朝皇室图书馆的管理员，所以有机会博览群书，参悟道德。

后来，"孔子适周，将问礼于老子"。老子教训完孔子，感觉自己被"忽悠"，预计往后的日子有点别扭。他判断世道已变，周室将衰，便骑上青牛往西，准备换个空气新鲜的地方颐养天年。"西望瑶池降王母，东来紫气满函关。"当他走到函谷关时，被关令尹喜拦下："子将隐矣，强为我著书。""强"者，勉力也。尹喜是道家的重要人物，"少好坟索，善天文秘纬"，与老聃馆长算是同道中人，自然一拍即合。

于是，"老子乃著书上下篇，言道德之意五千余言而去，莫知其所终"。可见《道德经》的问世，尹喜功不可没。从此以后，道家学派有了自己的经典，后世著述基本以《道德经》为蓝本，或解读，或注释，古今中外凡百余部。道者，事物发展的本原和普遍规律；德者，事物发展的特殊规律和性质。其内容包括修身、治国、用兵、养生等，主张道法自然，清静无为。在政治方面，则

函谷关：尹喜曾在此接待老子

倡导"内圣外王",其思想影响过历代当权者。

道家学说是中华文明的重要组成部分,始终影响和伴随着我们的日常生活。但凡进过学堂的中国人都能信口说出《道德经》里的名句:"道,可道,非常道;名,可名,非常名。无,名天地之始;有,名万物之母。"将天地万物的根源归于"无"和"有"。接着又讲:"此两者同出而异名,同谓之玄。玄之又玄,众妙之门。"基本可以看作玄学的肇始,实际上就是"有"和"无"的转换。玄妙中的玄妙,即为窥探天地万物的法门,也就是"道"。

是不是觉得深奥难懂?确实,要我说,道者,达成目标之方法也。例如道路,即从此达彼的途径。如此表述,是不是言简意赅?

然而,灵宝人在太初圣宫前所立的金光灿灿的老子雕像,让人啼笑皆非,很难想象这位金光四射背手而立的"土豪",就是骑青牛过函谷关的那个糟老头儿。

函谷关主要景点有瞻紫楼、尹喜故宅、鸡鸣台、太初宫、道圣宫、函谷关楼、函关古道等。尹喜故宅是新建的半面窑洞,有道漂亮的月亮门,里面的石碑刻着形如"桑"字的灵符,传说尹喜曾在此接待老子。唐开元二十九年(741),陈王府参军田同秀为献媚皇上,进言玄宗说天降灵符于函谷尹喜故室。玄宗即遣人去挖掘,果然掘得"灵符",唐玄宗认为是老子对他的恩赐,遂将年号"开元"改为"天宝"。

瞻紫楼也叫望气台,是尹喜观察天象处。他看到紫气东来,便知老子要过函谷关。而鸡鸣台则与孟尝君有关,《史记》载,孟尝君使秦被昭王扣留,其食客装狗钻入秦营,偷出狐白裘,贿赂昭王妾以说情放孟。孟逃至函谷关时,另一食客则装鸡叫,引众鸡齐鸣骗开城门,孟尝君才得以逃回齐国。这就是"鸡鸣狗盗"。雕虫小技,关键时候也能救命。现在只要肯花点小钱,往食客雕像手中扔硬币,此公就会拼命学起鸡叫来。

太初圣宫是函谷关最重要的建筑,始建于西周,现存主殿为唐以前所建,历代均有修葺。殿脊和山墙塑有麒麟、狮子、老虎、雄鸡等。飞梁纵横,椽檩参差。传说尹喜迎候老子到函谷关,行以师礼,恳求老子著《道德经》,后人便在这里建太初宫以纪念。庙院现存两通石碑，一通立于元大德四年，一通立于清顺治年间，上面都记载着老子骑青牛过函谷关的故事。旁边有一块石头，据说就是老子当年的写字台。

老子归隐后，又出现庄子，道家开始流行。隋唐北宋时期，道家步入鼎盛，涌现出许多天才人物，建树颇多，如孙思邈的《千金方》、李淳风的《乙巳占》，以及茅山派宗师司马承祯、吴筠等人的著作，在哲学、医学、天文及科技领域都有所贡献。然而，道教的某些做派，我也有诸多看不惯，如成仙、不死、算命之类的噱头。

太初宫后面有座"函谷关大道院"，为台湾人所捐建，修得富丽堂皇。几个假道士巧舌如簧，劝说游客算卦解签，我颇为不喜，便转身出小门，径直来到关楼。关城旁有战国井式箭库遗址，可惜只剩断壁残垣，装在玻璃罩内，看不真切。

现在所见的函谷关，只有东门关楼，系1992年在秦关遗址修建的复古建筑群。关楼坐西向东，为双门双楼悬山顶三层建筑，楼顶各饰丹凤，又称"丹凤楼"，当年有重兵驻守。登上关楼四望，北边是黄河天堑，南边为中原腹地，东边见崤山起伏，西边有函关古道。穿越函关古道，经过潼关，就算进入"关中"。何谓关中？即东潼关（函谷关）、西散关（大震关）、南武关（蓝田关）、北萧关（金锁关）这四座雄关所囊括的地盘。

其实，函谷关也有三座，即秦关、汉关、魏关。汉关在新安县，西距秦关150公里。魏关距秦关不远，《三国演义》中曹操西讨张鲁、马超，为转运粮草而筑关楼，许褚曾赤膊与马超在关前捉对厮杀。

函谷关前有石桥，桥头塑老子骑青牛雕像，质朴如晚归的老农。老子判断准确，周室确实逐渐衰落。他归隐三百年后，秦国出函谷关灭周室，横扫六国而统一天下。但秦始皇没有按照老子"内圣外王"的主张治国，秦朝很快分崩离析，被汉朝取代。汉武帝时，击败匈奴，控制西域，丝绸之路开通。

三　华阴

三秦要道

自古华山一条路

　　乘高铁西行，过了潼关，即为关中地区。再往西二十余公里，就是华山。华山是西岳，中华文明的发祥地，到了这里，当然要登临绝顶，远眺山河，感怀兴亡。

　　相传中华民族最初因居于华山之周，故名其国土曰"华"。其后人遍及九州，人名地名皆称为"华"，延续至今。我在西岳庙前的广场上就看到一尊写着"华夏之根"的奇石，想来也与此对应。

　　西岳庙建于汉朝，是历代帝王祭祀华山神少昊的场所，历经兴废，几经重修。现在的建筑像极了北京紫禁城，沉稳大度，很有皇家范儿。庙内名人笔墨颇多，不过，我只对左宗棠撰写的《敕修西岳庙碑》文感兴趣。"始知泰平幸民乐，各幼而幼老而老"，此公文武双全，为晚清"中兴名臣"，今天在甘肃至新疆途中还能见到他所种的"左公柳"，令人感怀。

　　"远而望之，若华然，故曰华山。"登上五凤楼，见华山诸峰，倒让人生出一股子豪气来，动了登临的念头。相对于普天下尽是"外来的和尚"，华山之周则是道教的地盘，为"第四洞天"，譬如全真派的圣地玉泉院，金庸笔下的"全真七子"就是这个教派的传奇人物。

　　所谓"道法自然，清静无为"，山门口酣睡的陈抟老祖大抵参悟透了，所

西岳庙

华山

以干脆躺下来，以最舒坦的姿势来思考世事。道教思想是我们生活中不可或缺的部分，譬如养生保健、处世哲学和价值观，可圈可点。唯独炼丹、长生不老和得道成仙这种事，让人心里犯嘀咕。总觉得他们是明知不可为而为之，也不知道要出什么"幺蛾子"。

玉泉院是登临华山的门户，因镇岳宫里的玉井与此处泉水相通而得名。院内多石舫古洞，亭台楼阁，颇有"出尘脱俗"之感。"玉泉院内西北角，天大的事情能睡着"，说的是"无忧亭"，这用渭南话喊出来才带劲儿，听过"华阴老腔"的人，大概能想象出那种气势。站在无忧亭里能看尽渭南的山色暮霭，苍苍茫茫，隐隐约约，但无十分景致。

我是来探路的，准备今夜攀登华山，顺便说点道家的不是。其实，"自古华山一条路"已成为历史。现在有三条路，一是传统线路，从西山门玉泉院开始徒步攀登；第二、三条路，先从东山门皇甫峪至索道站，或沿"智取华山路"

步行，或直接乘坐缆车，皆可直达北峰。夜登华山，只能选择"自古华山一条路"，即从玉泉院上山。

客栈老板娘告诫山顶寒冷，我也不敢托大，便听从建议，带着她临时给我的羽绒服，背上相机和三脚架就出发了。看到几个年轻人在玉泉院门前的商店里购买食物，甚至有人夸张地试穿出租的军大衣，不禁暗自好笑。这个季节，乍暖还寒，"山脚不懂山顶的冷"，登上山顶才知分晓。午夜十一时，玉泉院黑灯瞎火，山门早已关闭，我沿着院墙外的小路缓步而上。

夜风依约，水声叮咚，偶有飞鸟掠过，也看不清其面目。行人不多，或前或后，三三五五，既不觉得拥挤，也没感到恐惶。路走得多了，也能总结出经验。我自有一套徒步理论，尤其适用于夜登这"奇险天下第一山"，那就是宜慢不宜快，自始至终不可穷尽体能。然而，总能看到大步流星的年轻人，暴走一阵子，然后坐下来休息，实在不可取。我速度虽慢，但胜在坚忍和耐力，控制休息次数，结果越走人越少，将许多提前出发的游客都甩在了后面。

华山据说曾为"轩辕黄帝会群仙之所"，有人推测应该是黄帝在此与各部落酋长会盟，但那时还没有开凿出路，想来最多应该在山脚或者半山腰碰头。贵为酋长，自然一把年纪，要登顶没有路的西岳，几乎是不可能完成的任务。后来也有"唐尧四巡西岳""舜三巡西岳"的说法，想来仍然是路过罢了。

过"第一关"口，及至"石门"，已是午夜零点。沿途的小卖铺灯火通明，门前摆着几条凳子，不管你买不买东西，都可以坐下来喘气。最受欢迎的是矿泉水、方便面、黄瓜及零食饮料。我背了几只"白吉馍"，就是不夹肉的"肉夹馍"，既不占空间，也耐饿。在平时，我也喜欢其坚韧霸道的禀性，要的就是那股"嚼头"嘛。

华山是关中胜景，与东岳泰山并称。世人贪婪其云雨雾雪，而我专程夜间来访，也算是别有意趣。据说周平王将京城迁到洛阳后，因华山在国都以西，故称其为"西岳"。从那时起，华山就由秦国经营了。《韩非子》说："秦昭王令工施钩梯而上华山，以松柏之心为博，箭长八尺，棋长八寸，而勒之曰：'昭

华山星空

王尝与天神博于此矣。'"估计这是最早的攀岩记录，有吹牛夸饰和刻意雕琢的嫌疑。至于"吹箫引凤"之类的传说，也都是秦国的风流事。

抵"毛女洞"时已凌晨一点，铁锈色的大门紧闭，上面用粉笔写着"住宿"和电话号码。黑灯瞎火的，洞名让人想起"白毛女"，谁还敢进去住？经过"响水石"往前，矮身进入"云门"，转过"回形石"，就到了华山第一险境"千尺幢"。"千尺幢"于汉代才打开，最早的登山路在华山东侧的黄甫峪，即秦昭王命令工匠用钩梯登华山的地方。

夜登的妙处就是看不见华山的奇险。台阶越来越陡，通常要抓住两边的铁链，手脚并用，才敢攀爬。刚过"千尺幢"，又到"百尺峡"，像"老君犁沟""擦耳崖"这样险恶的所在，也毫无知觉。当地人说"千尺幢，百尺峡，老君犁沟慢慢爬"，可见这段路是如何地陡峻。

古代帝王有祭天封禅的传统，自秦始皇首祭华山，汉唐以来，封号递增，

| 西出阳关 |

愈演愈烈。实际上，魏晋南北朝时，还没有通向华山峰顶的道路，直到唐朝道教兴盛，道士们居山修炼，在北坡沿溪谷开凿了一条险道，才形成"自古华山一条路"。

爬上"苍龙岭"时，已是凌晨三点多。虽然看不真切，但明显感觉像在刀刃上跳舞，偶尔透过树缝朝下望去，黑魆魆深不见底，让人倒吸一口凉气，只好矮身贴地而行。

据说韩愈走到"苍龙岭"，腿脚发软，寸步难移，坐在岭上大哭，给家人写信诀别并投书求救，被华阴县令知道后派人抬下山。这桩丢人事被后来过岭的百岁老人嘲笑不已，现在还留着个"韩退之投书处"。其实完全可信，如今防护措施那么完善，依然有许多人望而却步。我碰到好几拨人半途而废，没能登顶。韩愈毕竟是官员，养尊处优惯了，若论翻山越岭，如何比得过乡野村夫？

大唐国力强盛，几朝皇帝都曾祭祀华山，而唐玄宗以华山为本命，封华山神少昊为金天王。他的《华岳铭》极尽夸饰，将华山写成"众山之长"："雄峰峻削，菡萏森爽。是曰灵岳，众山之长。伟哉此镇，峥嵘中土。高标赫日，半

华山日出

壁飞雨。"

杜甫有诗云"车箱入谷无归路，箭栝通天有一门"，这"一门"即指"金锁关"。关门两边锁头连环，丝绸飘舞，在灯光下颇有气氛。我抵达时还不到五点，许多人在此歇脚，准备最后的冲刺。"过了金锁关，另是一重天"，东峰在望，振作精神，继续攀登。

几个年轻人在攀云梯，我也忍不住争强好胜，硬是给爬了上去。终于登顶朝阳峰，此时才五点半。"观日台"人不多，便赶紧占据有利地形，等待日出。一路背着三脚架，差点累晕，这会儿才派上用场，离日出还要一个多小时，姑且拍几张华山星空图。

人越聚越多，将我围在最前面动弹不得。此际如果离开，休想再挤进去。站了一会儿，觉得寒冷刺骨，手脚冰凉，几乎要失去知觉，幸亏听信客栈老板娘的话，带了件羽绒服，否则还不给冻硬？

六点四十分，东方地平线开始出现橘红，继而射出一道光芒，慢慢地，光芒越来越强，似乎从山坳里喷涌而出。此时，直听得"咔嚓咔嚓"，快门声四起，后面的人拍不到，不断央前面的人帮忙按快门。未几，太阳完全跳将出来，万道金光如箭如矢，越过山脊，照在我们身上。

实际上，过于晴好的天气，因为没有云霞衬托，日出反而并不完美，也不会非常绚丽，今晨即如此。再过一会儿，光线散开，已经拍不出什么来。我吃力地挪动脚步，在旁边又搓又跳，活动几分钟，腿脚才有知觉，便收拾起三脚架，准备撤离。

过"鹞子翻身"有"下棋亭"，据说为秦昭王与神下棋的地方。相传赵匡胤也在此与陈抟老祖赌局下棋，结果连华山都输了，所以有"自古华山不纳粮，皇帝老子管不着"的说法。估计"观棋烂柯"也发生在这里，连皇帝都带头哄百姓，文人们编则风雅的故事实属寻常。

兴致已尽，就不再去南峰，直接爬到西峰晒太阳。等肢体活动自如，便坐索道下山。

四　西安

千秋帝里

从西安开始

每座城市，都有其特殊的历史印记，譬如西安的钟楼，就是一座活着的文化符号。钟楼始建于明朝初年，原位于西大街以北的广济街口，即现在的回民街附近，为古长安城的中心。后来的两百年里，城市向东扩展，中心也随之偏移。到明神宗时，陕西巡抚心血来潮，主持将钟楼整体搬迁到如今的位置。

买花载酒长安市。既然作逍遥游，岂能不登临钟楼？老远看去，钟楼就像摆放在城市中心的红灯笼，显得俗气又喜庆。

建筑本身并没什么稀奇，无非是三重楼阁，四角攒顶。拾级而上，右边角落有口报警报时的巨钟，也算是没有辜负"钟楼"的名头。周围挤满拍照留念的游人，如同举行某种仪式般虔诚，我只好避开。一二层的朱红门窗颇有历史，刻着诸如"博浪沙椎秦""唱筹量沙""枕戈待旦"等典故的浮雕。二楼为小型博物馆，展出一些古老的烛台灯盏。

先来个四周望吧，钟楼上能看到东西南北的街道、往来的车流，以及参差十万人家。邻近的仿古建筑高挂红灯笼，一派祥和的节日气氛。虽然西安人尽量压缩周围的建筑，但在拔地而起的现代水泥森林面前，钟楼实在算不上雄伟，只能倚老卖老，凭着年龄胜出。不远处还有座鼓楼，同样古色古香，也是这座

长安古城墙

城市的年龄象征。

其实，这已经足够了。如此方正规矩、还保留着汉唐遗风的古城，放眼世界恐怕也是独一无二。要说中国的古城，可谓多矣，洛阳、开封、南京、北京，都是旧日的王城皇苑，但鲜有能与西安匹敌者。

中国的古都，真正留下点家底的估计只有洛阳、西安、南京、北京。洛阳是中国最早的都城，但后来的历史，就像做了人家的偏房，或者只能收留那些从长安逃难而来的贵族；而南京就像荡漾在秦淮河里的画舫，带着浓厚的脂粉气，只适合唱缠绵婉约的调子；至于老北京的皇城根儿，无非记录着异族征服汉人的历史。西安才是汉民族真正向外拓展的中枢，秦始皇、汉武帝、唐太宗给我们留下永恒的印记，许多国家至今仍然称我们为秦人、汉人或唐人。

虔诚的旅行者向来都用脚步丈量土地，我自然也不例外。从钟楼下来，沿

西安钟楼

着东大街拐入骡马市。这里是唐长安城少府监所在地，也就是总管百工技巧之类的政府部门，类似今天的工商局，明朝时成为骡马交易市场。如今店铺林立，专门销售时尚与新潮，很讨年轻人的欢心。

拐弯到东木头市，有家肉夹馍店，据说曾被"舌尖上的中国"提及，所以顾客盈门、生意火爆。排队到窗口，才知道这里的肉夹馍还分普通、优质和瘦肉馅儿的。拖着两重下巴的大嫂戴顶蓝色帽子，让我想起小时光顾过的国营饭店。我要了优质肉夹馍和冰峰汽水，这个组合，被西安人戏称为"肉夹馍套餐"，是西安市井生活的名片。

柏树林街东边有座卧龙寺，与外面的喧嚣不同，古树苍翠，僧人勤勉，耳可暂避红尘之喧嚣。出门往南到三学街，碑林博物馆就在附近，里面多书法名家的墨宝，是瞻仰缅怀巨卿鸿儒的所在。博物馆里有被游人宠坏的明星猫，

｜ 西出阳关 ｜

民国时期的西安
鼓楼

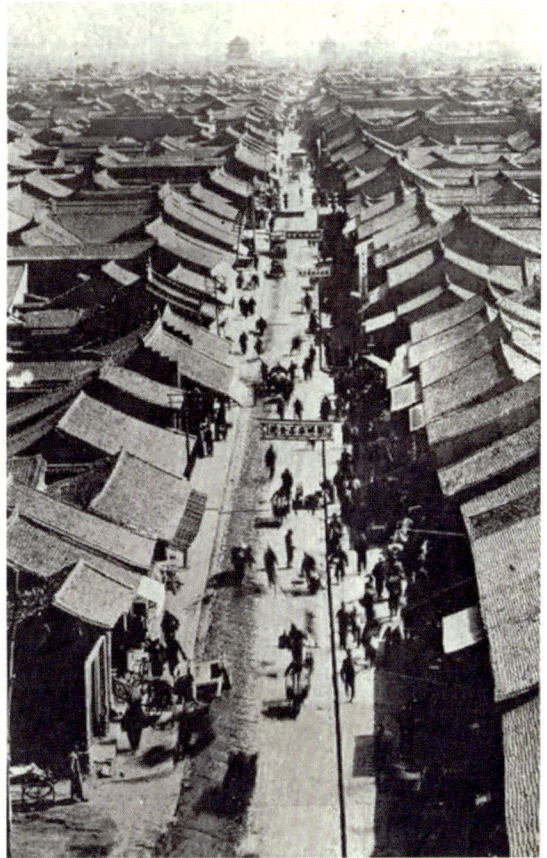

民国时期西安的西大街

听说因为抓伤谁家的熊孩子，将要被扫地出门，惹得"爱猫族"在网上声讨。穿过流淌着文化气息的书院门，看到银发老爷子现场挥毫，真个是"胸中翻锦绣，笔下走龙蛇"。我是门外汉，看完热闹，便顺街一直向西，前往道家圣地湘子庙。

湘子庙是八仙中老六韩湘子的故居，也是他出家得道的地方。唐人韩愈有诗"左迁至蓝关示侄孙湘"，这"侄孙湘"就是他的侄孙韩湘子，诗中"云横秦岭家何在？雪拥蓝关马不前"，据传系韩湘子对韩愈遭际的预言。湘子庙古木参天，环境清幽，可谓闹中取静。院内有水井，名曰"香泉"，韩湘子用井水酿酒，顷刻而就，成为奇谈。

往西是广济街，初唐时其南有朱雀门，北有玄武门，是长安皇城的南北中轴线。古籍《三辅黄图》中将朱雀、玄武、青龙、白虎称"天之四灵"，或叫四象，分别代表四个方位的二十八宿，皇都的营造当然要按风水布局。著名的"玄武门之变"，就发生在城北玄武门。宫廷内斗，兄弟相残，是李氏心中永远的痛，也是唐太宗终生洗不掉的污点。

再西行有座天主教堂，一对新人正在院子里拍婚纱照。出来后向南，就到了含光门。这里有唐朝含光门的遗址，为当时丝绸之路的起点。当年满载丝绸茶叶的骆驼商队，从含光门出发，一路向西，直达地中海沿岸。目前中国所倡导的"一带一路"，秉承共商、共享、共建原则，赋予古老的丝绸之路崭新的内涵，依靠中国与有关国家既有的双多边机制，共同打造政治互信、经济融合、文化包容的利益、命运和责任共同体。

含光门现被辟为博物馆，将一段土墩子和门道、路基圈起来，以讲述西安城墙的发展史。在此可以登上古城墙，甚至转一个圈子，以尽览城里城外的风光。

如今留存的西安城墙以明朝朱樉［shǎng］所建为基础，箭楼、角楼、敌台、城垛、瓮城等元素一应俱全，是中国保存最完整的古代城垣，顶宽相当于普通四车道，周长近三十里，冷兵器时代能跑马和操练。如果走路绕城墙一圈

儿，至少需要五六小时，是个不小的挑战。也可以骑自行车或乘电瓶车，但我不想错过古城的秋色，便选择徒步行走。

"秋风吹渭水，落叶满长安。"真是写绝了长安城，让后来者罢笔。事实上，如今西安的金秋，已很难体会到这种高古旷远的境界。护城河寂寞得连一丝涟漪都没有，环城公园里高出墙头的常绿乔木，郁郁葱葱，依旧是深沉的翠色，树叶子并没有凋零的迹象。

走走停停，三四小时后，行程已过大半，见天色已晚，便搭乘电瓶车回到永宁门。永宁门是古城的正南门，也是资格最老、沿用时间最长的一座门，中央箭楼在民国时曾被战火焚毁，现今所见为2014年修复的。箭楼前面的瓮城地势宽阔，经常举行大型文艺演出，或者以唐人礼仪欢迎到访的各国政要。

夜幕降临，城垛、敌台、箭楼及瓮城周围的霓虹灯全都亮了起来，红黄搭配，流光溢彩，是典型的中国风。走下城墙，穿过几个路口，来到瓮城的前面。但见灯火辉煌，古意盎然，这些不朽的秦砖汉瓦变得鲜活而生动。仿佛穿越时空，梦回汉唐，大漠朔雪，金戈铁马，真想高唱"秦时明月汉时关"。

醉卧长安人不识。今晚，也许我要喝上一杯！

秦始皇的地下军团

　　骊山是个有故事的地方，除人祖女娲和骊山老母外，还是许多帝王的风流地和伤心处。在骊山，可以找到周幽王戏诸侯的烽火台，空前绝后的秦始皇陵，唐朝帝王"秀"恩爱的华清池，以及蒋介石被捉的"兵谏亭"。甚至坐在某个山头上，就能闻到南方飘来的荔枝味儿。所以，骊山适合感慨兴亡、俯仰今古。

　　"更闻松韵切，疑是大夫哀。"我们不妨在唐人的诗境中，造访秦始皇帝陵博物院。

　　来到兵马俑坑，不能不思考战争。人类文明的历史，其实就是一部战争史。尽管我们不太愿意承认，但事实胜于雄辩。据《人类战争的历史》一书统计，在有记载的五千多年的人类历史上，共发生将近14531次战争，平均每年2.6次，几十亿人在战争

修复后的铜车马

中丧生。而在这五千年中，我们只有不足三百年的和平环境。换句话说，每百年里，有九十年在战争中度过。

不看不知道，一看吓一跳。即使社会发展到今天，战争还在继续，爆炸和袭击更是接二连三。国家与民族间依然崇尚"拳头就是硬道理"，足见和平共处是多么的不容易。相对而言，中国"一带一路"所倡导的"万国咸宁"与"命运共同体"理念，实属难能可贵。因为我们确信，"世界好，中国才能好；中国好，世界才更好"。

话说回来，秦始皇兵马俑就是一座专题战争博物馆，或者是一个战争机器模型馆。三个兵马俑坑呈"品"字形排列，总面积两万多平方米。尽管只发掘小部分俑坑，但已经出土各种兵器数万件，与真人真马一般大小的陶俑、陶马七千余件，战车百余辆。气势磅礴的战斗阵列如史诗般壮阔，仿佛正在等待检阅。如此浩繁庞杂的旷世工程，不仅是能工巧匠的智慧结晶，也是始皇帝意志的体现。

从本质上说，兵马俑是模仿"人殉"而制作的随葬陶俑，象征守卫秦始皇陵的卫戍部队。以木雕或陶塑替代活人殉葬始于东周，战国时期蔚然成风，秦汉至隋唐尤为兴盛，宋以后流行纸制品，木俑、陶俑才逐渐消失。秦始皇陵是以俑代人殉葬的典型，秦朝也是以俑代人殉葬的顶峰。

什么是"人殉"？就是"杀人以殉葬，以快生意"，包括"生殉"和"杀殉"。《墨子》说："天子杀殉，众者数百，寡者数十；将军大夫杀殉，众者数十，寡者数人。舆马女乐皆具。"可见当时"人殉"司空见惯，殷商时最甚。秦国用活人殉葬也极尽野蛮，《史记》记载："三十九年，穆公卒，葬雍，从死者百七十七人，秦之良臣。子舆氏三人，名曰奄息、仲行、缄虎亦在从死之中。秦人哀之，为作歌《黄鸟》之诗。"秦穆公死后，连三位良臣都作了陪葬。

周朝强调"明德保民"。《周礼》问世后，人殉有所收敛。《史记》载："献公元年，止从死。"秦国在公元前384年明令废除人殉制度，实际上，秦始皇变本加厉，殉葬人数空前绝后，史所罕见。《史记》又说："葬既下，或言工匠为机，臧皆知之，臧重即泄。大事毕，已臧，闭中羡，下外羡门，尽闭工匠臧者，无复出者。""臧"就是奴隶，为保守机密，秦二世将造陵的工匠奴隶全部关进墓里陪葬。又云："先帝后宫人等，未生子者，出焉不宜，应该殉葬。"二世胡亥还将送葬的秦始皇后宫佳丽一网打尽，估计陪葬者数以万计。

汉朝以后的多数皇帝不再实行人殉，但到朱元璋时又死灰复燃。明英宗朱祁镇临终遗诏曰："用人殉葬，吾不忍也，此事宜自我止，后世勿复为。"他曾被瓦剌俘获，自是奇耻大辱，但这一善举，为他赢回一局。《明史》说："罢宫妃殉葬，则盛德之事可法后世者矣。"这种残忍的事情离我们仅五百多年，听起来脖子后面直冒冷风。

实际上，秦地"皆迫近戎狄"，环境恶劣，崛起实属不易。周孝王时，秦人先祖非子在甘肃天水养马有功而被封为附庸，号称嬴秦，后因匡扶周室而屡得赏赐。到秦穆公时，灭西戎而辟地千里，成为春秋五霸。秦孝公任用商鞅施行变法，远交近攻，国力强盛，基本能"想打谁就打谁"。嬴政十三岁即位，二十二岁加冕，用贤德除弊政，最后横扫六合，统一中国。

秦始皇统一六国的历史，也是一部走向成功的励志片。有人说，秦国的成功，得益于早期的落后和不利局面，或许有一定道理。"修习战备，高上气力，以射猎为先"，秦人生存的基础就是尚武。有汉儒认为，《诗经·蒹葭》是在讥讽秦人没有贤达，不懂周礼。"王于兴师，修我甲兵，与子偕行"，秦人的流行歌曲都夹杂着金属的碰撞声。

秦人尚武，在兵马俑身上体现得淋漓尽致。武士俑身高都在一米八左右，魁梧威猛，留八字胡须，表情高傲冷峻。《六韬》有秦汉征选骑兵的标准："选骑士之法，取年四十以下，长七尺五寸以上，壮健捷疾，超绝伦等，能驰骑彀〔gòu〕射，前后左右，周旋进退……名曰武骑之士，不可不厚也。"秦标准尺长约23厘米，"七尺五寸"则约相当于今天的一米七三，标准比现在征兵还严格。

东周列国全民皆兵，秦国更是"重农抑商"，减少与"耕战"无关的产业。商鞅变法采取了一系列有利于强兵的措施，例如：颁布"连坐制"，轻罪用重

秦始皇兵马俑（何勇摄）

刑；奖励军功，禁止私斗，把军爵分为二十等级，按斩获敌人首级的数量晋爵。伙食标准因爵位高低而不同，鼓励争名夺利，甚至有为争夺敌人首级而自相残杀的记录。士兵战死，家人享受其爵位，名利双收，自是将脑袋别在裤腰带上战斗。

列国战时动员能力惊人，都能"数日成军"。有研究认为，不着头盔不挂甲片的武士俑，很可能是秦军的"陷队之士"，类似现在的敢死队。冲锋陷阵，配合主力攻击，战斗意志极为恐怖，令敌人闻风丧胆。

单兵作战能力强也还罢了。一号坑中由射手、步兵和战车组成的气势磅礴的长方形军阵，才动人心魄。由三排二百零四名免盔束发、身着战袍的弓弩手组成军阵前锋，左右两边的武士形成侧翼，尾端一列武士担任后卫。中间步兵与战车相间排成三十八列，是军队的主要攻击力量，可见当时战车是最具打击力的武器装备。军阵组合与兵家"强弩在前，锬［tán］戈在后""材士强弩，翼吾左右"的兵种搭配原则相符。

同一时期，欧洲马其顿王国崛起，荡平周围部族和城邦，成立"希腊联盟"。至亚历山大时，击败中西亚霸主波斯帝国，但在进攻印度时铩羽而归。有人曾想象，秦朝军队遇到马其顿方阵会有什么结果？好事者穿越时空，从人

秦始皇兵马俑（何勇摄）

｜西 出 阳 关｜

口、资源、后勤、武器，甚至军事思想方面做对比研究，看起来颇为有趣。当然，这种"关公战秦琼"的事不会有什么标准答案。

我倒是倾向于秦军赢，信心来自二号坑。这是一个由多兵种联合编队组成的曲尺形混合军阵，即兵家所言"方、圆、曲、直、锐"中的"曲阵"。曲阵有"前角""后犄"，大阵套小阵，大营包小营，阵中有阵，营中有营。正好照应"易则多其车，险则多其骑，厄则多其弩"的战术思想。其中的"骑兵小阵"，为考古发现最早的骑兵俑群，证明骑兵在秦朝已是装备齐全的独立军种。军事爱好者认为，秦"长平之战"的胜利，便得益于其快速灵活的骑兵突袭。

如此庞杂的战争机器，必须统一指挥，才能实现效率最大化。三号俑坑就是一、二号俑坑军阵的指挥中心，但没有发现"元帅俑"。考古认为，这可能是因为平日帅位虚设，战前临时拜将。

俑坑中出土兵器四万余件。深埋两千多年的青铜剑，出土时锃亮如新，经分析，发现其表面有铬盐氧化层，而西方二十世纪中叶才有这种技术。一把被兵马俑压弯的青铜剑，移开陶俑后竟回弹变直，谁能想到它被压弯了两千年？《秦律十八种》要求："为器同物者，其小大、短长、广夹（狭）亦必等。"从兵器和陶俑的刻名来看，"秦国制造"已经执行标准化流程，与"物勒工名，以考其诚，工有不当，必行其罪，以究其情"一致，武士俑手中配备的实战青铜兵器也是如此。

史料和实物对照，可以看出秦国就是一部高速运转的战争机器。其实，目前见到的这些，只是秦始皇陵的一部分。考古研究者推测，其陵寝比他生前的宫殿还要雄伟壮观，陪葬品极尽奢华。所有这些只有一个目的，那就是"以快生意"，继续享受他在世间的荣耀和富贵。

统一中国后，嬴政取"三皇五帝"意自称"始皇帝"；建立中央集权制度，废除分封制，建立郡县制；书同文，车同轨，统一度量衡；北击匈奴，南征百越；筑长城，修灵渠。时至今日，还有国家叫我们"chin"，想来是秦始皇的功劳。同时他也焚书坑儒，后期更是苛政虐民，妄想长生。当他乘彩绘铜车马

秦始皇兵马俑（何勇摄）

巡游时，天下志士恨不得将他砸个稀巴烂。公元前210年，秦始皇崩于邢台沙丘，留下无法收拾的烂摊子。后世对秦始皇的评价毁誉参半，或曰暴君，或曰祖龙。明人李贽说他是"千古一帝"，亦不无道理。

秦二世元年（前209）秋，陈胜、吴广揭竿而起，六国余部也趁机举事。二世残暴而短命，被权臣赵高逼死。公元前207年，刘邦、项羽先后进入咸阳，秦朝即告灭亡，国祚仅十四年。正如《阿房宫赋》所云："灭六国者，六国也，非秦也；族秦者，秦也，非天下也。"

始皇帝结束四方战乱，建立集权制度，"百代都行秦政法"。可惜他只从形式上完成了大一统，赋税和徭役压得百姓喘不过气来。据说修建陵墓就动用了七十万苦工，劳民伤财，分崩离析已是必然。但他为汉朝的崛起探明了方向，至汉武帝，才真正奠定中华民族的格局。

作为世界文化遗产，秦始皇陵及兵马俑因规模宏大和高度写实，被誉为"世界第八大奇迹"。但是，"世界第八大奇迹"至少有十几个，很难挑剔谁的不是。其实，有些排在前面的奇迹，如果不计较背后的故事，多数已经没什么看头了。

早朝大明宫

唐诗中有几首描写大明宫的七律，虽然是奉旨题诗，有拍马迎合粉饰太平之嫌，但也不乏雄浑壮阔的佳句名篇。为了体验诗境中的皇家宫殿，我搭乘首班开往龙首原方向的公共汽车，以布衣之身，也来个"早朝大明宫"。

传说有黑龙自长安县樊川蜿蜒北行到渭河饮水，其游走轨迹化为龙首原，也就是我现在所处的位置。瞧这名字，就像专为皇都内苑定制，所以汉、唐都在此建都立国。其北为汉长安城，其南为唐长安城，所谓攀龙附凤，堪舆风水，皇室比寻常百姓人家更甚。

或许受影视剧的影响，我对这座唐朝的权力中心实在没有太多好感。总觉得墙里墙外会突然冒出权术和阴谋来，连走路都如履薄冰。只是因其被列为"丝绸之路：长安—天山廊道的路网"中的一处世界文化遗产，便过来捧个场，为其积攒点儿人气。

初唐"玄武门之变"后，李渊传位给李世民，自己做了太上皇，但仍居于大内皇宫太极殿。李世民登基九年后（635），在皇苑东北部修建永安宫，好让太上皇安心避暑纳凉。原本方方正正的长安城，硬是给装了一只把手，变得不成规矩，也不怕破坏了风水。果然，次年五月，李渊病殁，没能享成清福，宫殿工程告一段落。到唐高宗时才再次营建，改称大明宫。此后两百多年里，大明宫都是唐王朝的权力中心，共有十八位皇帝在这里发号施令治理天下。

秋天的郊外有些冷清，街道寂寥，游客零星。太阳照在泛黄的树叶上，斑驳陆离，似乎正在发出金属落地般的声音。这座唐帝国的皇宫，昔年辉煌时为明清北京紫禁城的四倍半，被誉为"千宫之宫""丝绸之路上的东方圣殿"。如今在原来的位置建起的"大明宫国家遗址公园"，面积依旧大得惊人，我要坐上小火车，才能逛完整个园区。

中国古代建筑多为土木结构，很难抵御岁月的磨砺。深埋地下的大明宫遗迹，在考古挖掘后都被保护起来，或仿建新宫殿，或辟为博物馆，早已没有了"九天阊阖开宫殿，万国衣冠拜冕旒"的气象。当年，从南边刮来的季风，穿过气势雄浑的丹凤门，沿中轴御道往北，吹动含元殿、宣政殿以及内朝紫宸殿上的旌旗翠撵，再散入左右两侧的金吾丈院、中书省和门下省。早朝的臣子们

丹凤门

弯腰拱手，诚恐诚惶，还得言不由衷地赞颂："剑佩声随玉墀步，衣冠身惹御炉香"，真是说得比唱得还好听。

"如山之寿，则曰蓬莱；如日之升，则曰大明。"大明宫有蓬莱池，又叫太液池，位于大内庭中央，里面有蓬莱、方丈、瀛洲三山仙境。从此穿过几重殿阁往北，可直出玄武门。这座玄武门没有发生过流血事件，重要活动都在南边的丹凤门举行。一代雄主唐太宗在执政的最后一年，还登上丹凤门，宣布大赦天下。此后，皇帝登基改元、庆祝宴饮以及重要的对外政事活动，都在丹凤门举行，所以丹凤门是唐王朝的国家象征，被誉为"盛唐第一门"。

现今大明宫国家遗址公园内可看的景点有三十六处，除丹凤门和中轴线上的几座主要宫殿，还有座大明宫遗址博物馆，以出土的唐代文物和影视图像展示大明宫的历史。虽然又是挖掘又是仿建，但公园里仍然显得空旷，新铺的草地和新种的树木，成为那些草台班子演练秦腔的好地方，自是没有"旌旗日暖龙蛇动，宫殿风微燕雀高"的场面。

小火车转完一圈，最后停在丹凤门前。盛唐时这座门里"双阙龙相对，千官雁一行",如今只看到几个小屁孩爬在台基上打闹。我的"早朝大明宫",看来要与他们混迹一处,以检视大唐帝国的盛世荣光。

作为帝国的权力中心,大明宫里不仅暗藏权术,也有和平与爱情。武则天谋得帝位,曾在麟德殿宴请日本遣唐使,展现出帝国与外邦的友谊与和平。那时的日本将我们当成天朝上国,学习、传承唐人风范,日本国内至今犹是。

唐睿宗始置"节度使",允许其培养亲兵,拥有军权,为将来的祸乱埋下根基,也将唐王朝推向衰落崩溃的边缘。果然,唐玄宗时,节度使安禄山、史思明相继叛乱,唐玄宗与杨贵妃逃出大明宫。"此日六军同驻马,当时七夕笑牵牛。"马嵬坡六军徘徊,七月七日长生殿上的爱情誓言"在天愿作比翼鸟,在地愿为连理枝",于一座佛堂前的梨树下找到了归宿。"如何四纪为天子,不及卢家有莫愁",李商隐如是说。

"安史之乱"后,唐王朝逐渐衰落,朝廷便将重振纲纪的厚望寄予"阿弥陀佛",数度将法门寺佛骨迎请到大明宫供奉。"一封朝奏九重天,夕贬潮州路八千",韩愈谏迎佛骨被贬至岭南。所谓"国将亡,天与之乱人",少数脑子清楚的官员提个醒,还不受待见。皇帝无能,宦官专权,引发残酷而血腥的"甘露之变",六百多位朝廷重臣死于非命。此后宦官"迫胁天子,下视宰相,陵暴朝士如草芥"。

结果不难预料,广明元年(880),当唐僖宗正在进行臭名昭著的"击球赌三川"时,山东盐贩子黄巢攻破长安城,在大明宫称帝。三年后,唐军虽然收复了长安,但"宫室里坊,十焚六七",大明宫沦为各派势力争权的战场,屡遭焚烧。

公元904年,节度使朱温挟持唐昭宗迁都洛阳,同时下令毁掉长安的民房和宫殿,大明宫遭到毁灭性的打击,至此彻底沦为废墟。三年后,唐朝灭亡,这座举世闻名的皇家宫殿从此烟消云散,成了诗人笔下的文化意象。

秋风袅袅,渭水滔滔。君不见,大明宫就是一部时间简史,从建立到鼎盛,一度成为盛唐的荣耀,最终沦为废墟,正好是条抛物线。如同人类的生老病死,也像世间万物的生命轨迹，一切都是躲不过的轮回。在"家天下"的社会里，皇位继承人的选择极为有限，遇到雄才大略的统治者，是社会与时代的福祉，但也实在要靠运气。

东宫门有一组唐朝版的"天子驾六"雕塑，即六匹马驾一辆车，前面两个骑着高头大马的侍臣开道。杜牧有诗云："六飞南幸芙蓉苑，十里飘香入夹城。"可见当年皇帝通过大明宫的东夹城，直入曲江芙蓉苑宴饮游赏的声势也极为浩荡。

不远处就是公共汽车站，从这里到曲江十余公里，需个把小时。不过，当年天子出行，甲仗林立，车马喧哗，想必半个长安城都为此沸腾起来。

六驾南幸

雁塔题名

　　人生有四大喜事：久旱逢甘霖、他乡遇故知、洞房花烛夜和金榜题名时。用现在的话说，就是人活着，有朋友、家庭和功名，即为可喜可贺者也。如此看来，事业于人的一世着实重要。唐朝新中进士，均要在大雁塔内题名，以显荣耀。所以，这"雁塔题名"意味着春风得意，事业有成，是一段富贵的开始。

　　西安有大、小雁塔，都在城郭以南。佛祖释迦牟尼涅槃后火化形成舍利，被当地八个国王收取，分别建塔供奉，是为最早的佛塔。所谓佛塔，最初就是佛祖的坟墓，梵语浮屠（Buddha）的音译，玄奘《大唐西域记》中记为窣堵坡（Stupa），后来演变为专门存放佛家舍利和经卷图文的场所。常言说，救人一命，胜造七级浮屠，即指该事。

　　出朱雀门南行三里，即到荐福寺。门口的木头壁柜里居然摆着一个真人大小的皮影，玻璃窗装有按钮，随意操作，里面的人物便机械地活动起来。这是西北最常见的一种戏目，我们叫"灯影子"，道具人物多以牛皮制作，称"戏相"。小时喜欢摆弄牛皮人，精于此道的前辈们吓唬说，这玩意有煞气，如果镇不住，半夜会爬起来害人，于是便对其敬而远之。皮影戏现在被列为非物质文化遗产，成了稀罕事。

1906 年大雁塔

西行天竺取经的高僧，除法显、玄奘，后来者还有义净。荐福寺内的小雁塔，就是存放义净所取真经的场所，方形密檐式砖塔，十三层，高四十余米。砖塔的修建比荐福寺晚两年，史载由"景龙中宫人率钱所立"，也就是由唐中宗时期失宠的宫女集资建成。最初叫荐福寺塔，为对应大慈恩寺内的大雁塔，自然被称为小雁塔。细说起来，背后的故事有些凄凉，宫女捐钱建塔，想来也实在是无所寄托。

　　此地为古长安三大译经场之一，现为西安博物院的一部分，留存三件宝贝，即唐尊胜幢、无头石刻和金代铁钟。"雁塔晨钟"曾是关中胜景，有人写道："枕上一声残梦醒，千秋胜迹总苍茫。"如今恐怕很难听到了，因为钟声远敌不过呼啸而过的汽车轰鸣。所幸的是，作为"丝绸之路：长安—天山廊道的路网"中的一处遗址，大、小雁塔均被列入世界文化遗产。

　　所谓"雁塔题名"，是指大慈恩寺内的雁塔，位于小雁塔东南十里处。这里是唐僧玄奘的地盘，附近的雕刻塑像莫不表现这一主题。如今周围被辟为市民休闲中心，建起南北广场、音乐喷泉、酒肆茶楼和遗址公园，惠及众生，倒也算是福生无量。

　　唐贞观年间，太子李治为追念其母文德皇后而建慈恩寺。玄奘取经归来，又在寺内修建慈恩寺塔，以存放他从天竺带回来的经卷佛像。此后多年，玄奘在此弘法传道，译经讲学，将这里打造成唯识宗的祖庭和长安最大的译经场。实际上，玄奘取经的意义早已超越了佛教，成为中国人探索世界和积极进取的楷模。不过，唯识宗的理论诘屈聱牙，玄妙难懂，不像禅宗与时俱进。"放下屠刀，立地成佛"，抽掉门槛儿，谁都可以念阿弥陀佛。

　　慈恩寺内殿堂林立，果然比荐福寺宽敞，大雁塔也更显雄伟。世人都说雁塔借鉴了古印度佛塔建筑风格，我倒觉得二者截然不同。印度现存的著名佛塔，要数博帕尔（Bhopal）的桑奇（Sanchi）大塔、菩提伽耶（Bodhgaya）的大觉塔和拘尸那迦（Kushinagar）的涅槃塔，如果一定要认亲戚，恐怕只有大觉塔还沾点儿边。桑奇塔和涅槃塔为覆钵形，是缅甸和尼泊尔佛塔的近亲。

1936 年的小雁塔（张佐周摄）

佛教自汉代沿丝绸之路传入中土，几经变迁，与儒学、道家文化融会贯通，自成体系。至唐代时，已成为中华文明不可分割的一部分。而在印度，佛教逐渐衰落，再经伊斯兰教传入，几乎灭绝。如今的情势也不容乐观，依然是墙里开花墙外香。

　　其实，我是二度来访，当年登临尚不需要门票。雁塔的建成，以盛唐为背景，昭示着长安成为新的世界佛教中心。但有个问题，慈恩寺塔为何硬给叫成了雁塔？众说纷纭，通常认为是源自古印度佛教故事"埋雁造塔"，也有说因底层雁形而得名，但均无根据。可信的说法应该是源自雁与佛教的密切关系，中文"雁"由梵语桓娑（Hamsa）翻译而来，桓娑原是主神梵天（Brahma）的坐骑，在印度教里象征梵天，而梵天被佛教吸纳为护法神。印度文化中，雁通常代表个体的灵魂或精神；佛教中的北雁南翔象征跳出六道轮回（Samsara）。

　　当然，雁作为一种精神符号和装饰元素，在古印度文化圈被广泛使用。在中国，"雁"更多表达的是一种文人情怀。"雁塔风霜古，龙池岁月深"，描绘的是少林寺佛塔。许多诗词歌赋都用雁塔代指佛塔。因为这种关系，再加上荐福寺与慈恩寺相互照应，大小雁塔便被叫得越来越响，人们反而忘却它们最初的名字。

　　西安的秋天真是奇怪，忽然间下起雨来，将青砖铺成的地面打湿，滑溜溜的，人影可鉴。不过来得急切，去得也匆忙，随着一阵风吹过，天气又很快放晴了。

　　大雁塔是真正的七级浮屠，比小雁塔高二十余米。五代人王定保在《唐摭言》中说："进士题名，自神龙之后，过关宴后，率皆期集于慈恩塔下题名。"可见当时还叫慈恩塔。进士们在曲江流饮后，集体到大雁塔题名。题名最合适的位置，当然是首层墙壁，如戏文里所说，"粉壁墙上留诗一首"。白居易二十七岁及第，题写"慈恩塔下题名处，十七人中最少年"，狂妄得有些让人讨厌。可以想象，墙壁会被涂鸦成什么样子。然而，当年的题名终究没有保留下来，据说唐武宗时被宰相李德裕给抹掉了。

塔内砖雕

第二层塔内供奉鎏金释迦牟尼铜像，为镇塔之宝。第三层存放舍利，据说为印度玄奘寺住持悟谦法师捐赠，原来玄奘带回来的舍利子不知所终。第四层有两片贝叶经，李商隐诗"忆奉莲花座，兼闻贝叶经"，即指听经礼佛。贝叶经出现于公元前1世纪末南传佛教第四次结集，此前的佛教经典都是口耳相传，斯里兰卡阿卢寺（Alu Vihara）结集，首次将巴利语三藏经刻在贝叶上保存传播。

第五层有方释迦牟尼足迹碑，佛陀脚印以印度菩提伽耶大觉寺为真为尊。最高两层是吟诗作赋、登临送目的佳处，岑参"塔势如涌出，孤高耸天宫；登临出世界，磴道盘虚空"算是写雁塔的名句。

后院有新建的玄奘纪念馆，内容多与其西行天竺、译经弘法有关。院西南有片塔林，用来存放慈恩寺主持或高僧的遗骨。前行有纪念品商店，也以贝叶经招徕顾客。我猜想，这些可能是用现代技术复制的罢！

出慈恩寺门到南广场，看见玄奘雕像，居然让我萌生沿丝绸之路西行的冲动。不过，今晚我得看场秦腔。

| 西 出 阳 关 |

唐三藏的极乐世界

在西安市区乘坐公共巴士，过了将近一小时，才到少陵原兴教寺。

沿着两边有红墙青瓦的马路一直往里，爬上一段斜坡，便见青砖砌成的山门。正中写着"护国兴教寺"，左右分别为"法相""庄严"。不过正门紧锁，游人香客要在旁边的偏门里进入，奇哉怪也。步入寺院，见大雄宝殿前几个灰衣和尚正在忙碌，倒让人有些意外。因为别处的寺院已经沦为坐地收费的景点，难得见到僧人。

香炉前有只猫，缠着大和尚跑来跑去，似乎一点也不怕生。记得昔年与人对句，得联曰："庭前春色花求偶，座下禅音猫念经。"见此场景，让人想起少年时候的"风雅事"，不禁哑然失笑。

唐高宗麟德元年（664），玄奘法师圆寂于玉华宫，最初安葬在长安城西的白鹿原。六年后迁葬于少陵原，同时造塔建寺，称"大唐护国兴教寺"，当时为唐代樊川八大寺之首，也是佛教法相宗的祖庭之一。后人将其弟子窥基、圆测墓塔建在玄奘塔两侧，是为兴教寺三塔。

昔年玄奘历经磨难，西行天竺。"言寻真相""博考精微"，"廓群疑于性海，启迷觉于迷津"。特别是当时摄论、地论两家对"法相"持不同观点，使他决

1906 年　兴教寺三塔

｜西 出 阳 关｜

心求取佛学要典《瑜伽师地论》，以厘清头绪繁多的唯识理论。结果，他不仅实地考察了如来佛祖留存下来的遗迹，而且全面学习掌握了印度佛教修行的理论和实践方法。

在佛教圣地那烂陀（Nananda），玄奘听戒贤（Shilabhadra）讲《瑜伽师地论》《顺正理论》《显扬圣教论》和诸多经论及因明、声明等学说，同时兼习各种婆罗门教义。此后游历天竺多国，访师参学，著书论说，创立法相宗，以调和大乘中观、瑜伽两派的学说。法相宗着眼于"佛法"，是研究佛法和实践佛法的宗派。重要理论有三性三无性说、唯识转依说、五重唯识观、五种姓说和五位百法说等，同时重视"因明"的运用。

法相宗以"唯识所现"来解释世界，所以又叫唯识宗。世间万象都由人的第八识"阿赖耶（Alaya）"所变现，前"七种识"是"阿赖耶"的真实显现。认为"阿赖耶（Alaya）"蕴藏着变现世界的潜在功能，或称"种子"。其性质有染有净，即"有漏""无漏"两类。"有漏"种子为"世间诸法之因"，"无漏"种子为"出世间诸法之因"。可以简单理解为，"有漏"就是凡夫俗子，"无漏"即可超凡脱俗。

听起来是不是高深莫测？确实，法相宗理论过于高深，诘屈聱牙，难以明辨，我只能理解到这个层面。通往天国的门票太贵，所以最终没有传播开来，只成为小圈子里的"大学问"。后来的禅宗，将复杂的事情简单

兴教寺测师塔

兴教寺窥基塔

化，"见性成佛""放下屠刀，立地成佛"。门槛儿低了，捧场的人自然多。只是禅宗的理念，过于追求"潮流"，"吸粉"就是硬道理，几乎与佛陀最初的"四圣谛、八正道、十二因缘"相悖了。

从某种意义上说，玄奘的行为早已超越了佛教。他不仅是旅行家、翻译家、哲学家和佛学宗师，更是知识分子的楷模，是积极进取、探索世界的英雄。他有几个才华出众的弟子，如辩机、窥基和圆测。辩机因帮玄奘撰成《大唐西域记》而声名在外，可惜他没能善终，死于"作风问题"。相传他与唐太宗之女高阳公主私通，被发现后处以腰斩。窥基、圆测最终陪伴在玄奘身边，可谓师徒情深。

窥基俗姓尉迟，字洪道，将门之后，相貌魁伟，禀性聪慧。十七岁出家，奉敕为玄奘弟子，入弘福寺，后移住大慈恩寺，师从玄奘习梵文及佛教经论，被尊为"慈恩法师"。相传窥基初入佛门，有点"不听话"，出行时驾三车，"前车载经论，中车自乘，后车载家妓、女仆、食馔"，因此得了个"三车和尚"的诨号。不过，他修得正果，著述颇丰，与玄奘同为唯识宗创始人。永淳元年（682）窥基圆寂于慈恩寺翻经院，年仅五十一岁，葬于兴教寺玄奘塔右侧。

另一个弟子圆测更有来头，原为朝鲜半岛新罗王的孙子，自幼出家，十五岁就来到中国。玄奘从印度归来后，圆测即受学于玄奘，著有《解深密经疏》

十卷。他圆寂后葬于洛阳龙门香山寺北谷，其弟子将部分遗骨葬至终南山丰德寺。北宋政和五年（1115），丰德寺部分遗骨迁葬于兴教寺玄奘塔左，与窥基一起陪伴玄奘。

与其他寺庙相似，兴教寺的主要建筑沿中轴线依次递进，从最前面开始，左右分别是钟鼓楼，然后是大雄宝殿、法堂和卧佛殿。还有座藏经楼，不对普通游人开放。最主要的看点在慈恩塔院，院内"兴教寺三塔"，为镇寺之宝。

慈恩塔院内绿树掩映，古意盎然。中间玄奘塔最高，拱门顶书"唐三藏塔"，两边的"基师塔"和"测师塔"较低。兴教寺最有价值的文物就是这三座砖砌密檐舍利塔，2014年被列为"丝绸之路：长安—天山廊道的路网"中的一处文化遗产。据说当年"有关组织"曾以"申遗"为借口，差点将这座古刹拆除。寺内还藏有明代铜佛像、缅甸玉佛像各一尊，以及若干经卷壁画。

走出院子，和尚们隐入僧院里。但那只猫还在，蜷缩在禅堂前沉睡。对一只猫来说，红尘世事不过一场大梦，能睡着何必醒着？

兴教寺内石像

走进回民街

关于小吃，但凡游客都趋之若鹜，本地人却都嗤之以鼻。譬如西安的回坊，就是典型的例子，抑或广州的上下九、长沙的火宫殿、南京的夫子庙，皆为此列。

我虽然深谙此中道理，但还是要去参观一番。看这条街到底用了什么魔法，将外地人撩拨得神魂颠倒、馋涎欲滴。从钟楼出发，沿西大街步行二里即为鼓楼，隔壁就是人见人爱的回坊，钻进一条挂满"福"字的小巷，东张西望，不知不觉踅[xué]摸到西安的都城隍庙，倒算是意外的收获。

之所以叫都城隍庙，是因为其管辖西北诸省，与北京、南京的城隍庙齐名，同为天下三大"都城隍庙"。城隍源于道教，属汉民族的英雄崇拜，供奉对当地有贡献或者有影响的历史人物，西安都城隍庙所供奉的是汉代刘邦麾下大将纪信。相传纪信身形样貌酷似刘邦，楚汉相争，荥阳城危时假扮刘邦向西楚请降。刘邦乘机冲出重围，纪信则被项羽捉住，劝降不成，最终用火刑处决。刘邦得天下后，念其功德，在全国建城隍庙，奉纪信为城隍老爷。

都城隍庙颇具规模，由南向北，依次为文昌阁、钟鼓楼、二山门、戏楼、牌坊、大殿、二殿、牌楼、寝殿，两侧有厢房道院。整座建筑群红墙青瓦，雕梁画栋，看得我心里欢喜，暗自庆幸没有错过。走进山门，穿过青石板路，就是文昌阁。门前悬挂"城隍庙请香处"旗子，旁边红纸黑字写着："按国家标准，所售香体可燃部分不长于500毫米，直径不大于10毫米。"我要为这个规定点赞，其实早就应该标准化，减少污染环境和攀比浪费姑且不论，至少能够杜绝以烧高香为名的诈骗活动嘛。这里的香烛售价五至三十元，惠及百姓，想必城隍爷不会介意。

现存大殿为清代建筑，古色古香，内有城隍、判官、小鬼等雕像，信徒络绎，香火旺盛。不过，相对于隔壁的回坊，算是闹中取静，祥和幽雅，可在缭绕的香烟中休息片刻。

1947 年西安集市

1947年卖蜡烛的妇女

回坊也叫回民街，走进回坊，只见人群熙熙攘攘，比肩接踵，我甚至怀疑，这人流能将两边店铺里的羊肉汤给挤出来。边走边看，遇见一座写着"西羊市"的门楼，据说里面藏着回民街最经典的吃喝。饭馆店铺林立，泡馍、扯面、饺子，还有甑糕、柿饼、秦酥，看得人眼花缭乱，甚至患上选择困难症。

苏东坡夸道："秦烹惟羊羹，陇馔有熊腊。"这"羊羹"就是现在的羊肉泡馍，为西安美食的第一张名片。泡馍的功夫在羊肉汤里，上好的羊汤要求骨汤和肉汤分别烹煮，肉先腌制二十小时，再煮十来个小时。讲究料重味醇、汤清肉烂，食后回味无穷。以前的泡馍馆把一锅汤卖光就打烊，口碑不错的老字号通常都是早晨七点营业，中午就关门歇息。现在恐怕做不到了，恨不得二十四小时营业，而且使用机器切馍。比较讲究的老店鼓励食客自己掰馍，如果掰得不够细，还得返工。当然，现在也用牛肉，是为"牛肉泡"。

扯面也是西安的招牌，如油泼扯面和裤带面，面条宽厚而富有韧性。扯面在最早的记录中叫"煮饼"，相传由西周"礼面"演变而来；秦汉时称"汤饼"；隋唐叫"长命面"，意谓"耐煮"；宋元时又改称"水滑面"。面煮熟捞至碗中，加盐、醋、葱花、蒜苗和辣椒面儿，油烧热浇至碗内，拌匀就可以上桌。裤带面通常一碗一根，顾名思义，宽如腰带。咬不断、吃还乱，很考验人的耐心。

回民街实际上是整个回民社区的统称，由北广济街、北院门、西羊市、大皮院、化觉巷、洒金桥等数条街巷组成，钻进去就像迷宫。陕西人说"油泼辣子'Biángbiáng'面，老婆孩子热炕头"，将生活归纳得简单而实在。西安街头到处都能看见那个复杂的"Biáng"字，据传为一个想赖账的穷秀才所创，由此顶了一餐饭钱。这字看起来就像有人端着一碗面正在狼吞虎咽，生动而幽默，真是一张带着香味儿的名片。其实，与扯面相差无几。

有人强调，外地游客去的回民街与本地人眼中的回民街不是一回事，就像洒金桥，鲜有外地人光顾，但颇受本地人青睐。这话说得对，也不完全对，毕竟回民街是吃出来的招牌，人流量是最好的证据。何况现在的背包客们，能将一座城市翻个底朝天，哪个角落里的肉夹馍正宗，羊肉泡地道，都摸得一清二楚。我就碰到一位大连姑娘，聊得投机，半夜时分，还拉着我去找湘子庙附近的葫芦头。实际上就是猪大肠，因为打了结扣，形似葫芦头而得名。

转来转去，逛到大清真寺门口，但要凭票参观，便放弃了。听说回民街的酸奶纯正，便想一试，但包装简易，店小二说为家庭手工制作。连续碰到几家，都一模一样，想来也是流水线上的作业，便绝了念想，不再逗留，寻路走出回坊。一个人溜达半天，不知怎地，硬是没有品尝回民街的美食，说来真是让人笑话。

通常来说，网上走红的美食街，都不入本地人法眼。一是因为地段和成本，导致价格虚高，本地人熟知行情，当然不愿意去当"水鱼"；二是这种网红美食街，多做一锤子买卖，外地游客去一次，很难有机会再去。不像居民小区附近的餐馆，基本都是回头客，如果做不好，就会关门大吉。回民街也一样，名气大，但吸引的都是外地游客。其实，各地出名的美食街都类似，本地人都不怎么愿意去。

又回到钟楼，旁边有同盛祥泡馍店，便进去挑个位置坐下。这家店的白饼子要求自己掰碎，小二嫌我的手工活计粗糙，打回返工，只好重新仔细掰过。突然间醒悟，这个过程，才是生活应有的韵律。

灞桥烟柳，酒杯中的离别诗

文人笔下的灞桥，诗意而伤感，充满离愁别恨。如果再牵扯到杨柳，那简直就是一幅饯行的画儿。让人想做个端着杯盏的小厮，跟在后面看他们咿咿呀呀地劝酒话别。

"昔我往矣，杨柳依依；今我来思，雨雪霏霏。"（《诗经·采薇》）古人的离别意绪远比今人来得浓厚醇酽，因为这一去恐怕便是十年八载，音信渺茫，难以相见，甚至成为永别。一种相思，两处闲愁，最多托只雁儿捎封家书，已是绝望中的希望。今天远行的旅人，即使跨越半个地球，也能朝发夕至，离愁别恨自然就淡薄得多了。

年年柳色，灞陵送别。中国历史上，唐朝恣肆汪洋，风华绝代；国民举止乖张，性情洒脱。然而，旷达豪迈的唐人也最重感情，他们的爱恨情仇教后人汗颜。这灞桥，就是离别的意象，不管有没有去过灞桥，或者在不在灞桥，只要着一"灞"字，就能让人想到"执手相看泪眼，竟无语凝噎"的场景。唐人的文章，将灞桥塑造成送行的别称，仿佛在灞桥的柳色里，饮尽友人端过的春酒，才能释怀，才能上路。

还是李白，"送君灞陵亭，灞水流浩浩"。这个浪漫的人，离别时也会"正

1936 年灞桥牌楼（张佐周摄）

1936 年灞桥（张佐周摄）

当今夕断肠处，骊歌愁绝不忍听"，足见他爱憎分明，是个性情中人。"高拂危楼低拂尘，灞桥攀折一何频"，按照裴说的做法，河畔的杨柳早都被人折光了。

灞水何以成为诗人笔下的"离别"意象？大约一百万年以前，我们的祖先蓝田猿人就在灞水两岸生息繁衍。可以说，灞水是蓝田的母亲河，孕育了华夏始祖文化。北魏郦道元在《水经注》里说："古曰滋水矣，秦穆公霸世，更名滋水为霸水，以显霸功。水出蓝田县南蓝田谷。所谓多玉者也。"又云"出商山、秦岭，北出倒回谷，经蓝田，本名滋水，秦穆公改为霸水，过陵会浐水，北合于渭。"

为什么又叫"灞陵"？"霸水又左合浐水，历白鹿原东，即霸川之西故芷阳矣。《史记》'秦襄王葬芷阳者是也，谓之霸上；汉文帝葬其上，谓之霸陵'，上有四出道以泻水在长安东南三十里。故王仲宣赋诗云：'南登霸陵岸，回首望长安。'"王仲宣者，王粲也。他遇到的年景，与后来的辛弃疾相若。不过辛弃疾离得远，只能吟唱："西北望长安，可怜无数山。"

这里的"秦襄王"指秦庄襄王，秦始皇的父亲。早年曾为赵国质子，后在吕不韦的帮助下登上秦国王位。《史记·吕不韦列传》云："始皇十九年，太后薨，谥为帝太后，与庄襄王会葬茝阳。"茝［chǎi］阳，即芷阳。汉文帝即刘恒，西汉第五位皇帝，励精图治，使汉朝变得强盛富庶。他是"文景之治"的创始者，也是"二十四孝"故事中亲尝汤药的主人公。

因为灞水河畔的帝陵，所以便有了"灞上""灞陵"之称。而后世诗文里的灞浐、浐灞、灞柳、灞桥、灞岸，也都因灞水而得名。作为文人墨客和巨卿鸿儒劝酒送别的固定场所，灞水上面很早就有桥。《水经注》里说："汉世有白鹙［qiū］群飞，自东都门过于枳道，吕后祓［fú］除于霸上，还见仓狗，戟胁于斯道也。水上有桥，谓之霸桥，地皇三年，霸桥木灾自东起，卒数千以水泛沃救，不灭，晨燔夕尽。"

史料记载，灞桥历经劫难，从古建到今，各朝位置都有所不同。秦汉以来，灞桥是出入长安的必经之路，唐朝时设有驿亭。长亭短亭，十里五里，凡送别

灞桥今貌

亲朋好友东去，多在此话别，或折柳相赠，或执手相看。黯然销魂者，唯别而已矣，所以灞桥又称"销魂桥"。那些离别的人更是吆喝"年年伤别，灞桥风雪"，硬是将"灞桥风雪"唱成长安胜景。

向灞桥生态湿地公园的保安打听一番，才知道如今的灞桥流于寻常，为1949年后重建的水泥钢架桥，很难觅到"灞桥风雪"的影子。1994年，当地人取沙时意外发现灞桥遗址。有长约四百米的残存桥墩，清理出三孔桥洞。桥墩呈船形，两端设分水尖和吸水兽，下面以石板铺成长方形底座，底座下打满木桩构成桥基。2004年国庆节期间，一场大水又冲出十座隋代桥墩，如今这座隋唐灞桥已成为全国重点文物保护单位。谁能料到，这些埋在河底的遗迹，竟然就是我们吟诵了一千多年的隋唐灞桥。

实际上，很多时候灞桥也是帝都或者权力的象征。白居易说"灞浐风烟函谷路，曾经几度别长安"；刘长卿说"长安邈千里，日夕怀双阙。已是洞庭人，犹看灞陵月"；甚至唐玄宗也写道："洛阳芳树映天津，灞岸垂杨窣地新。直为经过行处乐，不知虚度两京春。"这个时候的灞桥送别，通常意味着即将身处江湖之远。仕途、理想都化作泡影，不免一把鼻涕一把泪。"瘦马频嘶灞水寒，灞南高处望长安"，这位许浑先生喜欢登临怀古，如此场面，大概也是一步三回头的。

"灞水桥边倚华表，平时二月有东巡。"晚唐衰落，山东离乱，李商隐这样抱怨。黄巢打到长安，实现了他"冲天香阵透长安"的夙愿，可惜局势紧张，他只好破坏一番走人。公元904年，朱温挟唐昭宗，同时拆除宫室、官署、衙门、民宅，以木料为舟，载物及长安男女顺渭水及黄河漂向洛阳。李唐经营了286年的帝都，一朝变为废墟。从此以后，灞陵桥就成为怀古伤今的意象。宋人柳永唱道："参差烟柳灞陵桥，风物尽前朝。衰杨古柳，几经攀折，憔悴楚宫腰。"这也罢了，读他的"杨柳岸，晓风残月"，让人真想躲在树后，捕捉这个精妙的瞬间。

不论如何，都应该去拜访汉文帝。这位低调务实的帝王与他的继承者，奋发图强，养精蓄锐。到汉武帝时，终于将攒了好几代的拳头打出去，使汉朝成为中国历史上最激情四射的朝代之一。

沿灞水左岸往南，过白鹿原北崖凤凰嘴，约十公里，即到毛窑院村，一个谷口的坪坝上立有汉文帝灞陵碑。相对于周围山岭，灞陵浑厚壮阔，如文帝其人。汉文帝终前诏曰："霸陵山川因其故，毋有所改。"也就是"因山为陵，不复起坟"，这是中国历史上第一个依山凿穴的帝陵，开创后世"依山为陵"的先河，如唐太宗昭陵，唐高宗乾陵，均依此例。

其实，白鹿原上有两座西汉帝陵，再往南不远处还有汉宣帝刘询的杜陵。其他九座西汉帝陵，都在渭河北面的咸阳原上。

五

延安

塞上咽喉

黄帝崩，葬桥山

　　《史记》载："黄帝崩，葬桥山。"《史记·索隐》云："桥山在上郡阳周县，山有黄帝冢也。"秦汉时的阳周县究竟在哪里，历来富有争议，主流观点认为就是今天的黄陵县。

　　大桥山位于陕西和甘肃的接壤地带，绵延八百余里。山里有条贯穿南北的"皇上路"，为秦始皇命人修建的战略通道，也就是今人所称的"古代高速公路"。因北为"子"，南为"午"，所以又叫"子午岭"。小桥山就是子午岭中部向东延伸的支脉，即黄帝陵桥山，坐落在黄陵县城北。

　　远古时期，桥山为有蟜氏聚居地，也叫蟜山；黄帝时称"轩辕之丘"或"轩辕之台"，所以黄帝也叫"轩辕"。鲁迅的"寄意寒星荃不察，我以我血荐轩辕"，即源于此。黄帝是中华民族的始祖，所以黄帝陵是名副其实的"华夏第一陵"。

　　《国语》记载："昔少典娶于有蟜氏，生黄帝、炎帝。黄帝以姬水成，炎帝以姜水成。成而异德，故黄帝为姬，炎帝为姜。二帝用师以相济也，异德之故也。"姜水为宝鸡市的清姜河，姬水是武功县的漆水河，均为渭河支流。司马迁在《史记》中否认这种说法，认为炎帝与黄帝是不同的部落，且战于阪泉之野，"三战，然后得其志"。

作为华夏子孙，来到陕西，自然要去拜谒我们的人文初祖。为图省事，我跟随一个旅游团，前往黄帝陵。

　　黄陵县现归延安市管辖。从西安出发，北行约160公里，即达黄陵县。不管是天意，还是巧合，用陕西人的话说，这延安确实"撩咋咧"（好得不得了）。五千年前，炎黄部落在这里崛起，荡平其他部落，击败强大的蚩尤，从蛮荒时代跨入文明社会；五千年后，延安又成为一个新政权的圣地。史海钩沉，风云际会，中华民族就像黄土高原上的信天游，实为可歌可泣者也。

黄帝陵

炎黄时代，北非古埃及也进入古王国时期。上埃及法老纳尔迈（Narmer）平定下埃及，建立古埃及历史上第一个中央集权国家。从此，两个古文明齐头并进，各自活跃三千多年后，古埃及文明最终烟消云散，成为博物馆里珍藏的雕像和壁画，而中华文明虽然命途多舛，却一脉相承，延续至今。

穿过轩辕大道，桥山扑面而来，轩辕黄帝就在这里龙驭作古。黄帝陵分两部分，东边是庙，西边为陵，我们姑且按先庙后陵的次序参谒。

轩辕庙面南背北，依次递进。山脚有印池，系沮河分流而来。据传因黄帝在此淘洗玉玺，故而得名。桥山对面是印台山，为黄帝的置印台。这些典故多为旅游行业编出来的段子，穿凿附会，大可不必当真。跨过印池上面的轩辕桥，过龙尾道，登九十五级台阶而达轩辕庙。正门两边悬挂三副对联，陈词滥调，极尽夸饰，炫耀黄帝功德。

整座建筑群布局按皇家规制，如龙尾道有九十五级台阶，象征九五之尊，甚至印池南的广场都用了五千块鹅卵石。

庙内古柏苍劲，其中一株盘根错节、遮天蔽日，相传为黄帝手植，名曰轩辕柏或黄帝柏。轩辕柏已有五千高龄，老态龙钟，是我见过最长寿的树。今人编造的故事可谓多矣，说实话，我有点怀疑。不论如何，还是沿着铁护栏转一圈儿，低头拱手，姑且当成礼数。过诚心亭，整理衣冠，往北有碑亭，两边有孙中山、蒋介石、毛泽东等人为黄帝陵题写的碑文。从西汉起，历朝皇帝都会亲临桥山祭祀祖先，题词立碑，留到现在的石刻雕塑都存于轩辕庙碑廊里。

院里有香港澳门回归纪念碑。黄帝"南至于江，登熊、湘"，未必知道香港、澳门。如今在这里竖块碑，也许还有"光宗耀祖"的意思。最珍贵的文物要数汉代黄帝脚印石，放在一个玻璃罩内，据传将硬币投在拇趾凹陷处，会带来好运气。脚印旁有棵古柏，人称"将军树"或"汉武挂甲柏"，传说"汉武帝征朔方还，挂甲于此树"。树身纵裂，沟壑扭曲，就像被谁反剪了双手，实在是一个痛苦的存在。

庙院中心是人文初祖殿，为轩辕庙的主体建筑，也是中华民族的圣殿。门

轩辕庙内黄帝浮雕像

楣悬挂程潜所题"人文初祖"匾额，殿堂供奉用富平墨玉刻成的黄帝浮雕像，神龛周围由朱雀、玄武、青龙、白虎四灵守护。黄帝除头顶王冠，其神态、衣饰就像寻常乡野汉子，姿态像是正在为谁指点迷津，抑或迎请客人，一点都没有架子，确实让人出乎意料。《史记》载："轩辕乃修德振兵，治五气，艺五种，抚万民，度四方。"用现在的话说，就是德艺双馨。

人文初祖殿后面是气势恢弘的祭祀广场，阙台巍峨，黄旗招展，清明公祭轩辕黄帝典礼的余韵犹在。最北是轩辕殿，简洁而不失庄严，殿内为"黄帝明堂"。布局陈设可谓"天圆地方""大象无形"，正好对应中国传统哲学理念。奇异的是，屋顶有圆形阔口，天光照射下来，打在黄帝浮雕像上，华亮耀眼，平添几分神圣色彩。

轩辕庙西不远，就是黄帝陵，乘电瓶车几分钟就到。从"中华世纪柏"开

汉武帝挂甲柏

始，沿登道步行即达盘龙岗陵园。盘龙岗遍植古柏，据说有三万余株，甚至龙头位置有对称的"麻花柏"，形如龙角。

摸一下守护神天鼋［yuán］神慧的脑袋，沾点儿好运气，在下马石旁整理衣冠，捋顺头发。神道尽头就是陵园，进门左手边是二十四米高的"汉武仙台"，高树垂阴，芳草连天，有阶梯达顶。史载汉武帝刘彻"北巡朔方，勒兵十余万，还，祭黄帝冢桥山"。朔方郡为当时北方边郡，武帝开疆拓土，武功卓著，奠定汉家基业，自然要在祖先面前夸耀一番。当地人说"登台一次，增寿一年"，我也未能免俗。爬上高台，举目四顾，但见香烟缭绕，云气升腾，实在是吉瑞祥和的宝地。

过棂星门，登桥山顶，即见黄帝陵冢。冢前有祭亭，内立石碑，上刻郭沫若手书"黄帝陵"。旁边还有块"桥山龙驭"碑，传说轩辕黄帝在此乘龙升天，人们拉扯挽留，甚至拽掉他的衣帽、靴子、宝剑等物，埋在这里，修成陵墓，以志怀念。史载"黄帝已仙上天，群臣葬其衣冠"，此处实为黄帝的衣冠冢。

今日天气晴暖，阳光透过古柏叶子打下来，星星点点，如天女散花，降瑞布泽。不时有游人进来，焚香剪烛，磕头作揖，怀古追思。大香炉里青烟袅袅，庄严肃穆，但并不觉得哀伤。"中华国脉承龙脉，黄帝英魂壮民魂。"除民间祭拜，从古至今，每年清明和重阳的轩辕公祭典礼，都在这里举行，是中华儿女追思先祖功德，抒发民族情感的重要场所。

最后边是黄帝陵冢，位于桥山顶中央。方形墓台上面为扁球状土冢，古木翠晴，天圆地方，周围以青砖砌墙防护。五千多年啊，轩辕黄帝看着他的子孙在抵御异族和自相残杀中繁衍生息。如今物是人非，但他将最根本的"土德之瑞"植入我们的骨子里，成为华夏民族传承延续的血脉。

史载："黄帝居轩辕之丘，而娶于西陵之女，是为嫘祖。"嫘祖发明养蚕，史称"嫘祖始蚕"，让远古时期的中国人穿上了丝绸衣裳。三千年后，丝绸之路打通，西方人开始接触到华夏文明，将丝绸制品当成身份和地位的象征。

陵冢以北，有新建的龙驭阁，内部壁画展现的是黄帝的创造发明和丰功伟绩，其统一华夏，发明"鼎"和"井"，与岐伯讨论病理而成《黄帝内经》。登龙驭阁，揽尽黄陵县城，但见沮水蜿蜒，勾勒出一只心形锦囊，将桥山装在里面，留下西北出口。懂得风水堪舆之术的人，想必能说出子丑寅卯来。

其实，安徽黄山每年也有轩辕公祭典礼。远古时，黄山曾叫"天都"，因黄帝在山中炼丹而改今名。黄山七十二峰中就有轩辕、浮丘和容成三峰，浮丘、容成是黄帝的仆臣。当然，黄河也是中华民族的摇篮，著名的壶口瀑布距此地约130公里。现在过去，正好赶得上落晖夕照，以及波澜壮阔的黄河"大合唱"。

黄帝、黄河、黄山，显然这"黄"字来历不凡。不要说黄姓人氏，就是沾点儿黄颜色，都算是吉祥喜庆的好意头。君不见，中国人做事，还要挑选个"黄道吉日"哩。

六

咸阳

秦川腹地

茂陵风雨

诗人笔下的茂陵，高远壮阔，苍凉萧索。唐人韩偓的"不悲霜露更伤春"、崔涂的"茂陵红叶已萧疏"，总带着点儿感伤情调，读起来让人觉得"活着真累"。倒也不稀奇，千古凭高对此，伤春悲秋，才是墨客骚人的本色。

这些文豪们愤世嫉俗，感怀时事，满腹牢骚又不敢明着发出来。于是装疯卖傻，指桑骂槐，汉武帝的坟头都快被唾沫星子给淹没了。

茂陵是汉武帝刘彻的墓葬。细说起来，咸阳原是物华天宝，王气长盛，又何止一座茂陵？白居易笔下的"五陵年少争缠头"，说的是五陵富家子弟为琵琶女争风吃醋、一掷千金的故事。所谓"五陵"，就在泾河与渭河交汇处的秦都咸阳原上，是埋藏西汉皇室贵族的风水宝地。西汉王朝历210年，经15位皇帝，建陵11座，有9座位于咸阳原，其中最尊贵最显赫者为高祖长陵、惠帝安陵、景帝阳陵、武帝茂陵和昭帝平陵。这五陵当时均设县邑专门管理，而且从外地迁来许多豪门望族和达官显贵，近陵而居，专门陪伴伺奉先帝。

李白有诗曰："五陵年少金市东，银鞍白马度春风。落花踏尽游何处？笑入胡姬酒肆中。"可见豪门贵族多聚集于此。杜甫也写道："同学少年多不贱，五陵裘马自轻肥。"此处显然是将优势资源集中起来的典范。随着时间的推移，

"五陵"便成为皇室与豪门的代名词，带着独有的富贵气息。

姑且不管周天子，甚至忽略秦始皇。对于茂陵，我一定要去拜访。时序也刚好，一个晚秋的清晨，天气正酝酿着雨意，萧瑟而迷蒙。我乘辆巴士，从西安钟楼出发，前往咸阳原。现在的茂陵，行政地址是咸阳兴平市南位乡茂陵村，离西安市区四十余公里。

走走停停，巴士穿过咸阳原，很快抵达茂陵。雨点儿终于掉下来，且越来越急，世界变得灰暗朦胧。抬眼望去，秋风细雨，断烟衰草，正好营造出一种怀古伤今的调子。我总以为，应该站在某座小山包上，才能够领略这方皇家风水宝地的气象。而现在，我却要走进茂陵博物馆，一则暂避淅沥缠绵的苦雨，再者参观从茂陵挖出来的宝贝。

秦始皇统一六国，但他的改革过于激烈，而且没有减轻社会底层的负担，最终被汉高祖刘邦取代。刘邦初得天下，在秦始皇中央集权的基础上适度妥协，对功臣进行分封。待政权稳固后，才逐次解决掉异姓诸侯。到景帝时，同姓王的势力已严重威胁到中央政权，于是刘启推行"削藩策"，平定"七国之

金日磾墓

乱"，为汉武帝刘彻打下一个良好的基础。

刘彻是西汉第七位皇帝，在位五十四年。他于"文景之治"的基础上，奋发图强，击败匈奴，攘夷拓土，奠定了中原汉族地理版图的基本框架；派遣张骞出使西域，打通丝绸之路，与西方世界互通有无，将帝国推向鼎盛高峰，是最有建树的汉家天子。汉朝是向外拓展的朝代，将不畏死，兵不惜命，打出了汉民族的尊严和自信。一句"明犯强汉者，虽远必诛"，就足以让人豪情万丈、热血沸腾。然而，就算雄才大略的汉武帝，也不能免俗。他也害怕死亡，追求永生，被后世诗人讥为"茂陵刘郎秋风客"。

西汉时期，这块地方属槐里县茂乡。传说汉武帝在一次打猎中，在茂乡附近发现一只麒麟状动物和一棵长生果树，认定茂乡是龙脉福地，便下诏圈起来

张骞出使西域图壁画（临摹品）

营造陵墓，故而又称茂陵。实际上，刘彻十六岁即位，两年后就开始为自己建坟，历时半个世纪，耗费全国赋税的三分之一，于公元前87年才完成这座规模恢弘的茂陵。茂陵周围的陪葬墓，同样身份显赫。李夫人、霍去病、金日磾［mì dī］、卫青、霍光，不是宠幸，就是重臣，哪个不是响当当的角色？

茂陵并没有被发掘开来，如今所见只是一座寻常的小山包，就像倒扣在咸阳原上的麦斗，周围的陪葬墓也变成了草木葱郁的小土包。新建的茂陵博物馆是园林式建筑，坐落于霍去病墓前。院子里有汉代石雕群和文物陈列室，后面挨着霍去病墓。

霍去病墓也是座小土包，据说最初墓冢若祁连山，顶上建有亭子，可以登临远眺。这位汉家英豪，似乎生来就是为了击垮匈奴。初次征战即率八百骁骑长途奔袭数百里，斩匈奴两千余人；两征河西走廊，将匈奴赶出祁连山；在漠北战役中封狼居胥，"匈奴远遁，而漠南无王庭"。可惜天妒英才，二十四岁病故，如流星划过天际。《史记·霍去病传》载："元狩六年薨，上悼之，发属国玄甲，军陈自长安至茂陵，为冢像祁连山。"站在这位年轻的英雄面前，方觉自己是如此渺小。

霍去病墓前有十六尊石雕，十二尊为国宝，其中"马踏匈奴"和"跃马"最为著名。所谓"马踏匈奴"，就是一个大胡子匈奴人被马仰面踩翻，看上去有些狼狈。按说应该动感十足，但这雕塑却显静态。或许因为岁月的磨砺，马的耳朵已不太明显，只是嘴巴咧开，像是对俘虏示威。"跃马"因为没有剔除腹部石料，显得累赘。中国汉代以前的石雕不多，所以这座弥足珍贵。我去过埃及国家博物馆，两三千年以前的文物随意摆放，就连露天堆积的石雕作品也动辄有三四千年的历史，真是让人惊叹。

说到埃及，与中华同为文明古国，不知道是巧合还是有某种联系，古埃及人与中国人的生死观竟然如此相似，他们确信人死可以复活，将来世生活描绘得尽善尽美。因此费尽心力修建陵墓，将生前嗜好的食物、器具带入地下，以期能够踏上永生之路。

马踏匈奴

陈列室里有汉陵中出土的兵器、玉器、铜器等文物。最珍贵的是一匹鎏金马，史载其为"金马"，以西汉时大宛国的汗血宝马为原型铸就。李商隐说"汉家天马出蒲梢"，"蒲梢"就是千里马的名字。汉武帝昔年远征大宛，据说是因为看上了人家的汗血宝马，此事历来为史家垢病。我倒以为远征大宛，实在有重要的军事战略意义，所谓夺取汗血宝马不过是"顺手牵羊"。当年汉朝对西域用兵，远不能随心所欲进退自如。倘武帝如此任性，又怎么能够奠定汉室基业？

还有件宝贝叫四神纹青玉雕铺首，即装饰门环的兽首底座。其饕餮纹两侧刻有青龙、白虎、朱雀、玄武四神，别看只是门环底座，这才是华夏民族智慧的结晶，里面蕴含着天文地理，风水星象等知识。

其实，汉武帝陵的陪葬墓更让人震撼：奇袭龙城、七战七捷的长平侯卫青；深入大漠、封狼居胥的冠军侯霍去病；三朝元老、麒麟阁十一功臣之首霍光；甚至匈奴太子、托孤重臣金日磾。正是因为他们驰骋大漠，稳定朝纲，才奠定了汉家基业。

然而，如今只有霍去病墓稍微热闹，博物馆院墙外卫青、霍光、金日磾等人的墓葬显得有些落寂。据说因为金姓族人捐款，金日磾墓得到修缮，而卫青墓依旧备受冷落。此际，卫氏后人恐怕正和博物馆方面打嘴仗呢。

无论如何，这样的保护性管理还算得当。茂陵历经盗患，倘若真的挖掘出来公之于众，只是饱了这辈人的眼福，实则为破坏。古埃及留存至今的木乃伊，在国王谷深埋几千年仍然完好，但放在博物馆里能够长期保存吗？答案不言而喻。有报道称，世界上最古老的木乃伊——智利辛克罗（Chinchorro）木乃伊正在变成黑色液体，应该是预料中的事情。

一阵风吹过，陵墓周围的松柏飒然作响，雨点胡乱甩打在身上，顿起一股寒意。常言说，陕西的黄土埋人，倒也名副其实。黄帝陵、炎帝陵、周室皇陵、秦始皇陵，以及众多汉唐皇室陵墓，最终都化为八百里秦川飞扬的尘土。李白唱道："西风残照，汉家陵阙。"一句话，就让后来的文人全都闭上了嘴。

从卫青墓碑前跑回巴士里，浑身已经湿透。这等天气，我只能吟上一句"茂陵松柏雨潇潇"，姑且算是应景。

一对夫妻，两朝皇帝

到乾陵时，雨还在下着，俨然一幅烟锁关山的景象，正是参谒帝陵的好天气。

相对于茂陵，乾陵晚了770年。山河依旧，岁月流逝，政权已经换过好几茬。中国历史上最强盛的李唐王朝，在经过一轮又一轮政变后，统治权落在了一个深居宫中的女人手里，她就是中国历史上唯一的女皇武则天。后来清朝也出现过一个权倾朝野的女人，但她只在帘儿底下听政，不算名正言顺的帝王。

武则天是并州文水人。杜甫有诗曰："焉得并州快剪刀，剪取吴淞半江水。"可见当地人精于炼铁，出产的剪刀天下闻名。古并州就是今天的太原，当地女子也极是厉害，古人如武则天，今人如刘胡兰，自是人中凤凰。

作为野心家，她的成功其实也不容易。十四岁入宫为唐太宗的才人，赐号"武媚"。何谓"才人"？是皇帝的五品妃子，估计很难得到皇帝临幸。李治即位后，武媚时来运转，开始干预朝政，当朝出现"二圣"。李治短命，五十五岁驾崩，葬于乾陵。至中宗、睿宗时，她临朝称制，改名为"武曌"，随后干脆废掉儿皇帝。公元690年，她废唐立周，自己做起了皇帝，时年六十七岁。

传统历史对她这种"霸道"的女强人没有好评价。唐人或许因为沾亲带故，还算厚道，至少没那么刻薄。后世从司马光《资治通鉴》到明清文人，骂声不绝。"阴谋构陷""豪奢专断"当然不足以解气，说什么"男宠面首""驴头太子"。明人洪翼圣破口大骂："女主如何窃号皇，妖尼飞入得翱翔。宣淫最恨桃花面，复国惟劳药笼肠……"用语极尽恶毒。连王夫之都说"鬼神之所不容，臣民之所共怨"。清朝的态度有所改观，袁枚曰："高卷竹帘二十年，女人星换紫微天。"郭沫若则问"地下宝藏无恙否？盛唐文物好探录"，让人啼笑皆非。

今人多以为，武氏唯才是举，改革吏治，重视农桑，为天下百姓之大幸也。她实际执政近半个世纪，迁都洛阳，重振丝绸之路，建立北庭都护府，上承"贞观之治"，下启"开元盛世"，史称"贞观遗风"。当然，政治是厚黑学，用非常手段，杀一批李氏宗亲及其拥护者，在所难免。

"能用狄梁公，岂曰非圣哲？"论及武周，不能不提名相狄仁杰。他以不畏

无字碑

权贵著称，劝武则天复立李显，使大唐社稷得以延续，时人赞其"狄公之贤，北斗以南，一人而已"。现在的影视剧将他描绘成无所不能的神探，查办了许多贪污腐败、谋反案件。有趣的是，也正是他两次推荐的张柬之，最终将武则天赶下了台，不知道是有意还是巧合？

世上的霸道女皇可不止武则天。早有古埃及法老哈特谢普苏特（Hatshepsut），埃及艳后克里奥佩特拉（Cleopatra）；欧洲有三国元首玛格丽特一世（Margrete I），英格兰女王伊丽莎白一世（Elizabeth I），苏格兰女王玛丽·斯图亚特（Mary Stuart），以及统治过印度的英国女王维多利亚（Alexandrina Victoria）。这些闻名天下的女强人，在位时政绩不俗，令世间男儿汗颜。

晚年的武则天奢靡昏庸。公元705年，宰相张柬之等人趁她病重发动"神龙革命"，前儿皇帝李显复辟成功，大唐浴火重生。同年十一月，一代女皇病殁于洛阳，时年八十二岁。中宗遵母遗命，以皇后身份将其归葬于咸阳原上的乾陵。

乾陵位于乾县北六公里外的梁山，是唐十八陵中保存最完好的一座。"百年帝后无双冢，万古周唐说两朝。"作为唐高宗李治和大周女皇武则天最后的归宿，一对夫妻，两朝皇帝，天下独绝，被世人视为"唐陵之冠"。

梁山三峰，北峰最高，泔河漠水环绕左右，其下有乾陵玄宫；南面两峰较低，东西对峙如天然门户，是谓"乳峰"。纵观山势，如女皇仰卧，颇为传奇。自唐太宗创"因山为陵"，其后则依葫芦画瓢，至乾陵更加完善合理。事实上，乾陵按帝都规制，耗时二十三年建成。几乎就是微缩版的长安，有外郭城、宫城和皇城，现仅存皇城及相关遗迹。

"独有数行翁仲在，夕阳常伴野农耕。"乾陵南北轴线近五公里，沿着中间的"司马道"北行，两边排列着华表石碑、石人石马，甚至鸵鸟。内城遗物有为唐高宗歌功颂德的"述圣纪碑"，传为武则天亲撰、李显书丹；传闻最多的"无字碑"高达7.53米，因最初空白而得名；还有陪葬墓及石雕石刻，最重要的当然是没有被发掘的地宫。

关于"无字碑"，想必武则天也有难以言表的苦衷。也许她料到，无论写

乾陵神道石：蹲狮

乾陵神道石：西侧翁仲

什么都会招致后世唾骂，还不如空着。事实上，武则天退位后，"去周化"随即启动。所以武则天在"遗制"中聪明地要求"去帝号""祔庙""归陵"，如果她不这样做，恐怕早就尸骨无存了。今天所见碑铭，尽是"唐高宗乾陵"，鲜有武氏片言只语。"非有梁公忠挟昌，此山都是武家陵"，后世将这个功劳给了狄仁杰。

作为女性，武则天将她的人生挥洒到极致。但她没能提高女性地位，直到1949年后，才有"妇女能顶半边天"的口号。2017年初世界各地爆发的妇女游行活动，口号就是"妇女能顶半边天"，不禁让人哑然失笑。

"述圣碑残横绿草，双龙阙古入青冥。"向南远眺，断烟衰草，暮雨西风，基本能看清整座陵园的轮廓。两朝皇帝，分别将全国财政的三分之一带入陵墓，传说包括王羲之的《兰亭序》。考古推测，乾陵陪葬品超过五百吨，是中国唯一没有被盗过的唐帝王陵。

其实，盗墓贼对乾陵从来没有停止过行动，记录在案的有名有姓者多达十七人。黄巢派出四十万大军挖掘，留下一条数十米深的"黄巢沟"后无功而返；后梁耀州节度使温韬动用数万人马，结果也空手而归，此前他曾挖过十七座唐帝王陵；最近一次疯狂盗掘乾陵的是国民党将领孙连仲，此人利用炸药火炮，差点成功。

乾陵还有个怪事情。内城朱雀门外的神道两侧，有两列共六十一尊与真人相仿的石像。它们穿着打扮各异，拱手行礼，神态谦恭。据说他们是帝国属下的少数民族官员、邻国王子和外交使节，曾参加唐高宗葬礼，武则天为炫耀大唐国威，便让他们为皇帝"守陵"。石人背部刻有国别、官职和姓名，叫"蕃像"或"宾王像"。也有研究者根据石人衣饰、手中笏板及背后的"故"字判断，

六十一藩臣石像

这些石人的原型可能是少数族裔朝臣。

更奇的是，石像都没有脑袋。为什么呢？众说纷纭，莫衷一是。比较靠谱的推断是，一部分毁于明嘉靖三十五年（1556）的华县地震，一部分毁于明末清初的兵燹战乱。

波斯王子卑路斯（Pirooz）也在此列。当时萨珊（Sassanid）王朝遭白衣大食攻击，他向唐朝告急。但远水难解近渴，唐朝只命他于疾陵城担任波斯都督府都督，隶属安西大都护府，后来还是为大食所灭。卑路斯逃到唐朝，做了难民，最终客死长安。疾陵城就是今天的伊朗扎博勒（Zabol）与阿富汗的扎兰季（Zaranj），足见大唐版图之广阔。

其实，当时的大唐和大食对中亚的争夺非常激烈。公元751年，唐军在怛罗斯与黑衣大食发生激烈碰撞。结果唐军战败，从此失去了对中亚的控制权。

乾陵墓道在20世纪50年代末被几个农民意外炸开，发现与《旧唐书》所载"乾陵玄阙，其门以石闭塞，其石缝隙，铸铁以固其中"一致。当时没有强行挖掘地宫，只发掘了永泰公主、章怀太子、懿德太子、中书令薛元超、燕国公李谨行等五座陪葬墓。作为全国重点文物保护单位，现在对游人开放的有懿德太子墓。墓道超过百米，有过道、天井、壁龛，后室停放棺椁，墓壁有描绘太子出行和日常生活的壁画。该墓已遭盗掘，盗洞犹存，出土文物千余件。

懿德太子是中宗李显长子，与其妹永泰公主被武则天用重杖活活打死，中宗复位后，将他从洛阳迁到乾陵陪葬。杀亲孙子都毫不手软，可见政治斗争的残酷与血腥，远非寻常人所能承受。

七

宝鸡

青铜文化

一日遇七十二毒

中华民族的历史，追溯到上古时期，要从"三皇五帝"说起。关于三皇，各典籍的记载略有出入：《尚书大传》认为三皇是"燧人、伏羲、神农"，《春秋运斗枢》里则说是"伏羲、女娲、神农"。司马迁在《史记》中说："黄帝为有熊，帝颛顼为高阳，帝喾为高辛，帝尧为陶唐，帝舜为有虞。"

燧人，即燧人氏，发明钻木取火，教人熟食，华夏民族因此才步入文明社会，被奉为"火祖"；伏羲故里在甘肃天水，他是中国最早有文献记载的创世神，也是人文始祖和医药鼻祖；神龙，也就是炎帝，其故里就在宝鸡渭宾区的常羊山麓。

"楼船夜雪瓜州渡，铁马秋风大散关。"古人将函谷关与大散关之间的缓冲地带称为关中，出散关就是陇右，入散关则为关中。如今的宝鸡市区，随处可见大散关的宣传海报，说什么"明修栈道，暗度陈仓"，估计又在打旅游牌。当然，来到宝鸡，寻根问祖才是头等大事。清晨六时许，我便赶往炎帝陵，去拜访这位传说中的人文始祖。

约在新石器时代，姜水流域生活着姜氏部落。皇甫谧在《帝王世纪》里说："神农氏，姜姓也。母曰任姒，有蟜氏女登为少典妃，游华阳，有神龙首，感

|西出阳关|

生炎帝。"这就是后人所称的"常羊育炎"。当然，许多大人物出生，都有类似现象，如姜嫄"履帝武敏歆"而生后稷，摩耶夫人感六牙白象而生佛陀。

天下常羊何其多。通常认为宝鸡常羊是炎帝故里，宝鸡是中华民族重要的源头，姜炎文化的发祥地。炎帝"人身牛首，长于姜水，有圣德，以火德王，故号炎帝"。"黄帝以姬水成，炎帝以姜水成"，现在渭河南岸的神农镇有姜城堡，古称姜氏城，其西有渭水支流清姜河，据说是古姜水，这一带就是炎帝生活过的地方。实际上，姜城堡是宝鸡最早的城镇，与周围天台山、蒙峪沟、九龙泉、清姜河及炎帝陵等一起组成炎帝文化中心。

有趣的是，被炎黄联手击败的九黎首领蚩尤也是人身牛首，被苗族尊为始祖和英雄。

常羊山在宝鸡市区南七公里外，属秦岭北麓天台山风景区，现在已成喧嚣之处，附近百姓都带着城乡接合处的风气。走进刻着"神龙门"的牌坊，再沿山路绕过几道弯，有座广场，穿过去就是陵园售票处。或许我是今天第一个来拜

1936 年秦岭古道（张佐周摄）

访炎帝的游客，门里门外有些冷清，只有一位穿着蓝褂子的中年人正在清扫殿堂。

看门口的碑记，炎帝陵系1993年重修的仿明清风格建筑群，既有皇家规制，又有寺庙模样。一些历史研究认为，炎帝是神农氏族多个部落首领的统称，而"人身牛首"的火德王确指神农氏第一代领导人。作为姜姓部落的首领，司马迁说炎帝"凡八代，五百三十年"；而《尸子》则说："神农氏七十世有天下，岂每世贤哉？"我认为"七十世有天下"更接近事实。通常认为，现在的宝鸡炎帝陵只是第一、二代炎帝的陵寝。

拾级而上，见写着"人文初祖"的山门，雕梁画栋，华美典雅。入内有小广场，再过一道门，居中是炎帝大殿，左右为钟楼和鼓楼，两边厢房辟作兜售纪念品和姓氏卜辞的商店。炎帝大殿是最主要的建筑，面阔五间，两边有联云："创始定有人，千载岐黄崇炎帝；流传安无据，八方稼穑念神农。"对联水平不算高，勉强表达出炎帝是医药和农业之神。"岐黄"指岐伯与黄帝，《黄帝内经》以二人问答的形式来表现，后世以"岐黄"代指祖国医学。

殿内中央塑炎帝金身，披黄袍执稻穗，赤脚端坐。我站在他前面，感觉自

炎帝陵

己如此渺小，便赶紧脱帽致礼。墙上绘有壁画，主题有常羊育炎、浴圣九龙、农业之神、太阳之神、医药之神、炎黄结盟等，基本概括了炎帝生平与功绩。尝百草，制耒耜［lěi sì］，种五谷，辟集市，发明医药，制作陶器，开启华夏农耕文明。据说炎帝活了一百四十岁，终于某年七月七日，因误食断肠草而亡。

记得有句名言，一个民族最可怕的是没有伟人，而更可怕的是有了伟人而不懂得尊重。诚以为然。我原非提倡偶像崇拜，而是觉得，个体能力始终千差万别，只有在大贤大德的带领下，抱团取暖，才能有好日子过。清朝以前，中华民族一直引领世界潮流，鸦片战争后却成为任人拿捏的"软柿子"。百年耻辱，影响深远，以致今天还有许多人在跪着看世界。

从炎帝殿往后，是祭祀广场，可容纳千人。祭祀炎帝，始于春秋，盛于汉唐，延续至今。宝鸡民间通常于正月十一日在九龙泉纪念炎帝诞辰；而每年清明节和农历七月七日，海内外华人于炎帝陵和炎帝祠举行炎帝公祭仪式，如今的祭典活动已被列入国家级非物质文化遗产。我一直以为，七夕只是乞巧节，牛郎织女约会的日子，现在才知道还是人文始祖炎帝的忌日。可惜我来的不是时候，错过了祭拜炎帝的时机。

广场正中有人身牛首的炎帝雕像，手捧稻穗，赤脚端坐。其身后为"归根堂"，两边书"同根同祖，华夏共祭"。堂内也有一尊炎帝像，周围是百家姓氏图腾始源，寓意这里为炎黄子孙共同的老家。如我们王姓人家，属黄帝后裔，源自"姬"姓，如今约有1亿人口，占全国汉族人口总数的7.4%，可谓枝繁叶茂。

出归根堂，拾级而上，两边塑有百代帝王雕像。登完第999个台阶，达常羊山中峰顶，即见青石砌筑的炎帝陵墓。前有启功先生题写的"炎帝陵"碑，坟冢浑圆如盖，芳草青碧，古藤披离；四周苍松翠柏，清静幽雅，庄严肃穆。一阵山风吹过，带着初夏的味道，那些苍老的树木便摇曳起来，枝叶飒然作响，使人顿起怀古伤今之意。

"神农尝百草，一日遇七十二毒，得荼而解之。""荼"者，"茶"也，这应该是关于茶最好的广告词。传说姜氏城出现瘟疫，炎帝外出采药，误食断肠草，没来得及用茶解，就肝肠寸断。据此推测，我倒倾向于炎帝"崩葬长沙茶乡之尾"的说法，因为断肠草多产于南方。

后人将"神农尝百草"所得经验整理成《神农本草经》，按上、中、下三品分类记载了365种药物的主治功效、四气五味、君臣佐使、相反相畏，以及中医方药基本理论，为现存最早的医药学著作。其实，这本医学经典，应该是历代医药学家共同的心血，只是借用神农名字传承。

墓冢后面为颂扬炎帝功德的诗词歌赋碑林。在这里可以远眺天台山，北隔蒙峪河与诸葛山相望；南边老松劲柏，有秦岭大散关；往西则见流入渭河的古姜水。《史记》载，黄帝"与炎帝战于阪泉之野。三战，然后得其志"。炎帝是"火德王"，而黄帝有"土德之瑞"，黄帝取代炎帝，以土克火，是天意不可违。不过，炎帝陵简介里说，当时因蚩尤侵扰，黄帝跑到天台山来求助炎帝，所以才有了炎黄结盟。

事实上，全国有五处炎帝遗迹，陕西宝鸡、山西高平、湖北随州、湖南炎陵与会同都自称炎帝故里。其中两座最受世人瞩目，一是宝鸡市炎帝陵，次为炎陵县炎帝陵。皇甫谧说炎帝"在位一百二十年而崩，葬长沙"。南宋罗泌则确信，炎帝"崩葬长沙茶乡之尾，是曰茶陵，所谓天子墓者"，也有说炎陵县所葬为第八代炎帝。

原路返回，见广场上有个汉子遛狗逗鸟。原来他捡到一只还不会飞的喜鹊，喂养几日，这喜鹊倒和他的小狗亲密无间，相互嬉戏，惹得众人围观。汉子指点我从小路下山，中途遇到"炎帝行宫"，门庭冷落，香火不旺。我便不再流连，直奔大路。

不复梦见周公矣

关于"中国"的记载,最早见于宝鸡。陈仓区贾村镇出土的"何尊",内底铭文有"宅兹中国",首次出现"中国"二字。"宅兹中国"意为"我要住在天下中央",表示西周王朝的都城洛邑就是"中国"。实际上,西周王室的活动只在伊河、洛水流域范围。可见古人都有"夜郎自大"的毛病,倒也不足为怪,条件所限嘛。

何尊

"何尊"价值连城。中国青铜器向来珍贵,传说"禹铸九鼎",更是至尊重器,可惜秦朝后消失。宝鸡多宝,名不虚传,挖出来许多文物,如毛公鼎、大盂鼎、散氏盘、虢季子白盘,及陈仓石鼓、何尊、逨盘、铜浮屠等,可谓国家宝藏。宝鸡市内有座中华石鼓园,里面设"中国青铜器博物院",珍藏许多禁止出境的国宝。

周公庙

　　神话故事、文字记载和历史实证都有了，接下来当然要做学问。于是"宝学"应运而生，"专家"们可真会玩儿。有位"学者"晒出他为法门寺撰写的对联，"法、非法、非非法、舍非非法；门、无门、无无门、入无无门"。还特意注："无"不读无，而读"末"，即"南无阿弥陀佛"的"无"。瞧，这就是他们所谓的"学问"，故弄玄虚四六不着。

　　沿着丝绸之路继续西行，今天的"一带一路"就基于丝绸古道，昔日单调的驼铃声早已被呼啸而过的跨境专列所代替，世界的目光又一次聚焦中国，我们该如何应对呢？

　　我将前往岐山，拜访贤人周公。

　　周公姓姬名旦，周文王姬昌第四子，武王姬发胞弟，与姜太公同时辅助武王，灭殷商而立周朝，是西周初期杰出的军政要员，被尊为"元圣"和儒学鼻祖。连孔子都不时感叹"吾不复梦见周公矣"。《尚书》云："一年救乱，二年克殷，三年践奄，四年建侯卫，五年营成周，六年制礼乐，七年致政成王。"七件事，算是对周公功绩的总结。

岐山古称"西岐"，是炎帝生息、周人栖居的故地。公元前11世纪，古公亶父率族人从陇上迁至岐山周原，"古公乃贬戎狄之俗而营筑城郭室屋而邑别居之"，今扶风、岐山两县交界处有周原遗址，出土了大量甲骨文和青铜器，证明周原是先周都城。现在的岐山县，也做足了远古西周的文章，地名、建筑，甚至文风礼教，都带着周人祖先的印记。

从宝鸡到岐山，花掉我一个多小时。当我站在周公庙前时，已经过了十点。《诗经》里说："有卷者阿，飘风自南。""卷"为弯曲，"阿"指大陵，"卷阿"即弯曲的大陵，也就是岐山县城西北六公里处的凤凰山南麓。周公旦晚年归隐于卷阿，死后后人建祠祭祀，西周末年遭毁坏，秦汉时重建。此后历经兴废，现存建筑为宋元明清风格，主要有周公、召公、太公三殿与姜嫄、后稷殿。

周公庙规模巨大，形制完整，倒不是妄言，甚至二里外就有座牌坊。从西门入内，见庙内树木茂盛，殿阁古朴，确实是清静安逸的去处，怪不得周公要隐居于此。沿林荫大道向前，就是主要的建筑群。最先是"乐楼"，元代建筑风格，悬"飘风自南"匾，以纪念周公制礼作乐，为陕西保存最完整的古戏楼。乐楼既是通道也是戏台，穿过去即见八卦亭，重檐翘角，彩绘藻顶，前立汉白玉周公像，手里拿着的也许是他的爻辞。一般认为，伏羲得河图而终成《周易》，重卦出自文王，爻辞出自周公。

过八卦亭就是三公正殿，从左到右分别为召公殿、周公殿、太公殿。周公殿始建于唐，单檐五间，红墙青瓦，古拙苍老，屋顶生黄花细草，脊饰精美绝伦。召公殿位于周公殿左侧，始建于宋代，单檐三间。

当年国人暴动，周公、召公共和行政，华夏始有信史。召公是周公的好帮手，行德政，封于燕。给后世留下"甘棠遗爱"的典故，让人感慨。西周时有陕邑，《公羊传》记载："自陕而东者，周公主之；自陕而西者，召公主之。"如今陕西者，召公所治地也。

右边为太公殿，也是宋代建筑，以周公殿为中心，与召公殿呈对称格局。

三公殿对面有献殿，如小型博物馆，展示三公生平和政绩。殿外润德湖畔有株桂花树，倒卧于地，生机勃发。据说曾被风吹翻，原以为活不长久，结果改变生长方向，依然过得滋润。附近有碑亭，列青石碑十来块，多为清朝民国建庙的纪事碑。

姜嫄殿始建于元代，以祭祀周人始母姜嫄，也称姜姬。现存殿宇为清代重修，面阔五间，内塑姜嫄像，被奉为圣母。对面献殿有巨锅，不知是何来历。殿前几株古槐，枝繁叶茂，盘根错节，似乎老得成了妖怪。沿左边台阶上去，为明代所建的后稷殿，看起来略显破旧。后稷是五谷神，为其母姜嫄踩到天帝拇迹感应而生，被弃于野，因鸟兽保护才得以幸存。故事就是"常羊育炎"的翻版。尧时拜为农官，教民稼穑，为最早种稷和麦的人。

在诸殿中，姜嫄殿居中，前有周公殿，后为后稷殿，当地人称其为"姜嫄背子抱孙"。

不远处有程潜别墅，院落寂寥，人迹罕至。再往后就是道教各路神仙的洞府，多为《封神演义》中的人物。玄武洞内有尊白色玉石像，颇有意趣。散发赤脚，抚剑而坐，是为玄武真君。貌如重庆"傻儿司令"，惹得游人不断摸他的额头和光脚丫。我也不例外，占便宜似地摸一把"玉石爷"脑门，便往后山走去。

凤凰山风光绮丽，空气清新，确是修身养性的好地方。今人在山坡建起几座事关周公的亭台，如吐哺、礼乐、思贤、甘棠等，以示点缀。山顶有元圣殿，供周公像。身着唐装的庙祝贴心地提示我拍摄"儒道之源"和"诸子先师"匾牌，我是书法盲，但也照做。

殿后为周公墓冢，天高云垂，风吟虫唱，让人肃然起敬。冢后墙壁半圆，如屏似障，绘周公生平事迹浮雕。不晓得为什么，后世将梦与周公联系起来。也许源于孔子的口头禅："甚矣吾衰也。久矣吾不复梦见周公。"说的次数多了，估计其门人便以为梦就是去见周公，而荒唐怪诞的梦境，自然要委托周公来解。

再往后山，有昂首挺胸的凤凰雕塑，意为"凤鸣岐山，周朝将兴"。凤凰是姬姓周人崇拜的神鸟，《竹书纪年》里说："文王梦日月著其身，又鷩鸑鸣于岐山。孟春六旬，五纬聚房。后有凤凰衔书，游文王之都。"又说"殷帝无道，虐乱天下……五星聚房，昭理四海"。这种桥段，估计是周人起事前，编造出来蛊惑人心的把戏。方法虽老，但后世屡次照搬，百试不爽。

返还周公庙，老槐垂阴，始觉夏风和煦。院内还有些小景致，润德泉、哪吒殿、大成殿、分封台、古戏楼等，各具特色。半日消磨，困顿袭人，便匆忙略过。回到岐山县城，才发现居然一天没吃东西，便急忙跑进餐馆，叫老板娘做碗岐山臊子面。

渭水垂竿，不钓鱼儿钓王侯

喜欢面食的旅人，来到宝鸡，如鱼得水。臊子面、擀面皮、豆花泡馍与西府锅盔，都是别处鲜有的美味。清晨起来，还可以来一碗羊肉泡馍，将带着烙印的白面饼细细地掰碎。这个过程，就足以让人感受到岁月流淌的节奏。

我不算"吃货"，对我而言，餐饮就是加油站。我的志趣在于周秦故地与关陇山水，除古老的华夏文明，宝鸡的关山草原和太白山国家森林公园也颇有名气。我无意去关山草原，也懒得爬太白山，更没有"穿越鳌太"的计划，便只好在宝鸡市区兜圈子。所谓"鳌太"，指秦岭次高的鳌山与最高的太白，是有风险的徒步线路，经常有户外爱好者出事。

宝鸡属古"雍州"，称"雍城""陈仓""青铜器之乡"。相传"鸡栖山顶，惊人只在一鸣"，或谓"得雌者霸，得雄者王"。春秋时期，秦穆公获雌鸡，后飞至山顶化为石鸡，光洁如玉，是谓鸡峰山，秦穆公立祠祀为"陈宝"，果得霸业。汉韩信"明修栈道，暗度陈仓"，辅佐刘邦击败楚项羽，也成霸业。唐"安史之乱"时，又听到石鸡啼鸣，声传十余里，唐军因此取得胜利。皇帝以为瑞祥，便下诏改陈仓为"宝鸡"，沿用至今，陈仓则降为宝鸡一区。

如今的宝鸡是重点建设的工业基地，门类齐全，可供输出的产业很多，如军工航天都能赚来外汇。也是"关天经济区"的副中心城市，辖三区九县，渭水自西而东穿城而过。原来的宝鸡县，现在的陈仓区位于城市东头，乘坐到眉县的巴士即达。区政府所在地虢镇，曾是周文王胞弟虢叔的封地，史称西虢。其实，西周前后出现五虢，"假道伐虢""唇亡齿寒"等典故都与当时的虢国有关。

然而，我来陈仓，并非为了窥视虢国夫人的美丽容颜，而是去天王镇探访垂钓鼻祖姜太公。

刚下巴士，一个拎着水果蔬菜的汉子迎面而来，我便与他同乘村里人的汽车到姜子牙钓鱼台。钓鱼台就在伐鱼河谷口，南边是巍巍秦岭，北边有滔滔渭水。河谷林木茂盛，翠峰叠嶂，倒也是个清静幽雅的去处。伐鱼河也称磻溪河，即古磻溪，发源于秦岭北麓青峰山，向北流入渭水。有意思的是，西岸是磻溪镇，东岸为天王镇。

刚过"五一"黄金周，钓鱼台游客稀少，连工作人员都显得百无聊赖。跨过金水桥，前面是棋盘似的文化广场，有"太公钓鱼"残局、六部兵书、八根图腾柱等与姜子牙有关的文化符号。进入山门，有甬道通向尚未竣工的"封神宫"，前有姜子牙骑着"四不像"的雕塑。照我看来，这座套用《封神榜》所修的宫殿，倒确实有些不三不四。

"姜太公钓鱼——愿者上钩"，这句耳熟能详的歇后语就出自磻溪，说的是西周名士姜子牙在此隐居十年，滋泉钓鱼而遇文王的故事。按司马迁的说法，姜子牙先祖"尝为四岳，佐禹平水土甚有功"，显然是潦倒的名门望族。他本姓姜氏，从其封姓，所以也叫吕尚，或为炎帝后裔。

司马迁在《史记》中说："吕尚盖尝穷困，年老矣，以渔钓奸［gān］周西伯。西伯将出猎，卜之，曰'所获非龙非彨，非虎非罴［pí］，所获霸王之辅'。于是周西伯猎，果遇太公于渭之阳，与语大说，曰'自吾先君太公曰，当有圣人适周，周以兴，子真是邪？吾太公望子久矣'。故号之曰'太公望'，载与俱归，立为师。"

姜子牙雕塑

"奸"同"干"，即"干谒"，以下求上也。民间传说，姜子牙用直钩垂钓，自然意不在鱼。所谓"一钓贤逢主，千秋典启人"，不过是用极端行为引起他人注意罢了。莫名想起"终南捷径"，如果真是这样，他恐怕是最早走这条路的人。终南也好，渭水也罢，反正他最后功成名就，天下的神仙见到他都要自动降一级。

钓鱼台景区很大，普通游人通常只在河谷口转一圈，参观过钓台骭印、孕璜遗璞，及救苦洞、太公庙、文王庙、三清庙、王母宫，就算完成任务。

救苦洞是去钓鱼台的必经之所，似乎与景区主题不搭界，庙宇完全独立，修得也精巧。山门后有三层殿阁，从下而上分别为歇房、救苦洞、僧房。救苦洞供奉观音菩萨，相传早期曾供奉太乙救苦天尊。如今也是门庭冷落，我进去时，看庙人正坐着打呼噜，甚至没发现有人进来。

真正的钓鱼台在磻溪中央，实为半截淹在水里的青色花岗岩巨石，顶端约四米见方，沿水流方向有条白纹路，相传是姜太公钓竿所化；边缘两道膝痕，"水次平石钓处，即太公垂钓之所也。其投竿跽饵，两膝遗迹犹存，是有磻溪之称也"，《水经注》如是说。因太公"背水肩竿，直钩粗线，距水三尺而钓"，所以其身后顺流方向才是滋泉，即樵人武吉误落"水府"，发现金子的地方。旁边巨石上放着钓竿、蓑笠、鱼篓、白胡子及价目表，当是为游客准备的拍照道具。

悬崖上方建"独钓亭"，内塑太公垂竿像，面前一后生单膝跪地拱手行礼。亭内三柱有对联，唯独第四柱空缺：百世江山但凭此钓，一杆谋略岂仅为鱼，千年风雨独壮斯台。虽然三缺一，但却是"嵌字联"，尾字相连就是"钓鱼台"，据说管理处正悬赏征第四联。

有农夫讥讽姜太公钓鱼水平差劲，他笑答："老夫垂钓，意不在鱼；吾宁直中取，不向曲中求；不为锦鳞设，专钓王与侯。"他倒是很自信，一点也不谦虚。然而，《说苑》云："吕望年七十钓于渭渚，三日三夜无鱼食者，望即忿，脱其衣冠。上有农人者，古之异人，谓望曰：'子姑复钓，必细其纶，芳其饵，

钓磺灵矶

太公庙一角

徐徐而投，无令鱼骇。'望如其言，初下得鲋，次得鲤。"可见未遇文王前，吕尚不善营生，钓不来鱼"即忿"，日子过得很是潦倒，这恐怕才是真相。

《列仙传》说吕尚："匿于南山，钓于磻溪，三年不获鱼，比闾皆曰：'可已矣。'尚曰：'非尔所及也。'已而果得《兵钤》于鱼腹中。文王梦得圣人，闻尚，遂载而归。至武王伐纣，尝作《阴谋》百余篇。服泽芝地髓，具二百年而告亡。有难而不葬，后子伋葬之，无尸，唯有《玉钤》六篇在棺中云。"这则记载有些离谱，纯粹神化了。

各地的钓鱼台可谓多矣，与姜太公相关者有三：先钓河南新安，再钓陕西咸阳，后钓宝鸡磻溪。钓鱼实在是件雅事，自太公后，以垂钓闻名者甚多，如庄子、韩信、任昉。我去过富春江畔的严子陵钓台，后世多颂其"不屈于万乘而披羊裘钓泽中"，但也有人直言"只因光武恩波晚，岂是严君恋钓鱼"。当然，这种事一旦泛滥，难免有人会借此"沽名钓誉"。

逆流而上，磻溪中央又有巨石，高约三米，侧面刻"孕璜遗璞"，为清人徐文博手笔，赞其为半壁璞玉。巨石形若泰斗，顶阔而平，底小而尖，如荷叶承露，名曰"钓璜灵矶"，相传为太公所钓石子化成。

再往北行，见太公庙。因姜子牙封神，所以他见神大一级，庙小神大，真是委屈了他。庙门前四株参天古柏，老树横虬，冠盖如云。据说为唐代建庙时所植，是钓鱼台的活文物，也是其最忠实的守护者。从此登上四十八级石砌山道，即达文王庙，该庙初建于汉代，现在主要有明代重修的文王殿和姜嫄洞。

继续沿台阶而上，就是钓鱼台水库，也算是"高峡出平湖"。再往北为三国古战场，旧称"箕谷"，是关中直取巴蜀的战略要道。史载，公元228年春，诸葛亮出祁山，"使赵云、邓芝为疑兵，据箕谷，关中大震"。

从东岸返还，沿途有三清庙、武吉亭、王母宫之类的小点缀，未及细察。但过桥时，看见有个穿着花上衣的年轻人正执竿垂钓。他有两副钓竿，大概一竿风月，一竿江山罢！

何曾有"法门"

杜牧有诗曰："南朝四百八十寺，多少楼台烟雨中。"境界开阔宏大，但因着了"烟雨"二字，所以还是绮丽婉约的江南风。事实上，中国南朝对佛教的尊崇，可谓前无古人，后无来者。梁武帝笃信佛法，禁欲吃斋，汉地和尚从此清汤寡水，不沾荤腥，真是苦也。

然而，南朝遗存的名刹只有栖霞寺，是为"三论宗"发源地。若要给汉地寺庙论资排辈，洛阳白马寺当居首位，其次则是扶风法门寺。扶风是陕西宝鸡市辖县，位于岐山南麓渭水北岸，即《诗经》中的"周原"。"周原膴膴，堇荼如饴"，周原是周人的祖庭，也算丝绸之路上的一站。现在的扶风、岐山两县接壤处有周原遗址，除此之外，小城似乎没有其他建树，法门寺就是他的金字招牌。有名叫《法门寺》的秦腔戏曲，但剧情与佛教无甚关联，主要内容为"一见钟情引发的连环血案"。

佛祖释迦牟尼于印度拘尸那迦（Kushinagar）灭度，遗体火化结成的舍利子，被印度八个国王瓜分，是为"八王分舍利"。公元前3世纪，阿育王统一古印度，为弘扬佛法，将佛舍利分成八万四千份，使诸鬼神于南阎浮提（Jambudvipa），分送世界各地建塔供奉。南阎浮提是须弥山四大洲中的南边国土，因盛产阎浮树而得名，即《西游记》里的南赡部洲。华夏共得十九处，法门寺位列第五。虽然是流传很广的佛教典故，但经不起考据，当成域外传说故事就好。

其实，法门寺建于东汉末年，比阿育王分舍利至少晚四百年，西魏北周以前还真叫"阿育王寺"，唐朝时佛教兴盛，改称"法门寺"，素有"关中塔庙始祖"的美誉，可见其来历不凡。

我来的时候，碰上不晴不阴的天气，撩拨得人也懒洋洋的，打不起精神。与其他古建筑一样，法门寺也历经兵燹火灾，明清几次地震，寺院衰败，"同治回乱"时被彻底焚毁。"文革"时期，主持良卿和尚自焚圆寂于真身宝塔前，法门寺才未遭进一步破坏。1981年，民国重修后的塔身倒了半边，就像被谁凭空削掉。1987年再次重建，发现法门寺唐塔地宫，里面的佛祖真身舍利和大唐宝藏让世人咋舌，算是考古界的一桩幸事。

现在的法门寺景区建筑庞杂，气势恢弘，一半儿像佛门净地，一半儿像娱乐场所。新建筑粗糙而俗气，我从"太子诞生"开始，穿过塑有各种佛教故事雕像的"佛光大道"，一直到"双林灭度"。右手边的宝塔村，就是法门寺的核心区域，有舍利文化和大唐珍宝博物馆、真身宝塔及僧院佛殿等建筑。寺门上欢度国庆的横幅还在，假期的最后几天，依然有许多旅游团队，竞相来看法门寺地宫珍宝。

法门寺博物馆又称珍宝馆，主要展出法门寺唐塔地宫出土的珍贵文物，有四枚佛祖释迦牟尼真身指骨舍利；唐皇室供奉的120多件金银器；首次发现的唐皇室秘色瓷系列；西亚与罗马等地的琉璃器皿；唐代丝织品，如武则天等唐皇帝后的绣裙、服饰等，都弥足珍贵。怪不得法门寺香火鼎盛，成为重要的佛教中心。如今，除了像我这样看稀奇的旅行者，还有从四面八方赶来朝拜的香客和信徒。

唐朝是法门寺最为辉煌的时期，因为受到皇室眷顾，所以空前鼎盛。两百多年里，先后有高宗、武后等八位皇帝六迎二送供养佛指舍利。每次迎送朝野轰动，"穷天上之庄严，极人间之焕丽"。皇帝顶礼膜拜，甚至连佛塔都叫作

"护国真身宝塔"。从地宫皇室供品可以看出,盛放佛骨的八重宝函和特意制作的各种礼器,等级规模极尽奢华。有人将这些宝物罗列成"地宫十最",可见其价值。

如此劳民伤财的事儿,自然有明白人看不过眼。譬如韩愈,写了篇《谏迎佛骨》,上奏当朝宪宗皇帝。"佛本夷狄之人……枯朽之骨,凶秽之余,岂宜令入宫禁",应该将这朽骨头"投诸水火,永绝根本,断天下之疑,绝后世之惑",末了还说,"佛如有灵,能作祸祟,凡有殃咎,宜加臣身,上天鉴临,臣不怨悔"。这不是"将皇帝的军"吗?佛祖没有显灵,唐宪宗却怒火中烧,差点砍掉韩愈的脑袋,还好同僚说情,最后只将他办了个"夕贬潮州路八千"。

盛唐国强民富,万邦朝贡,人民自信得有些狂妄,怪不得韩愈对佛骨嗤之以鼻。相对于现在的崇洋媚外风气,韩愈倒实在倔强固执得有些可爱。

唐代鎏金捧真身银菩萨像

唐代汉白玉阿育王塔

八重宝函

唐代鎏金鸿雁纹银茶槽、茶辗子

一套由茶盒、茶罗、茶碾、茶笼、盐台、风炉组成的唐代银质宫廷茶具，对我来说，才是意外的发现。易安词有"碧云笼碾玉成尘，留晓梦，惊破一瓯春"，以前读来，很是疑惑，原来答案就在这精致的茶辗子里。古人饮茶如此讲究，程序繁复，令人惊叹。

佛骨至今仍旧保存在地宫里。虽然号称世界最大的佛教地宫，游客却只能排成单行，鱼贯而入。佛骨定时展出，只有在农历初一、十五和国家法定节假日才能看到，可惜我晚来一步，错过下午展出的时间，只能看到三枚影骨。所谓影骨，其中两枚是玉制品，一枚为不知名高僧舍利。四枚舍利同置一处，就能起到以假乱真，保护真身灵骨的作用。

数据显示，灵骨长40.03毫米，上宽12.11毫米。有资料煞有其事地说："经专家鉴定，是真身佛骨。"佛祖涅槃2500多年，真身舍利成为佛教至宝，我参观过斯里兰卡康提佛牙寺的佛牙舍利，其实还没看清楚。私以为，这些都是传说故事，专家能够鉴定和确认的很有限。作为一种宗教信仰，徜徉在自己的精神家园里就好。但如果试图从解剖学和考古学的角度来论证，或许有违佛祖的本意。

释迦牟尼在世时，印度是婆罗门教的天下，直到阿育王时代，佛教才得以发扬光大。所谓"八王分舍利""八万四千份"，不过是佛典里的"广告词"，当不得真。我拜访过古印度佛教四大圣地，如今门庭冷落，只有外来的和尚念经。就算香火较为旺盛的菩提伽耶（Buddha Gaya）摩诃菩提寺，也不过是按照《大唐西域记》描述所仿建的旅游景点。

出了地宫，北面是万人广场。在此可以看到新建的合十舍利塔，气度不凡，外观如双手合十行礼。我总觉得在哪儿见过，走过六度桥，才记起来，分明就是中国农村信用合作社的徽标嘛，怪不得如此面熟。事实上，我曾在城市信用社工作过。想到这层，不禁哑然失笑。

八　天水

羲皇故里

始于乾卦第一画

从宝鸡乘高铁，沿陇海线西行，只需百余分钟即达天水。

"细雨湿衣看不见，闲花落地听无声。"我到天水的时候，就碰到这样的景象，心里难免欢喜。一个久居南国的北方人，很多年没见过西部的春风暮雨，自然是抑制不住地兴奋。既然来得巧，更不宜错过，便赶紧扔下背包，钻进雨里，前往城市中心。

其实，此时已经是送春的季节，但北方的春姑娘爱使小性子，所以姗姗来迟。"若有人知春去处，唤取归来同住。"如我这般的旅人，偶尔也会矫情。因为年华暗换，韶光流逝，我们再也回不到过去。曾经的少年心性，只是孤独的回忆，酒后的醉话。

司机提醒，伏羲庙到了。天水站的出租车司机最懂得旅人，所以他们将同路的乘客拼起来，十元人民币就能拉到伏羲庙。如果要停在门前，再多加五元，真是利己利人。要是打表，从火车站到伏羲庙，恐怕要超过四十元呢。不过，这事因人而异，更多的外乡客还是希望明码实价，心里才踏实。

说起来，甘肃是中华民族和华夏文明的重要发祥地，也是祖国医学的发祥地，被誉为"河岳根源、羲轩桑梓"。周人崛起于庆阳，秦人肇基于天水陇南，而李氏宗族的根则在定西。天水古属雍州，为甘肃第二大城市，与陇东同为中华文明的重要发祥地，史称成纪、上邽、秦州。作为丝路重镇，天水既有北国的雄奇，又具江南的灵秀。其西北方向为延伸到地中海沿岸的丝绸之路，东面连接宝鸡，是进出关中的门户。

在我的印象里，天水是甘肃气候的分水岭，坐火车往北三小时到定西，则明显干旱苦焦，即使春深似海的季节，山头仍然光秃秃的，仿佛入定的老僧。而天水以南，则温润多雨，好像完全不同的世界。作为定西人，我深感委屈而又无奈，况且天水还是羲皇故里。北魏郦道元说："故渎东经成纪县，故帝太皞庖牺所生之处也。"

春雨微茫，细若游丝，拂过面颊，如婴儿稚嫩的手。伏羲庙牌坊倒影在水泥路面上，清晰可鉴。几个小学生头顶书包一溜烟跑过，我才惊觉，时间有些

伏羲庙

紧迫，因为伏羲庙五点就关门。这座号称规模最宏大的伏羲庙，前面的广场就宽阔得让人敬畏，想来在祭典时才能用到。戏楼前置有九鼎，表示"禹铸九鼎以象征九州"，但放在这里不搭调，因为伏羲要比夏禹早得多。仿制的宝贝不值钱，露天摆放，风吹雨淋，连游客也懒得多看。

伏羲被尊为"三皇之首""百王之先"，与女娲同为福佑社稷的正神，楚人帛书则记为创世神。伏羲姓风，称呼很多，如羲皇、太昊，《史记》中的伏牺、诗人笔下的"青帝"，都指这位人皇。也有说他是燧人氏的儿子，中国最早的王、人文始祖和医药鼻祖，所以他在老家才有如此宏伟的大宅子。

当年蒙元征服南宋，推崇"三皇"，在全国修建三皇庙以示"我们尊重汉族"。明代中叶，秦州指挥尹凤在原三皇庙基础上，扩建修缮，始称"伏羲庙"，延续至今。现存建筑四进四院，有牌坊、仪门、先天殿、太极殿，以及钟鼓楼、来鹤厅与其他厢房配殿，后院有见易亭和泮池，都记在伏羲名下。

走进悬挂"开天明道"匾额的牌坊，穿过仪门，院子里香烟缭绕，古柏参天，对面就是先天殿。有趣的是，这些盘根错节的老柏树，多向左边倾倒。好几株因过于歪斜，只好用支架撑起来，老态龙钟，人见犹怜。甚至有株弯腰驼背，向主殿匍匐，似乎正欲朝拜。传说前后院内原有古柏六十四株，按伏羲八卦六十四方位栽种，现存三十七株，堪与宝鸡太公庙前的唐柏媲美，也算是庙里的活文物。

先天殿是伏羲庙主体建筑，也叫文祖殿，意为"人文始祖"，门

楣悬"一画开天"匾额。据说集赵孟頫书法而成，上款空缺，下款署"岁次戊辰年仲夏"。因用了"人文始祖"和"羲皇故里"两方印，还被"行内人"诟病。正殿面阔七间，古墙琉璃瓦，重檐歇山，正脊有天宫宝刹，隔扇门窗雕以盘龙团凤、仙鹤麋鹿，显得古朴庄严。

相传伏羲画八卦，始于乾卦第一画，乾为天，故说"一画开天"。宋陆游说"无端凿破乾坤秘，祸始羲皇一画时"，撒娇似的，流露百般委屈。《说文释例》云："一之所以为数首者，非曰此字只一画……此即卦画之单，乃一画开天之意，故平置之。"可见"一"字来历非凡，它"开天立极""道启鸿蒙"。

殿内供奉伏羲像，腰围树叶，手托八卦，左置河图洛书石盘，右立蓝鳞红腹龙马。可惜龙马背驮太极图，算是造像纰漏。孔子后裔孔安国说："河图者，伏羲氏王天下，龙马出河，遂则其文以画八卦。"伏羲画八卦，经周人演绎而成大道之源《周易》，故而《汉书》中有"人更三圣，世历三古"，就是说伏羲、文王与孔子是华夏古文明的源头。

传说伏羲人首蛇身、蜂腰鹤膝，与女娲兄妹相婚，生息繁衍而成人祖。也有女娲"抟土造人""炼石补天""化育万物"的记载，被后世尊为创世神和始母神。常见的伏羲女娲图，蛇尾相交，四目相对，其实更像是秀恩爱。

往前为太极殿，或谓寝宫，面阔五间，红墙单檐，里面供各种造型的伏羲像。墙壁悬十四幅图，描绘伏羲功绩，依次为画八卦、造书契、结网罟、养牺牲、造屋庐、制嫁娶、养桑蚕、疏水田、冶金术、制琴瑟、尝百草、立九部、创占筮、作历度。其实，还不如曹植《伏羲赞》来得简练：

木德风姓，八卦创焉。
龙瑞名官，法地象天。
庖厨祭祀，网罟鱼佃。
琴瑟以作，时通神轩。

可以看出，伏羲包揽了多位上古贤人的发明创造。要放今日，一定有打不完的知识产权官司。自伏羲始，中华民族从蒙昧时期步入文明社会，绵延传承，从未间断，世间绝无仅有，值得自豪。事实上，"三皇五帝"都是传说中的上古贤人，没有同时代的文字记载，也很难找到直接证明。华夏文明从什么时候开始，还有待进一步考证。

我总觉得，远古大德大贤具有超凡的能力。譬如河图、八卦、周易，现在的学者们倾其半世，穷尽智慧，也未能洞悉其间奥妙，而古先贤则明察秋毫，用以造福百姓。事实上，世事诸法，因为几千年的不断改进和完善，如今已很难有惊天动地的创造与发明，即使想在某领域有所突破，也是难上加难。

后院面积宽广，有见易亭和泮池，据传是归葬伏羲的所在，曾几易其主，今辟为园林。芳草流碧，桃花挂泪，倒也清幽雅致。两边为伏羲学院和博物馆，时间所限，没能入内。见易亭是清代建筑，当时为官员练习祭典礼仪的地方，现立"羲皇故里"碑，为江泽民1992年视察天水时所题。其后有泮池，伏羲祭典时取池中圣水，洒向大地祈福纳祥。

民间相传伏羲生日是正月十六，所以天水人于此日赶庙会唱秦腔，烧香磕头，祭祀"人祖爷"。或将红纸剪的人贴于古树上，以香头烧洞，表示祛病消灾。公祭伏羲大典自秦开始，延续至今，分春秋两祭，也叫初祭和末祭。初祭约于伏羲诞辰，末祭约在夏至前后，"同祖同脉，中华共祭"。公祭伏羲大典已被列入国家非物质文化遗产，当地人自然不会错过，借机举办旅游节，以聚敛人气。

各重院落两边还有钟鼓楼及厢房配殿，里面陈列伏羲生平功绩的绘画、典籍和文物。先天殿西有来鹤亭，因乾隆时天水地方官主持重修伏羲庙，忽有白鹤飞临古柏而得名，后辟为"陇南文宗"任其昌祠。"黛色参天有老柏，黄花满地建新祠"，即指这档子事。

不知不觉，时间已经过去，直到陈列室的工作人员流露出不耐烦的神情，我才走出庙门。然而，雨却越下越大，丝毫没有停歇的迹象，我便跑到广场东边的回廊里，听几个上了年纪的票友唱秦腔。天水是周秦故地，附近的牧马滩就是秦始皇祖先吼乱弹的地方，也算秦腔的最初的源头，所以天水人唱秦腔字正腔圆。天水话与宝鸡话相若，奇怪的是，我听天水话还略有障碍，但听当地人吼秦腔，却觉滑顺流畅如高山流水。

几位当地同窗发来信息，约今晚一起吃饭。阔别已有二十多年，难得相见，便欣然允诺。在天水，无所顾忌，理应喝上几杯。

山头南郭寺

"水积从天降，山连与蜀通"，明人王祎题写古秦州的妙句，倒像照应"天水"的藏头诗，几乎写绝了天水的山河地理，让人忍不住拍手叫好。

天水是长者，自羲皇始，至少已有八千高龄。今人所谓"关陇集团"，即指

杜甫雕像

关中和陇山（六盘山）周围的门阀军事势力，西魏、北周与隋、唐四朝皇室都出自这个集团。而天水位居关陇战略通道，扼守陇蜀咽喉，言其人杰地灵，可不是空话套话。陆游说："经略中原必自长安始，取长安必自陇右始。"所以天水为历代兵家必争之地，也是秦汉三国时的古战场。

饶是如此，当地的同窗好友却告诉我，天水有名的不过羲皇、麦积，其余不足观矣。但我还是要去造访南郭寺，因为唐朝诗人杜甫流落至此时，曾题诗

百余首赞颂此地，自是非去不可的所在。

南郭寺位于秦州区西南的慧音山，即当地人所称的南山上，至少在北朝时就已经存在，号称陇右第一名刹，以春秋柏、隋塔、唐槐闻名。宋代叫"妙胜院"，清乾隆时赐名为"护国禅林院"。殿阁建在南山顶，但牌坊前已人流如织，拥挤不堪。门前晃悠的警察说，车辆要办通行证方可出入，我只好放弃，徒步上山。

山上有邓宝珊将军纪念馆，顺便进去参观。他是天水名人，民国时曾代理甘肃省主席，1949年后任甘肃省人民政府主席、省长。邓宝珊能在乱世左右逢源，且为国人尊崇，足见他的政治智慧。纪念馆院落古朴，里面展出影像实物，以展示邓宝珊生平事迹，外面还有块孙中山表扬他的"黑板报"。照我看来，他一生最大的功绩就是促成北平和平解放。

或许因为临近佛诞日，汉地寺庙迎来最热闹的时节。不远处就是南郭寺，门票两元，是我近些年所见的最惠民的景点票，算是意外的惊喜。整座南郭寺分东中西三个院落，主要建筑都在西院，包括山门、钟鼓楼、天王殿、大雄宝殿，以及西配殿、东西禅林院和卧佛殿。东禅林院于光绪年间重建时改为"杜少陵祠"，供奉杜甫及侍童像三尊；西禅林院还保留着乾隆御赐的名号。

山门外有两株古树，即唐槐，分立左右，当地人称夫妻树。入内即为天王殿，门悬"第一山"匾额，据说为临摹米芾笔法。大香炉前围着许多游客，剪烛焚香，磕头作揖。往前为大雄宝殿，上悬"应无所住"匾额，门下有大和尚正在演讲，名曰"祈福秦州弘法利生讲经法会"。怪不得沿途看到为新建"佛法身舍利塔"募捐的海报，原来南郭寺请来大和尚为募捐摇旗呐喊呢。

卧佛殿院内有建于隋朝的舍利砖塔，因地震倒塌，现塔基尚存。按照常理，塔基地宫应该藏有佛舍利，所以南郭寺打算募集资金，重建"佛法身舍利塔"。这位大和尚就是筹建委员会的主席，自然要花费口舌招募捐款了。

但是，我对海报的内容颇不以为然，说什么莲花生大士曾预言："末法时代，众生因身、语、意颠倒错乱而造成恶业。杀戮破坏，招致四大不调，引发天灾人祸……此时建造佛塔，则可平息灾难。"我看更像威胁，如果不捐钱建造舍利塔，就会引发天灾人祸。佛家以慈悲为怀，向来济世度人，如今个别地方的"大师"妄言至斯，倒让人真的有些惊讶。就好比说，你给我好处，我就保佑你，否则有你好看。这种话语，和贪官污吏，或者以占卜吉凶为名的诈骗犯有何两样？

第二条则举例说明捐钱修塔的好处。说佛典记载，迦叶佛灭时，一乞丐女发心修塔，死后转世为忉利天王（玉皇大帝）。忉利天王是印度教中的因陀罗，后来被佛教吸收为护法神，称帝释天。佛教传入中土后，道教至高无上的玉皇大帝又被其拉作壮丁，顶替帝释天，显然是在抑道扬佛。

西方学者认为，佛陀就是征服自己内心世界的人，具有超强的自我控制能力。一般佛像都呈内审神态，眼观鼻、鼻观心。佛法原是自成体系的哲学思想，譬如"苦、集、灭、道"四圣谛，说人生的真谛就是"苦"；"十二因缘"则解释为什么"苦"，缘于"无名"嘛；"八正道"为消除"苦"的法门和过程，最终达到"涅槃"，得以解脱。所谓"涅槃"，不是一死了之，而是说服自己如何面对"苦"，学会"苦"中作乐，物我两忘。简单地说，这些理论偈语，归根结底就是"心安即可"。

有则禅林故事，寒山问："世间有人谤我、欺我、辱我、笑我、轻我、贱我、骗我，如何处置乎？"拾得云："只要忍他、让他、避他、由他、耐他、敬他、不要理他，再过几年，你且看他。"世人再愚，想必也能悟出几分道理来。

东院观音殿前新修八角亭，内有北流泉，水味甜美，终古清冽。杜甫有诗曰：

> 山头南郭寺，水号北流泉。
> 老树空庭得，清渠一邑传。
> 秋花危石底，晚景卧钟边。
> 俯仰悲身世，溪风为飒然。

"老树"指大雄宝殿院内的"春秋古柏"，据说植于春秋时期。虬枝蜿蜒，冠盖如云，是为"南山古柏"，堪称稀世珍宝，名列秦州八景。杜甫诗前扬后抑，最后两句悲怜身世，让人不由得打个寒战。安史之乱时，杜甫弃官举家投奔秦州亲朋。他只待了三个来月，留下许多诗篇，但日子过得极不如意。除亲友接济，也干些采药换钱的营生，可见落魄潦倒的程度。写不成诗，我还是想说一句："南山有雨留和尚，北流无声哭少陵。"姑且算是追忆杜甫。

　　相传这首《南山寺》为李白所题：

　　　　自此风尘远，山高月夜寒。
　　　　东泉澄澈底，西塔顶连天。
　　　　佛座灯常灿，禅房香半燃。
　　　　老僧三五众，古柏几千年。

有人考证该诗为李白由碎叶城迁居江油，途经天水时所作，当时李白年纪尚幼。依我看，这是伪造的李白诗。李白旷放浪漫，洒脱豪迈，早期作品恣肆汪洋，气势磅礴，从来没有这种刻意追求工稳的作品。更何况这首诗刻板厌世，只能说勉强应景，估计是某位不得志的酸腐文人假托李白诗罢了。甚至有学者将"古柏几千年"当作"老树"的证据，碰到"李鬼"而不知分辨，直教人啼笑皆非。今特列出，以正视听。

　　大和尚还在讲经说法，我听了几句，无非是修身养性或为人处世的道理，诚如现代公共关系课。如今这里的佛门也与时俱进，不再宣传佛法无边，更不要求虔诚膜拜，而从道德修养和人情世故着手，弘扬儒学的传统理念，倒是让信众服了。

　　出门时，见天王殿前站着两队身着"海青"的俗家弟子，手捧鲜花兴高采烈，或许又要迎接什么"大人物"吧？

麦积烟雨

一夜春雨，树叶上的水珠儿滚来滚去，终于"啪"的一声掉落地面，迅速聚成一摊晶莹，但又很快散开。

酒店前台的服务员见我犹豫，笑着安慰："要去麦积山吧？您运气真好，肯定能看到麦积烟雨。""麦积烟雨"名列秦州八景首位，想想吧，丹崖奇峰，曲水流云，烟雨佛阁，怎能不令人神往？然而，昨夜雨势成灾，最终给麦积人家带来祸害。电缆居然被破坏，附近全部停电，甚至连网络都没有，可谓损失惨重。我跑出去老远，才搜索到手机信号，勉强能打开网购门票的二维码，只是无端浪费许多时间，不免来气。

中国四大石窟，龙门、云冈以石雕闻名，而甘肃独占敦煌的壁画、麦积的泥塑。麦积山原属天水的北道区，大概为发展旅游业，后

薄肉塑壁画——飞天

北魏造菩萨和弟子　　　　三巨佛　　　　西魏造佛祖像

改为麦积区。麦积山者，北跨清渭，南渐两当，远望如农家麦垛，故而得名。"麦垛"是北方小麦区才有的，陇上通常将收割后的麦子捆成"件"；十"件"并作一"拢"，中空而有人字顶，以利水速干；最后上场，摞成麦垛。在我看来，麦积山正面更像人字顶的"麦拢"。

麦积山石窟始造于十六国后秦，曾吸引许多高僧聚集修行，甚至魏文帝原配皇后也在此出家，死后"凿麦积崖为龛而葬"。这个时期，北方少数民族南侵，战乱频繁。石窟的建设，一方面是权贵阶层意志的体现，另一方面也是底层百姓绝望中的希望。

到隋唐时，洞窟形制基本完成，此后宋、元、明、清不断开凿续建，终成今日盛况。现存洞窟221座、泥塑石雕10632尊、壁画1300平方米，是名副其实的"东方雕塑艺术陈列馆"。

中国著名的佛教洞窟，都在丝绸古道沿线，是研究佛教传播线路的直接证据。只有云冈石窟例外，但也可以看作草原丝绸之路上的洞窟文化典范。这些佛教洞窟，如今都是黄金旅游景点，显然为当地财政做出了不少贡献。

印度迦罗阿育王（Kalashoka）时代，佛灭百年，有些和尚破戒，引起其他僧团不满。双方相持不下，召集七百弟子进行第二次经典结集。这次结集使整个佛教分化，被指责违反戒律的僧侣离开长老部，另立山头，称为大乘僧团，即后来大乘佛教。至第四次佛教经典结集时，僧团彻底分化，大乘不承认小乘的"阿卢寺结集"，而于公元70年召集五百阿罗汉在北印度迦湿弥罗（Kasmira）举行大型结集。大乘佛教自此向北向东传播，经丝路流入汉地。

过检票口，还需三公里才能到麦积山，我选择徒步而行。沿途许多纪念品小店，几乎与别处相同，让人提不起兴致。麦积山脚置香炉，吸引信众焚香剪烛，顶礼膜拜。从这里抬头仰视，栈道凌云穿空，洞龛密如蜂房，人行其上如蝼蚁爬进过山车，果然惊险陡峻，是世间少有的大工程。

拐过弯才是景区正面入口，但见孤峰突兀，状如积麦。四周绿影婆娑，中央丹岩耸立。在如此胜景前，山前红墙青瓦的感应寺倒成了摆设，几乎无人问津。

唐朝时，天水文人王仁裕写道："绝顶路危少人到，古岩松健鹤频栖。天边为要留名姓，拂石殷勤手自题。"想来那时登麦积山远不如现在容易，他想留下"王仁裕到此一游"的题记，也颇费周折。如今栈道宽阔安全，礼佛观景，自是便捷。但最好不要乱涂乱画，否则会被世人鄙视。

山不在高，有仙则灵。麦积山只有142米高，原来山体完整，唐开元年间因地震而分为东崖和西崖。石窟多凌空穿凿于20至70米高的悬崖峭壁，有走廊、山楼、崖阁、摩窟及摩崖龛。据说当年开凿石窟，先堆积木材至高处，然后施工，营造一层拆除一层。相传北周大都督李允信为其亡父营造散花楼，动用人工40万，建成麦积最辉煌壮观的殿堂式大窟。当地人说"砍完南山柴，修起麦积崖""先有万丈柴，后有麦积崖"，原非空穴来风。

拾级而上，曲折回环，如云中漫步。如果不探头向下张望，就没必要提心吊胆。麦积石窟以泥塑见长，多以栅栏铁网保护，主要题材有佛陀、菩萨、弟子、天王、力士。相对于敦煌，造像突出人格化与世俗化，从中可以看出佛教自西向东传播和汉化的脉络。

"魏后墓"外刚猛雄健的力士，貌似中国男篮的巴特尔，是麦积塑像的名片；第44窟中的佛陀像，被称为"东方蒙娜丽莎"，世俗化得有些过头；而第121、165窟中的弟子菩萨，则化成"儿女情长"的美人。当然，七佛阁（散花楼）、牛儿堂、万佛洞、天堂洞等，都是麦积山至宝，也各有各的故事。"北魏和宋朝的雕塑在我看来是最引人入胜的"，一位外国雕塑家这样说。

实际上，麦积山石窟也曾是"有龛皆是佛，无壁不飞天"，尤其"薄肉塑"飞天壁画独具特色。由于多雨潮湿，壁画大多剥落，但仍保留北朝时期的西方净土变、涅槃变、地狱变及睒〔shǎn〕子本生、萨埵那太子舍身饲虎等佛本生故事。壁画中所描绘的城池、殿宇、车骑和衣冠服饰多具汉族传统文化特色，基本能反映这一时期的现实生活。

不过，我比较喜欢三尊巨佛。其实，也是一佛二菩萨，石胎泥塑，悬立崖面。栈道凌空，人与佛齐，仿若心有灵犀。传说一家三口发愿为后世营造洞窟佛像，经抽签，儿子中麦积，父亲中石门，母亲中仙人崖。儿子提前完工去看父母，因太累而在半路睡着，被同样提前结束工程的父亲误杀，留下一则"杀人沟"的传说。母亲知道原委，一罐子摔过去，打破父亲的半边脸，这地方就是"倒悔沟"。后人感其功德，造三尊巨佛以纪念，中间高达16米的佛像左脸深红，如淤血沉积，据传是被老婆的罐所伤。

三巨佛慈眉善眼，仪态庄严，仿若凝神远眺，又像垂目自省。他们眼中的历史，大概就是山头的烟雨和流云。丝绸沿线著名的石窟，若论天然风景，以麦积山为最。顺着巨佛的目光望去，只见峰峦叠翠，如波浪起伏，颇有"山人拾瑶草，白云相与还"的气象。

时间很快过去，旅游团接踵而至。栈道已经显得有些拥堵，便收拾心情下山。接到当地同学的电话，说来麦积山门口接我，倒也落得轻松。

同学是本地人，曾是我的班长，练达持重，沉稳如兄，就在麦积区工作。

旅游业的发展，麦积山的变化自是日新月异，与他初来时相比，已有天壤之别。我看也是，路上遇见几个扛着"长枪短炮"的人，正在拍摄"古色古香"的村庄。其实都是新建，没什么可拍。

到附近的农家乐午餐，有扁食、浆水面、洋芋饼、天水呱呱及各类山野菜。天水地处关陇咽喉，面食荟萃。然而，如果不吃上一碗"呱呱"，就等于没来过天水。相传西汉隗嚣割据天水时，其母喜食"呱呱"。后来隗嚣败亡，这厨师留下开馆，名噪一时。我怀疑"呱呱"最初可能是锅底半焦半黄的面糊，完全是"无心插柳"，因口味极佳，便成贵族食品。

如今做"呱呱"，先将荞麦淀粉加水入锅，用慢火烧煮到略硬而干黄，再装盆回性，即可食用。"呱呱"以香辣绵软著称，被誉为秦州第一美食，"粉丝"极多。

西北人爱吼秦腔

甘肃的地方戏叫陇剧，唱腔单调，流传也不广，所以受众很少。西北五省的汉族人，最爱看的还是秦腔，逢年过节搭台唱戏，才是人生的最高境界。

说西北人热爱秦腔，绝不掺假，男女老少都会吊起嗓子唱几句。田间地头，挑着粪担儿的庄稼汉张嘴就能吼上一出"斩单通"。那种气势，听得人血脉偾张，仿佛我就是程咬金，正在端着酒杯看人行刑。

秦腔又称"乱弹""梆子腔"或"桄桄子"，起于西周，源于西府，成熟于秦。说起来，秦始皇祖籍是甘肃天水陇南，现在的麦积山附近有个牧马滩，传说是秦人先祖嬴非子为周王室牧马的地方。后来秦朝发迹，先民东移，将原本自娱自乐的"乱弹"唱功也带到了关中。当然，这期间的发展，自是免不了聪明人的编纂演绎和帝王家的推波助澜。

有趣的是，唐朝李氏先祖也是天水人。李氏建立唐王朝，国强民富，开放包容，文学艺术空前发展，秦腔随即成为长安城的娱乐嘉年华。著名的音乐家李龟年就是陕西人，他所奏的《秦王破阵乐》又称秦王腔，或许就是成熟的秦腔曲子。总而言之，经过文人士大夫的演绎，秦腔唱腔在唐代基本定型。当然，甘肃天水是周秦故地，自然跟着沾光，也算秦腔发源地。

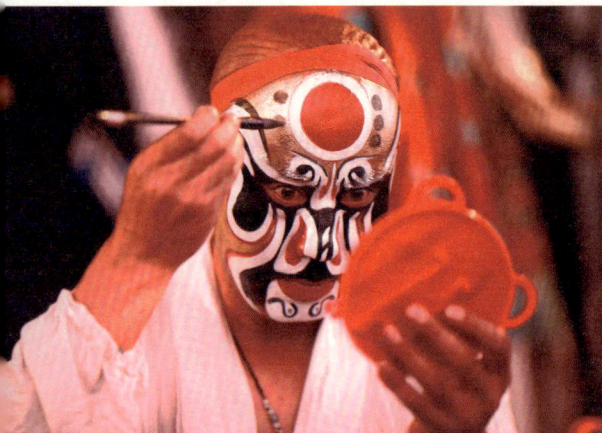

　　清人李调元《雨村剧话》记载："俗传钱氏缀百裘外集，有秦腔。始于陕西，以梆为板，月琴应之，亦有紧慢，俗呼梆子腔，蜀谓之乱弹。"如今，这乱弹被列入非物质文化遗产。西安有著名的秦剧团"易俗社""三意社"，历史悠久，名家辈出。我曾看过西安三意社的秦腔唱段，当时碰上他们的什么纪念节日，与"易俗社"联袂会演，真是让人大开眼界。西安的戏迷也专业，拍手时毫不吝啬，安静时鸦雀无声。净角儿的包公唱段，将剧场气氛推向高潮。"八百里秦川尘土飞扬，三千万老陕齐吼秦腔"，那种吼声简直惊天地泣鬼神。

　　唱戏之道，必须要隐藏自己的本来面目，善于"装腔作势"，才是行家里手。即使一个落魄失意的人，只要站在舞台上，就是帝王将相，就是巨卿鸿儒。秦腔唱腔以西府方言为宗，西府即现在的宝鸡岐山和凤翔，这两个地方的口音最为古老。西北方言繁杂，今人的唱腔，一定要"拿腔拿调"，以模仿陕西关中口音为正宗。

　　小时候看秦腔，是一年中最开心热闹的事情。土不拉叽的破戏台，稍事装扮，便能教山前岭后的庄稼人蜂拥而至。其实，看戏者少，八卦者多。小地方的各种新闻，就在戏场里传播开来，东家长西家短，所有的绯闻轶事都能在这里找到线索。原来挑着担儿走街串巷的货郎，此际也会赶来，将针头线脑摆在戏场边上，惹得婆娘女子叽叽喳喳嚷个不停。

搭台唱戏，多以村为单位，演员是本地的泥腿子，全凭兴趣爱好，谈不上专业素养。服装道具也参差不齐，不得已时，甚至自己动手制作。就算这样，还经常凑不全，最好的状况就是和邻村错开，相互借用。我曾做过一把木头大刀，洋洋得意地扛去看戏，结果被剧组团长"借"走，再也没有归还。我见过手工做的乌纱帽，先用土胚做个模子，一层一层糊上报纸，等风干后取掉土胚，外面贴上平绒。帽翅要用到弹簧，有些县太爷功夫老到，能摆动一边的帽翅，看起来甚为滑稽，很招小孩子喜欢。

事实上，乡下人唱戏，多以神的名义。我们村供奉"大〔dài〕王爷"，也叫"七将军"者，据说是《西游记》里的"弼马温"孙悟空。因他保护唐僧西行取经有功，归来后位列仙班，尊享人间香火。一般而言，人们求助大王爷的事情，无非是祈求风调雨顺和招祥纳瑞。常言说"天晴改水路——未雨绸缪"，所以逢年过节，总要给他唱几台戏，以保佑村子平安吉祥。

信仰也好，迷信也罢，其实是个大学问。虽然是临时拼凑起来的草台戏班，但在登场前还是要排练一番。通常有点功底儿的家伙难免会摆架子，要挟剧组领导，以求好吃好喝好待遇。当然，领导可以要挟，但谁也不敢得罪大王爷，于是排练出勤率自然就高了，每年的戏也能顺利唱起来。足见信仰与宗教的力量。

与其他剧种一样，秦腔角儿也有生丑净旦，细分则有"十三门二十八类"。我最喜欢丑角上场，如《辕门斩子》里穆桂英的随从穆瓜，其貌不扬，其位卑微，但在宋营里嬉笑怒骂，倒也算是一条好汉。若论场面劲爆，要数哇呀呀怒吼的花脸武戏，比站在台上甩袖子踢方步的老生、抛媚眼道万福的旦角要好看得多。不过，乡下人打的都是假把式，既不会翻跟头，也不会耍花枪，偶尔来个能劈叉的，就能惹得满场喝彩，享受明星般的待遇。

以前，各省市县都有专业的秦剧团，算是吃公家饭的干部。演员自视清高，身价不菲，寻常人家哪里请得起？随着改革开放的深入，这些专业剧组被推向市场，经营难以为继，竞相破产。反倒是不按常理出牌的民间演艺公司，上山下乡，走街串户，经营得有声有色。其实，很多类似有事业编制的单位可谓同病相怜，境遇都差不多。电影《鸡犬不宁》以豫剧团为背景，讲的就是这段往事。

秦腔鼎盛时期在乾隆年间，可谓班社林立，名家荟萃。因为流行地区不同，秦腔也分多个流派，通常认为有东西南北中五路。我们甘肃及以西地区，为西路秦腔，风格粗犷，气势豪迈，唱起来就像"大风从坡上刮过"。然而，现在的剧团，还是要请几个陕西籍的演员，才能抬高身价。

对我来说，秦腔是乡土，也是远方。所谓人生如戏，戏如人生，虽然我不敢登台，但在山间野外，偶尔也会吼上一嗓子。不管是英雄剧，还是悲情戏，都教人沉醉、着迷，我甚至想着来一次"秦腔之旅"，去追寻舞台上的故事。譬如《三滴血》中的五台、《五典坡》中的寒窑、《白蛇传》中的西湖，将这些剧目的背景串联起来，走上一遭，自是活色生香的旅程。

如今的秦腔也迎来春天，民间班社如雨后春笋般发展起来。我们村有人带头，也成立起一个剧团，名曰"秦赞演艺"，经常赴外地演出。常言说："过大年，唱大戏"，戏倒是唱大了，年则未必好过。正月初三，剧组头儿们就赶着出门，因为这个时节，各地都搭好了台，就等着戏班子上场呢。

武山旋鼓舞

天水往西，分别是甘谷和武山。

甘谷为中国县制肇始，称"华夏第一县"。境内有大象山石窟，内供石胎泥塑大佛。洞窟造像始于北周，从残留的蓝色胡须推断，应该有印度造像的影子。武山县城邋遢，经济发展不如甘谷，却拥有两项让世人瞩目的非物质文化遗产，那就是武术和旋鼓。

虽然与定西接壤，但对我们而言，武山就是个神秘的存在。小时候听大人讲："武山的鸡娃子出来都会倒脚步。"是说武山人善于耍拳打把式，个个能使枪弄棒。如果要刨根问底，就得追溯到这片土地上的先民。

武山古称豲〔huán〕道。《后汉书》记载："豲，古代少数民族，其居区为道。""豲"原意为豪猪类野兽，性情凶猛善斗，虽虎狼不能近身也。可见"武术之乡"并非浪得虚名，"豲道人"自古就尚武好斗。不过，随着火器的出现，这种原始的杀人技法逐渐淡出人们视野，或者作为民俗表演项目偶尔露脸。

说到表演，不能不提"武山旋鼓"。所谓旋鼓，其实就是"有手柄的单面鼓"，俗称"羊皮鼓""点高山"。在铁圈上蒙一层羊皮即可，状如铁扇公主的"芭蕉扇"，所以又叫"扇鼓"。鼓面绘八卦图案，手柄缀铁环，我仔细数过，多为

旋鼓舞

九枚。鼓鞭用藤条或羊皮编成，柔韧而富有弹性，不同于寻常鼓槌。扇鼓看似单薄，但颇有分量，拿在手里，呛啷呛啷，仿佛能通人言。

"鼓"事源远流长，最初作为祭祀法器，是讨好神灵的工具，后用于狩猎和征战。《礼记》载："土鼓蒉桴〔kuì fú〕，苇籥〔yuè〕，伊耆氏之乐也。"通常认为伊耆氏即神农，这土鼓恐怕就是最早有文字记载的乐器。《帝王世纪》也说："黄帝杀夔〔kuí〕，以其皮为鼓，声闻五百。"

"铜鼓与蛮歌，南人祈赛多"，说明最早的铜鼓是通神的媒介。"落日边书急，秋风战鼓多"，后来成为传递军事信号的器具。"祢衡击鼓骂曹""梁红玉击鼓战金山"，则将鼓的功能发挥到极致。如今的鼓类项目更是五花八门，如安塞腰鼓、京西太平鼓，甚至我还玩过挂在腰上蹦起来敲打的桶子鼓。

扇鼓由西周大鼗〔táo〕、汉魏鼙〔pí〕（鞞）鼓发展而来。《周礼》"掌鼙鼓缦乐"、《吕氏春秋》"有倕作为鼙鼓钟磬"、白居易《长恨歌》"渔阳鼙鼓动地来"，描绘的都是"扇鼓的祖先"。显然，扇鼓不是武山的独门绝艺，如赵州扇鼓、任庄扇鼓，模样与武山扇鼓相若，只是玩法和套路不同而已。

武山旋鼓舞以滩歌和洛门为最。那么，这舞到底有什么迷死人的妙处？在一个银杏叶子变黄的季节，我有幸来到滩歌镇，得以体验武山最纯粹的旋鼓舞。

"滩歌"为藏语音译，即"山下平川"，是河流汇集的"金盆养鱼"地，本身就是用故事堆起来的地方。唐末陇右一带曾被吐蕃所占，枭波部族在此建"枭蓖寨"，北宋收复秦州后改称"威远寨"，遗迹犹在，当地人叫"大堡子"。

旋鼓舞表演就在代沟村委会的广场里。鼓手们先戴上假长发，反穿羊皮袄，腰围豹纹裙，将自己打扮成藏羌民族模样。陇右是羌戎旧地，又曾被吐蕃占据，旋鼓居然保留着藏羌风俗印记，让人惊讶，也让人感慨岁月的变迁。

最近秋雨绵绵，羊皮鼓受潮，声音有些浑浊。领头的代师傅在外面点燃一堆柴禾，大家边烤边敲，鼓声逐渐铿锵起来。

当地人相信，他们的旋鼓舞起源于"放羊娃吓狼"。相传羌族牧人经常受狼群袭扰，便将羊皮蒙在弯曲的树枝上敲打，响声震天，吓得狼群四散而逃。尤其农历四月至端午节前，孕期母狼受到惊吓，可能会流产。放羊娃出狠招，旋鼓舞就是武山先民战天斗地的结果。当然，也可见过去生态环境良好，野兽成群，现在连只兔子都难以找到。这旋鼓嘛，也就沦落成农民行为艺术的道具了。

鼓声终于回归正常。头人身披麦草蓑衣，带领众鼓手排成"一字长蛇阵"入场。高跳低行，穿插回旋，边敲边舞。手柄铁环相互碰撞，声音刚柔相济，响彻云霄，迅速引爆现场气氛。广场专为旋鼓舞打造，地面绘有八卦太极图案。旋鼓舞步看似随意，实则群而不乱，合而不板，线路严谨，章法有度。场面原始壮阔，就像穿越到洪荒，与远古先民一起祭祀、狩猎或征战。看这阵仗，拉到深山老林里，恐怕还真能将狼吓个半死。

其实，武山旋鼓有自己独特的风格套路，如"一字长蛇""二龙戏珠""三英战吕""四马投唐"，中间夹杂"狮子滚绣球""凤凰三点头""太子游四门"等名堂。动作粗犷豪迈，舞步流转自如，将西部硬朗厚重的线条展现得淋漓尽致。所谓内行看门道，外行看热闹，要不了解一点背景，就是"白伙石"（什么都不懂）。

每年农历四月是旋鼓敲响的季节。各村各镇，数十支队伍、千百名选手挥舞旋鼓参赛。届时，德高望重的老人点燃火堆，美其名曰"点高山"。然后往火堆中投"高山馍"，参赛队伍围着火堆跳旋鼓舞，直到"高山"烧尽。这种热闹事，一直要持续到端午前后才告结束，正好对应传说中的"吓狼季"。

也不尽然，武山旋鼓分南北两路，南部重"祈福"，北部重"撵神"。我小时在定西见过"司公撵神"，所用法器就是旋鼓。只是"司公"穿得花红柳绿，令人惶恐，而且行事隐秘，似乎见不得光。我估计这种"司公子跳大神"的把戏，就是武山北部川区的旋鼓舞。所以，有人说旋鼓源于祈祷祭祀或军情传递，也占理儿。

然而，这样一个来自远古的民俗项目，现在处境尴尬。因为渊源复杂，很难"家传永续"，年轻人都懒得学。今天在场的鼓手，最年轻者也在五十开外。一名高龄前辈，因体力不支而中途退出，想来应是最后的传承人。

原本属于精壮汉子的活动，却由古稀老人支撑，细数起来，心有戚戚。还好有个"武山旋鼓舞保护协会"，但不知道能否指望得上？

九

定西

关陇门户

威远楼头说北宋

从天水出发，沿陇海线西行约一百五十公里，过武山即到陇西。

所谓陇西，因在陇山以西而得名。自古为"四塞之国"，兵家必争之地，也是丝路古道上重要的驿站。如今的陇西以种植中药材和土豆闻名，文峰镇就是甘肃最红火的中药材集散地。陇西虽然离我的故乡定西不远，但我鲜有机会来访，这回算是第三度踏足。

初次到陇西，当是1987年，印象深刻，现在回想，恍如昨日。少年时候独自出远门求学，须在文峰镇住一夜换车。从定西往南，八十多公里的路程，咣当咣当的蒸汽机车要走两小时。刚下火车，被一位推着架子车的中年汉子招揽到他的旅舍，其实就是他的家里，辟出二间空房待客。住宿费五角，您没看错，就是0.5元。三人睡一大通铺，与他老爸及一个猫贩子。半夜猫叫，此公起来给猫耳朵滴几滴酒，这"喵星人"居然安静下来。真是猫有猫道，鼠有鼠道。

那时我还没有星级酒店的概念，面对陌生人也基本不设防。次日清晨，中年汉子依旧推着他的架子车，载上行李，将我们送到站台。这一切，他才赚到五毛钱。可话又说回来，当时我一个月的伙食费也就二十八块。岁月留痕，如

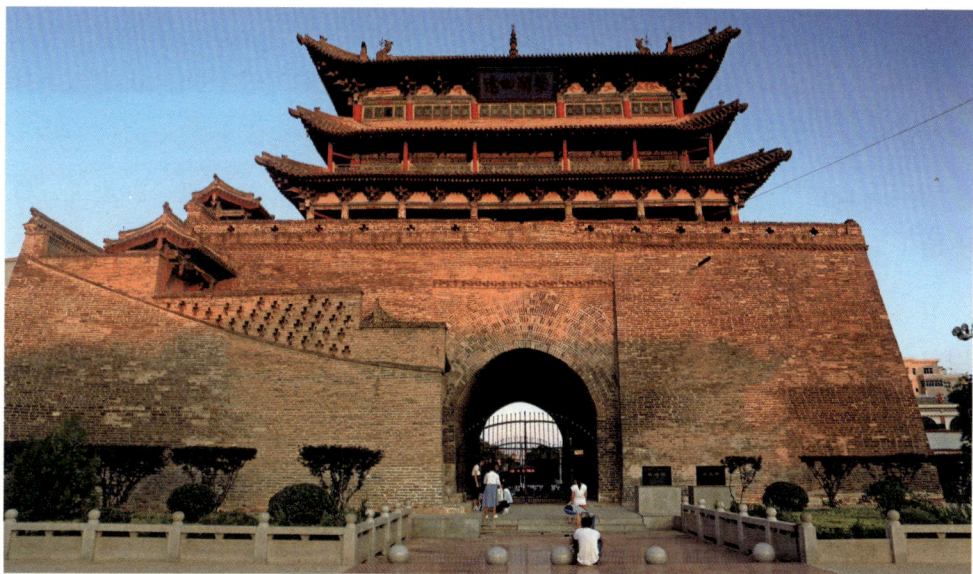
威远楼

今回忆，真是让人感慨。

现在的陇西，早已改头换面，再也看不到灰头土脸的架子车"招摇过市"，只是现代化的风貌倒让人不自然。我的来访，其实是为了探寻历史的、文化的陇西。这座小城原为西戎故地，秦灭西戎后，于秦昭襄王三十五年（前272）设陇西郡（治所今临洮）；汉初置襄武县（今陇西），始有建制；隋改称陇西，县名沿用至今，细数也有两千多年的历史。

陇西有李氏祠堂，因唐太宗李世民御笔亲书的"李家龙宫"而闻名，被天下李氏族人视为宗庙。所谓"道德传家，太白遗风"，李氏人才荟萃，名家辈出，所以陇西也被看作李氏文化的发源地。李氏是中国大姓，与王、张加起来占中国总人口的两成以上，百家姓首位的赵姓，反而要退居其后了。值得一提的是，古"陇西"通常指"陇山以西"，所含地域甚广，所以"李氏龙宫"也备受争议，天下李氏也未必都出自陇西县。譬如临洮人认为古狄道才是李氏祖籍地，而古狄道正是临洮。

除"李家龙宫"，陇西还有李贺墓和钟鼓楼等文化遗迹。李贺号称"鬼才"，可惜二十七岁就病故，后归葬于陇西仁寿山，俗称"学士坟"，想来也是因为陇西是李姓郡望，有李氏祠堂的缘故吧？说实话，我这个姓王的，没去过王氏的郡望太原，对本家的传承渊源反而不怎么了解，真是有愧于先人。

李氏文化姑且让姓李的去研究。我要去参观陇西现存最气魄的古建筑，即大城十字中心的威远楼。官方介绍："北宋仁宗皇祐五年（1053），当时的武康军节度使韩琦在筹划边防时，于渭河右岸的巩昌镇（今陇西县）北坊建谯楼，用以警戒报更，名曰'威远楼'，取威震远方之意，当地人叫钟鼓楼。"

实际上，"皇祐五年正月，韩琦以武康军节度使徙知并州"。并州即太原，与契丹接壤。韩琦忙着"招呼"契丹，恐怕管不了那么宽。而当时古渭（陇西县）还在吐蕃人手里，《宋史》记载："初，青唐蕃部蔺毡，世居古渭，积与夏人有隙，惧而献其地。……诸族畏其逼，举兵叛。昇至，请弃勿城。"吐蕃人第一次献地归附，秦州知州张昇没敢要。熙宁四年（1071）八月，青唐俞龙珂率其族十二万口内附，自谓仰慕包拯，要求赐姓包，于是宋神宗即赐姓名包顺。《续资治通鉴长编》云："青唐族最强，据其盐井。"盐井在今漳县附近，陇西县南。

后来，王安石变法，设市易司，古渭归附；王韶筑古渭城，熙河开边，功莫大焉。所以韩琦"徙知并州"前后，不大可能在古渭建造谯楼。当然，就算威远楼非他所建，我们也有理由回顾这位传奇名相。

韩琦是天圣五年（1027）进士，"相三朝，立二帝"，当政十年，官至宰相，与富弼齐名，人称"贤相"。欧阳修称其"临大事，决大议，垂绅正笏，不动声色，措天下于泰山之安，可谓社稷之臣"。历经北宋仁宗、英宗和神宗三朝，北宋许多重大事件都与他有关，如抵御西夏、庆历新政等。

像韩琦这样既有能耐，又肯干实事的人可不多。在朝中，他运筹帷幄，使"朝廷明，天下乐业"；在地方，他恪尽职守，勤政爱民，是和谐社会的典范。宋仁宗时，他与"先天下之忧而忧"的范仲淹率军防御西夏，威望极高，人称"韩范"。甚至有歌谣唱道："军中有一韩，西贼闻之心骨寒；军中有一范，西贼闻之惊破胆。"

在中国历史上，宋朝就像招人嫉妒的"土豪"。一方面经济繁荣，人民富庶，科技和文化高度发展；另一方面又重文轻武，对强敌经常割地赔款，最终连皇帝也被人掳去，只好南渡偏安。

如果说有例外，那就是北宋第四位皇帝赵祯，曾开创"仁宗盛治"。他在位时，出现许多治世能臣和文学大师，除韩琦、范仲淹，尚有富弼、欧阳修等名家。事实上，他本身"天纵多能，尤精书学"，擅飞白体，"埶〔shì〕遒劲，可入能品"。如果不做皇帝，就凭书法，也同样能受人尊崇。史学家认为仁宗"为人君，止于仁"；蔡襄说"宽仁少断"；王夫之评论"无定志"，想来还算中肯。

仁宗虽然注重军事，但他碰上的西夏李元昊也不是善茬。在三川口（今陕西延安）、好水川（今宁夏隆德）、定川寨（今宁夏固原）三次战役中，宋军先胜后败，韩琦、范仲淹曾因兵败被贬。定川寨战役时，欲直捣关中的西夏军遭宋朝原州（今甘肃镇原）知州景泰顽强阻击，全军覆没。西夏战略计划破产，也无力再战。最后双方于宋仁宗庆历四年（1044）议和，西夏向宋称臣，取得近半个世纪的和平。

韩琦调任太原后，因所辖地区与契丹接壤，邻边的天池庙（今山西宁武）、阳武寨（今山西原平西北阳武村）等地，被契丹冒占。韩琦派人与契丹头领据理交涉，收回故土，立石为界。不战而收复失地，宋朝除了韩琦，谁还能有这等本事？

韩琦善诗文："诘曲榆关道，终朝险复平。后旌缘磴下，前骑半天行。举目自山水，劳生徒利名。报君殊未效，何暇及归耕？"这首《黑砂岭路》，应该是他在阻击西夏、筹划边防时的作品。表现行伍艰险，报效国家没有取得胜利前，还不能归隐种田的思想境界。

据说，威远楼在元初移建城中；至正元年（1341），官家主持把铜壶滴漏和报时更鼓也搬到楼上，称鼓楼；明初重建，更名"雄镇楼"，高悬"巩昌雄镇""声闻四达"匾额；清朝时扩建，改为四方砖基的三层木楼，将北宋年间所

威远楼一角

铸铜钟移到楼上。钟声闻达四十余里，所以又叫钟鼓楼。

把四吨重的铜钟移到十来米高的楼上，并没那么容易。据说正当大家束手无策时，一位衣衫褴褛的老农在旁冷笑。郡守便问，是不是有什么好法子？老农答："我已是土壅到脖子上的人啦，还能有啥好法子？"郡守恍然大悟，赶紧叫人拉土堆积，大铜钟才沿着斜坡搬到威远楼上，如今所见即是，为国家一级文物。其实，四千多年前，古埃及人修建金字塔所用石料，就通过这种方法送达的。

1949年后，威远楼又重修过几次，基本保持明清原貌，歇山式木架三层，雕梁画栋，飞檐斗拱，雄伟壮观。站在楼上远眺，只见落日欲沉，车流如织，"参差十万人家"。然而，这里看不见西夏，他们最终被蒙古人所灭，只在史籍中留下几行文字。

陇西也沾了渭水的光，境内许多仰韶文化遗址，如龙头山、梁家坪、文峰镇等地，都值得驻足流连。可怜我学识浅薄，有年头没看头的古迹，让人心里发虚，倒不如先去吃一碗陇西"蝴蝶肉"实在。

鸟鼠同穴，渭水长虹

沿丝路西行，还有座灞陵桥，即渭水源头的"长虹卧波"。天下三座灞陵桥，唯渭源尚算是古桥，其余都是传说与故事。许昌的灞陵桥是新修的观赏桥，旧桥遗迹被当作文物保护起来；西安的灞陵桥，如今也被水泥钢架桥代替，虽实用，但难以重现"灞桥风雪"的妙境。

顾名思义，"渭源"者，渭水源头也。小城地处古雍州，是丝绸之路上的一站，发生过的最惊天动地的事情恐怕要数大禹治水时"导渭自鸟鼠同穴"。还有件事，西周初年，孤竹国王子伯夷、叔齐看不惯改朝换天，便从西岐跑到首阳山隐居，采薇果腹，最后饿死。唐人王绩笔下的"相顾无相识，长歌怀采薇"，即指该事。名不见经传的首阳从此成了有节操的

1934 年渭源县重建灞陵桥落成时摄影

灞陵桥

　　地方，吸引了许多人前来参观学习。然而，如今的渭源以种植药材和土豆名世。

　　相对于西安和许昌，渭源的灞陵桥更加年轻，是朱明军队击败元军的踏板。史书没有明确记载，但渭源人相信，灞陵桥是明朝大将徐达为破元军而建。明洪武二年（1369），征虏大将军徐达、征虏右副将军冯胜率师进入关中，攻克凤翔。元将李思齐见势不妙，带领十余万部下及家眷匆忙逃往甘肃临洮、渭源。徐达认为："临洮北界河湟，西控羌戎。得之，其人足备战斗，物产足佐军储。蹙以大军，思齐不走，则束手缚矣。临洮既克，于旁郡何有？"

　　陇西守将投降，李思齐挥兵渭源，抵挡明军。四月中旬，两军在今渭源县路园镇锹甲铺村以西厮杀。元军大败，拆掉渭河桥，退守渭源城。正好碰上连日大雨，河水暴涨，明军一时无法攻城。后徐达采用谋士计："木笼装石投入河底，垒成桥墩，再架桥面。"甚至传说，这是汉武帝某个爱妃托梦指点徐达。

　　桥修成后，冯胜渡河绕道临洮截断元军退路，徐达亲率大军攻城。李思齐撤至关山，被困庆坪，进退维谷，只得向冯胜投降。所部皆改从汉姓，被编籍于各地。明史记载李思齐在"临洮"投降，今人考证，渭源县庆坪镇有一土墩，应该是他投降明军时所筑的"受降台"。后来，李思齐被朱元璋派去劝降扩廓帖木儿，结果丢掉一条胳臂，回营后伤重而亡。

洪武三年（1370）四月，徐达、冯胜率部在定西沈儿峪击灭元朝残余扩廓帖木儿部。自此，元军再也无力挽回败局，只得退出嘉峪关，远遁漠北。冯胜呢？功高震主，最终因琐事被朱元璋赐死。

据说，攻克渭源城后，因这座临时搭建的便桥所发挥的作用，徐达麾下谋士认为"渭水通长安绕灞陵，当为玉石栏杆灞陵桥"。徐达听从建议，亲笔题名"灞陵桥"，两边雕玉石栏杆。从此这座桥"既济行人，复通车马"，成为渭水东西交通的枢纽，"襟喉陇甘控连川陕"。因渭水发源于桥西南二十公里处的鸟鼠山，所以灞陵桥被誉为"渭河第一桥"。

然而，每遇洪水，桥墩易毁，导致通行受阻。所以，渭源灞陵桥虽然是"后生仔"，但也历经兴废。《渭源县志》记载，清同治年间，陕甘总督左宗棠督办西北军务，途经渭源，部属梅开泰重建灞陵桥。左宗棠亲笔题"南谷源长"，现悬于灞陵桥廊里。

我来的时候，正值夏季涨水，站在桥边，看浑黄的渭水东流，波涛起伏，仿佛夹杂着明军铁蹄踏过的声音。当年，这河水也许被染得血红，统治中国将近百年的元朝最终被朱明击溃。

民国八年（1919），地方官仿照兰州雷滩河"握桥"，建造了这座纯木结构的卧式悬臂拱桥。后来兰州"握桥"被毁，渭源灞陵桥成为全国唯一一座纯木质叠梁握桥。民国二十三年（1934）灞陵桥重修竣工后，当地政府呈请中央与本省要人题词纪念。蒋介石题"绾毂〔gǔ〕秦陇"；于右任题"大道之行"；孙科题"渭水长虹"；何应钦题"鸟鼠烟云足画图，灞陵飞雪饶诗思"；杨虎城题"鸟鼠溯灵源，雪浪云涛，东行汇泾渭黄河，函关紫气；陇秦资利涉，月环虹跨，西望是金城杨柳，玉塞葡萄"。其他达官显贵也都留下墨宝，足见国民政府对渭源灞陵桥的重视。

大汉奸汪精卫也在此留下一块石碑："关中八川，灞注于渭，渭则源自鸟鼠，昔日首阳，今之渭源。昔之灞桥盖介于辋与浐二水之间，自汉以来，著图籍严典……"细读耐人寻味。此人才华横溢，可惜在抵御外敌入侵时吃里爬外，帮日本人屠杀自己的同胞，不知有何面目再写"汉"字？世上作奸犯科者多矣，惟背叛民族祸害同胞者，人人可得而诛之。

如今所见的灞陵桥系1986年重修而成，为国家重点文物保护单位，桥头门庭紧锁，已不再使用，过往行人都走不远处新建的水泥桥。灞陵桥虽然年代不久，但古色古香，与周围环境还算般配，有书法家启功和渭源人裴建准所题的"灞陵桥"匾额。

"渭水长虹"是当地人心目中的头牌，也向来为文人墨客所青睐。清人杨景熙云："闲眺城边渭水流，长虹一道卧桥头。探源鸟鼠关山月，窟隐蛟龙秦地秋。"史学家顾颉刚考察完鸟鼠山和灞陵桥后题联："疑问鼠山名，试为答案歧千古；长流渭河水，溯到源头只一盂。"将鸟鼠、渭水的传奇与争论化为"一盂"，可谓以小博大者也。

《山海经》称，"鸟鼠同穴山，渭水出焉"。渭水是黄河最大的支流，过灞陵桥，流经天水、宝鸡、咸阳、西安、渭南等地，至潼关汇入黄河。一路收纳无数细流，孕育出伏羲、炎帝、黄帝、后稷等人文始祖，实为中华民族的母亲河。而"鸟鼠山"则是古籍文献中响当当的角儿，《尚书》载："导渭自鸟鼠同穴，东会于沣，又东会于泾；又东过漆沮，入于河。"又说："鼠之山有鸟焉，与鼠飞行而处之，又有止而同穴之山焉，是二山也。鸟名为'鵌〔tú〕'，其鼠为'鰗〔tū〕'，鸟似缦鸟而小，黄黑色。鼠如家鼠而短尾，穿地而共处。"

鸟鼠同穴如此神奇，一度是渭源的名片。到底怎么回事？答案歧千古。西汉孔安国说"鸟鼠共为雄雌，同穴而处，此山遂名曰鸟鼠，渭水出焉"，有人以为怪诞，《甘肃志》则证明："凉州之地有兀儿鼠者，形状似鼠，尾若赘疣。有鸟曰本周儿者，形似雀，色灰白，常与兀儿鼠同穴而处。所谓鸟鼠同穴也。"

求证一番，我倒觉得就是最常见的蝙蝠嘛。古人困惑那么多年，要真是这个答案，恐怕他们都会大跌眼镜。

"三源孕鸟鼠，一水兴八朝。"渭河有三源，源于鸟鼠山者为北源禹河，也就是大禹率众从鸟鼠山导出来的渭水。据说秦始皇西巡时驻足首阳，而隋炀帝还为鸟鼠山写过一副对联："地干纪灵异，同穴吐洪流。"皇帝带头，名人自然也接踵而至，将这座西部小城点缀得有声有色。

说句心里话，同样借用"灞陵"，但渭源灞陵桥更有说头。

渭河落日

安定西边也

　　甘肃省的一些地名，通常使人想起冷兵器碰撞的声音，如武威、武山、武都，或者金昌、白银、玉门之类，听起来粗犷豪迈，好像当地人都是好斗的莽夫，一点都不解风情。就连"定西"这个相对中性的词儿，也都带着青铜时代的冰冷与粗硬。

　　定西者，安定西边也。位于陇中，隐藏在黄土高原的乱山中，属周秦故地。别以为名不见经传，实际上是关陇咽喉，长期被不同的政权把持。小时候听老人们讲，这地方以前有"番子"。唐人有诗曰："北斗七星高，哥舒夜带刀；至今窥牧马，不敢过临洮。"哥舒翰以后，定西被吐蕃统治近三百年。

　　定西最早的记载叫"西使城"，北宋元丰四年（1081），西夏发生政变，李宪领军收复失地，奏请筑努札堡。这就是著名的"灵州战役"，宋军先赢后输，西边依旧没有平定。通常认为努札堡是定西肇始，后来金朝兴起，将定西纳入其版图，金皇统二年（1142）始置定西县。

　　作为兰州门户，丝路要冲，当年东来西去的骆驼商队，也许都要在定西歇脚打尖，吃上一碗徽饭再做计较。明清时期的定西城形如凤凰单展翅，所以又叫凤凰城，建筑恢弘，气象雄伟。古城四面有延寿、称钩、西巩、通安四座驿

站，迎来送往，繁华热闹，更有东河与西河在此汇流，形成"双河春浪"胜景。如今的双河几近干涸，只能溅起一串泥点子。

新世纪来临，定西撤地立市，将原来的定西县改为安定区。我是土生土长的定西人，然而，对于定西，我始终就像一个过客。二十年前，心在远方，定西就是望乡台，出发前最后看一眼家园的地方。如今身在远方，故乡成了目的地。将目光拉回到陇中，才发现定西只是个叫起来顺口的地理名词，心头惦念的还是山梁后面的那道沟沿儿。

记忆中的定西，干旱枯焦，靠天吃饭。冰河纪的风尘堆积起来的黄土是祖先的发祥地，但不养活人。庄稼汉抱怨："三折子跪在地里，面朝黄土背朝天，一年苦到头还不够吃。"这等画风，不是装出来的苦情戏，定西曾经以穷名世，是中国最贫困的地区。左宗棠任陕甘总督时称"陇中苦瘠甲天下"，联合国专家甚至说定西是"不适合人类居住的地方"。光听这些话，就足以使人吧嗒吧嗒地掉眼泪了。定西人虽然活着，但够苦够累，实在不容易。

定西苦到什么程度？有则段子说，定西人全家只有一条裤子，兄弟姊妹轮流穿着出门。这还不算太夸张，有实例可循。父母的旧衣服，裁裁剪剪给孩子们穿，老大穿完老二穿，先当外套再当汗衫。也不知穿过多少回，最后剩下来的余料，衲成鞋底儿，还要踩过黄土地的四季。所谓物尽其用，一丝一缕全都派上了用场。

干旱缺水是定西最主要的问题。就像我们村，人丁兴旺的时候，也不过百余口。村子中央有眼泉，每年雷雨季节，总会被淹没几次，从来没有谁组织修筑维护。实在没水吃的时候，要到五里外的山背后去挑。那时我年纪小，中途歇息几次，才能挑回两半桶水。

话又说回来，定西真的缺水吗？且看这些地名，通渭、临洮、渭源、漳县，莫不与水有关。渭水与洮河是黄河最大的两条支流，是仰韶、齐家、辛店和马家窑文化的摇篮，也是周秦先祖发迹的地方。如此灿烂的文化和传统，但就是

| 西 出 阳 关 |

摆脱不了穷根，难道黄河文明的出现就一定伴随着深重的苦难吗？有山有水，还有文化的定西高原居然以穷名世，实在让人不甘心。

说实话，在西部，我们还不是最干涸的地方。有部电视剧里讲，一位脸蛋儿带着高原红的姑娘到远处去相亲，第一句话问，你们家有水洗脸吗？看得让人心酸。更有南方人经常问我，那么缺水，你们怎么洗澡？碍于面子，我只能顾左右而言他。就算现在，西北乡下对洗澡的概念依然很模糊，最多烧盆水擦巴擦巴。事实上，西北的气候环境，很难做到每天洗澡，即使条件好的城里人，也没有那样勤快。

如今，终于解决了吃水问题，几乎每家门前都有自己打出来的井。井水清凉甘甜，可以直接饮用，堪比天然矿泉水。而且，叫嚷了几十年的引洮工程也终于完成，山沟里通上了自来水。回过头来看，还是人的问题，引洮工程固然需要钱，但弄几个水泥箍，将现有的泉眼围起来，免遭洪水冲击，只要肯卖力气，就能办成。我们村还真干过这事儿，水泥箍已经到位，甚至砸伤了一个社员的腿。结果就是没有结果，泥坑里冒出来的泉水，依然漂着羊粪蛋。

作为全国重点扶贫对象，如今的定西略有改观，贫瘠的黄土地上，其他作物不宜生长，但盛产土豆，因此这里被农学会命名为"中国马铃薯之乡"。马铃薯就是土豆，定西人叫洋芋。定西人自况，"定西三宝，洋芋、土豆、马铃薯"。也有说"甘肃洋芋蛋，中吃不中看"，还是这档子事。于是，农村家家户户多种洋芋，连城里人也沾到洋芋的光，建起名目繁多的土豆加工厂。直到外地人的火锅宴上，专门列出一道价格较贵的定西宽粉，以别于其他普通粉条。

除洋芋外，定西还有胡麻，所产油品营养丰富，色香味俱全。小时候，我们跟随大人去油坊，看着自己家种的胡麻，用土法压榨成"清油"。通常一年的量，要几十斤，存在瓦罐里，一直要吃到次年新油下来。荞麦也是陇中特有的作物，产量不高，是极受欢迎的粗粮。记得读中学时，城里来的老师以高精粉换荞面。那年月，能吃上细米白面可不容易，对我们来说，算是占尽便宜。沸水中注入荞面拌匀，名曰"搅团"，佐以浆水，入口香软滑顺，余味无穷。

有种荞面"倒锅子"，味道寻常，但气眼多，蘸蜂蜜吃，能甜到心窝儿里。

其实，陇中的主要经济作物是地道药材，我家栽种过党参和当归。党参有像灯笼一样的花苞，容易招蜂引蝶。于是，我们便经常摘下来吸吮，甜丝丝的；或者不小心踩到，只听"啪"的一声脆响，煞是有趣。当归要防鼹鼠，我们管鼹鼠叫"哈哈"。这家伙眼盲，见不得光明，但极会打洞，根茎类作物都是它的美食。捕捉鼹鼠的方法有点残忍，经验丰富的庄稼汉，能准确判断其活动规律。将带着诱饵的土弓箭埋在鼠洞前，不出两天，保证会将鼹鼠钉在地里。秋后的鼹鼠肥美，万不可辜负。拾掇干净，包一层纸，裹一层泥，烤熟就是"叫花鼠"。

有点年纪的城里人都知道国营敬东机器厂，当年主要生产共用天线、洗衣机程控器等产品。定西人曾经以在敬东厂上班为荣，有工人得意地炫耀，我们厂请来的日本顾问，一碗洋芋菜都算他30块。那神情仿佛占尽了便宜，可怜的工人何曾晓得，他们请日本人的价码更是天文数字。现在的敬东厂只剩破败的大门，就像挂着拐杖的老人家，念叨着这些年来的成败。里面的厂房早已沦为饮食娱乐场所，据说欠债的老赖们，至今还在打官司。

当然，定西还有制药厂、地毯厂、螺钉厂等老企业，如今要么已经倒闭，要么正在倒闭。尚在苟延残喘地国有企业，早被新兴的地产公司和淀粉厂商甩在身后。和全国其他地区一样，房地产和建筑业的兴起，短短三十年，将原来的定西县、现在的安定区扩大了好几倍。变化快得令人难以置信，每年回乡，我都要感怀一番。

无论如何，祖先还是给我们留下一点家业。临洮战国秦长城、安定新莽权衡、陇西李氏文化、漳县汪氏元墓，以及洮河与渭水两岸灿烂的文化，多少能遮挡一下刻在定西人脸上的"穷"字。如果要寻古，不妨去看陇西的威远楼、渭源的灞陵桥、临洮的马家窑。喜欢热闹的人，可以在农历五月中旬，参加岷县二郎山的花儿会。"鞋［hái］一双，一双鞋，我是鹁鸽［bó gē］你是崖［ái］；早上去，晚夕来，鹁鸽缠崖走不开。"当地人坦率的爱情表白，用花儿腔调唱起来非常带劲，只是莫要吓着你。

我倒想去首阳山，做个采薇人。传说孤竹国的皇子伯夷、叔齐，因谏武王伐纣未遂，愤而不食周粟，便跑到首阳山中隐居起来，采薇果腹直到饿死。哥俩迂腐，但有气节，其志堪哀。听有见识的人说，"薇"就是野豌豆，或许我也能拾到一把，因为现在成了稀罕之物。

地道药材

定西向来是干旱苦焦之地，但广袤的山野里有许多地道药材，所以得了个"药乡"的美称。我少年时挖过药，种过田。对中药学又"略知一二"，倒是能说上几句。

何谓"地道药材"？即"特定自然条件和生态环境的地域内产出的药用植物"，简单说就是"特产"。《神农本草经》最早提出炮制和产地对药效的影响："药有毒无毒，阴干曝干，采造时月，生熟土地所出，真伪陈新，并各有法。"《黄帝内经》说不同地域所产药材等级不同，"岁物者，天地之专精也；非司岁物则气散，质同而异等也"。《新修本草》更为精辟："窃以动植形生，因方舛性，春秋节变，感气殊功；离其本土，则质同而效异。"孙思邈在《千金翼方》中强调"用药必依土地"，也是说"地道药材"的重要。

中医为什么讲究"地道药材"？清人徐大椿在《药性变迁论》中说："当时初用之始，必有所产之地，此乃其本生之土，故气厚而力全。以后移种他方，则地气移而薄矣。"又说："……当时所采，皆生于山谷之中，元气未泄，故得气独厚，今皆人工种植，既非山谷之真气，又加灌溉之功，则性平淡而薄劣矣。"根据临床验证，药材是否"地道"，直接影响治疗效果。

现在这种情况更为严重，野生地道药材远远不能满足临床需求，导致中药制剂疗效不佳。患者诟病也还罢了，甚至对中医一窍不通的"职业喷子"，也跳出来大肆诬蔑祖国医学，其言其行可耻，但也更值得我们深思。我认为，中医衰微固然与西方现代医学的兴起有关，政府的引导也起着近乎决定性的作用。

　　话说回来，古今医家都喜欢使用道地药材，在中医处方笺上，许多药名前的冠字即表示产地，如巴戟天、吴茱萸、代赭石、淮山药等，以确保治疗效果。因为同一药材，若产地不同，效果大相径庭。比如，浙贝母偏于清肺祛痰，适用于痰热蕴肺所致的咳嗽；而川贝母偏于润肺止咳，治疗肺热虚劳引起的咳嗽。

　　甘肃承载着华夏民族五千年的中医药文化。"尝百草而制九针"的伏羲，"华夏中医始祖"岐伯，三国名医封衡，两晋针灸鼻祖皇甫谧等名家，都出生

或活动于甘肃，武威和敦煌出土的医学文献简牍，也让世人瞩目。甘肃也是地道药材的主产地，以党参、黄芪、当归、甘草、大黄最为出众，其中当归产量占全国95%，党参产量占全国60%，黄芪产量占全国50%。

看起来欣欣向荣，但实际不容乐观。人工种植姑且不论，养生保健美容业的发展，使得这些药材多数沦为商人萃取精华的保健品原料，真正用于治病救人者反而不多。

"独有痴儿渐远志，更无慈母望当归。"这副嵌药名联，可谓妙绝，读得人欲掉眼泪。小时曾上山挖药，可以换点零钱补贴家用，所以至今认得野生的车前子、蒲公英、秦艽与柴胡等。现在的医院都使用人工种植的商品药材，除极为名贵的山珍，像冬虫夏草，鲜有人再挖这类廉价的药材了。

挖药是个技术活，不同的药材要用不同的工具。柴胡以根入药，味苦性寒，可治风热感冒。开黄色花儿，很容易辨认，用窄而细的铲子最顺手。因为根底浅，雨后可以直接拔出来。秦艽与车前类似，味苦性平，可祛风止痛。蓝紫色的花儿极是美丽，根深而坚固，宜以锄头挖掘。蒲公英全株入药，自然要春天采挖，微苦略寒，清热解毒，利尿散结。手脚起疮痈时，嚼烂直接敷在上面，挺管用。我们曾当野菜吃，味道有点儿苦，需用开水焯过才好。也有人家做成酸菜，不记得是什么味道了。现在当成山珍来卖，价格还不低。

定西人种药材，毫不含糊。一区六县，其中岷县、渭源、陇西被中国农学会特产之乡组委会分别命名为"中国当归之乡""中国党参之乡""中国黄芪之乡"，可见实力非凡。我家曾经种过当归、党参和甘草，都略有收获。

记得"退耕还林"时，政府要求在地里种甘草，但没有成功。按说甘草根深而耐旱，不用怎么照顾就可以成材，或许当时忽视了放羊娃？如果将甘肃的地道药材看作"三男二女"，甘草就是"公关小姐"，"和诸药而解百毒，盖以性平"，几乎每剂汤药里都有她的身影。

另一位伟大的"女性"是当归。当归的样貌最多是粗笨的"刘姥姥"。但她补虚养血，味甘而重，为"妇科圣药"，与熟地、白芍、川芎配伍，组成"四物汤"以调经补血；再加桃仁、红花即成"桃红四物汤"，用于经期提前和经期疼痛。挖当归要用到药叉，以防将根茎铲断。南方人喜欢以当归煲汤，据说不仅补血，而且还养颜。

党参与黄芪，就像双胞胎兄弟，一白一黄，一短一长，又如哼哈二将。益中气、和脾胃，盖有党参；补虚弱、排疮脓，莫若黄芪。二者配当归、白术、柴胡、升麻、陈皮、甘草而成"补中益气汤"，可治脾虚气陷，如脱肛胃下垂。黄芪以陇西为上，党参则以文县最佳。挖出来的新鲜党参可以直接吃，但黄芪太甜且药味浓郁。将这兄弟俩与土鸡放一起炖，则成党参黄芪炖鸡汤，鲜美而补益。

大黄纯粹是个"二楞子"，也叫将军、绵纹，以陇南礼县铨水乡为最，所以又称"铨水大黄"。多年生，根茎粗鲁；味苦，气特殊，让人敬而远之。传说，古有黄姓医者善以黄连、黄芪、黄精、黄芩、黄根五种药材为人治病，人称"五黄先生"。后因搭档疏忽,将"黄根"错给孕妇而致其流产,县太爷念其友谊,饶过他们,但责令将"黄根"改为"大黄"以区分。大黄是虎狼之药,"通秘结、导瘀血",孕妇忌用。我在医院工作时,被同事捉弄,将大黄液倾入茶中,服用后里急后重,只恨医院厕所不在眼前⋯⋯

与传统四大药都相比,定西还有差距,但总算赶上来了。如今的渭源和陇西都有中药材集散地,因为得天独厚的地理环境,繁衍出品质优秀的"三男二女"。

当然,还是以前医院的对联说得好:"但愿世间人无病,何愁架上药生尘。"

千年药丰收

煮茶罐罐二寸八

通常认为，北纬30°是黄金产茶带。《茶经》也说："茶者，南方之嘉木也。"

北方实在是不争气，千余年过去了，一直没有调教出像样的茶品。话是这么说，但定西人喝茶的功夫万不可小觑，真正的特立独行，与别处大有不同，即当地所称"罐罐茶"者也。

所谓"罐罐"，通常为陶质或者瓦质，窄口圆肚如鸭儿梨，容量极为袖珍，所出茶汤甚至不能饮满一口，故而又叫"曲曲罐"。有则顺口溜说"煮茶罐罐二寸八，两头小来中间大"，说的就是甘肃人的茶具。其实还得准备一只略有分量的罐儿，能盛二三斤清水，以便煮茶的过程连贯而顺畅。

煮茶怎么能少了炉子？我见过泥土捏的土火炉，方形或者圆形，炉膛也是口小肚大，可以想象成"红泥小

罐罐茶

火炉"。一般烧柴薪，也能烧煤炭木炭。考究点儿的人家用火盆，我家曾有一只，生铁所铸，三足如鼎，边缘铺展若盘。泥炉与火盆后来被有烟筒的"洋炉子"代替，乡下从此结束了原始"烧烤"时代，不再遭受烟熏火燎。"洋炉子"还在使用，但仅限于冬季，夏天喝茶，多用简洁方便的电磁炉，曲曲罐也换成了铁皮罐或玻璃罐。

好吧，家伙准备齐全了，我们就来煮"一罐子茶"。说实话，山里人的煮茶过程有时繁复得令人生厌。"食罢一觉睡，起来两瓯茶"，清晨六点起来，开始拾柴生火。火炉一般放在炕头，"洋炉子"产生以前都是开放性的明火。如果碰到湿柴或老树疙瘩，不易点着，这"茶仙"还要鼓足腮帮子努力吹气。一时间粉尘凌乱，浓烟弥漫，其他人只能跑出屋外。一番鼓捣折腾，火终于旺起来，人也涕泗横流，狼狈不堪。按我的心性，如此费劲，哪还有喝茶的情致？

可山里人不管，这就是"茶瘾"。有茶瘾者通常是家里的男主人，即"掌柜的"。他们对茶叶的品级倒不介意，以云南产大叶粗茶为佳。一般来说，茶叶几乎要塞满"曲曲罐"，第一煮用来洗茶盅，第二煮方能入口。随后煮茶时间逐渐拉长，沸水蒸腾，茶叶外溢，便不断用茶笔捣下去，直到茶汤至浓至苦。随意安闲得让人嫉妒。我们常说谁喝的茶几乎能"上线"，或谓"像眼泪一样挤出来"，盖指茶汤浓而少，潜台词就是"此公茶瘾极大"。

这"一罐子茶"其实也是早餐。西北人喜欢面食，喝茶时以酥脆干硬的食物为好，麻花锅盔葱油饼，都很有嚼头。边喝边吃，重点在"喝"，但都不可或缺。有些人喜欢在炉盘上烤几粒红枣，或放点儿肉桂、枸杞、葡萄，随心所欲地调配茶味。我小时候，只有在除夕夜守岁，才能喝到"枣儿茶"。时过境迁，如今再喝，已很难找到那时的感觉。

"坐酌泠泠水，看煎瑟瑟尘"，喝茶的过程漫长而富有韵律，看着缕缕茶烟在火焰上升腾盘旋，散发着特有的清香味儿，自是如神仙般舒坦。或者端起茶盅儿，故意将"喝"的时间拉长，轻啜细咽，若有所思。这个阶段，也是拉家常谈事情的最佳时机。"寒夜客来茶当酒，竹炉汤沸火初红。"家里来中老年

男性客人，第一句话就问："喝茶不？"唯有喝"一罐子茶"，才是真正的待客之道。"寒窗里，烹茶扫雪，一碗读书灯。"即使寻常的庄稼汉，一杯茶下去，都变成了思想家。谈古论今，说风道月，话匣子打开也一样妙语连珠。

话说，煮"一罐子茶"至少要持续一小时。待茶叶略薄，婆娘家可以喝几杯，或者小孩子也能讨上三杯两盏。这种明火煮茶的习惯，每日烟雾缭绕，导致房屋椽檩被烟熏得油光锃亮，屋里通常弥漫着一股烟焦味，外地人恐怕很难消受。但也有好处，因为烟气儿足，入木三分，蛀虫难以安居，逃得无影无踪。

没有人确切知道西北人从什么时候开始煮罐罐茶。如今的茶具炉具早已不同往昔，但这种习俗一直在延续。如今的城市街头甚至有专为远乡人准备的罐罐茶摊儿，走累了喝一罐子解乏，仿佛回到家里，自是妙不可言。其实，西部很多地区都喝罐罐茶，只不过有些在茶叶中添加了其他成分，羌族的面罐茶、油炒茶，也属此例。

喝茶本来就是件风流雅致的事情，煮、煎、烹最是相宜。茶圣陆羽描绘煮茶："其沸如鱼目，微有声为一沸，缘边如涌泉连珠为二沸，腾波鼓浪为三沸，已上水老不可食也。"可见煮茶极为讲究，拿捏不准水就老了。又写饮茶："为饮最宜精行俭德之人，若热渴、凝闷、脑疼、目涩、四肢烦、百节不舒，聊四五啜，与醍醐、甘露抗衡也。"强调茶叶和茶人品德的"精俭"，这简直就是威胁，难不成品行不好，连喝茶都会噎着？

古人以茶为诗者多得数不过来。唐朝诗僧皎然说："此物清高世莫知，世人饮酒多自欺。""俗人多泛酒，谁解助茶香。"虽然有失偏颇，但也可以看出唐人对茶和酒的态度。连酒仙李白都夸："根柯洒芳津，采服润肌骨。"苏东坡更是将茶比作美人："戏作小诗君一笑，从来佳茗似佳人。"元朝洪希文则说："临风一啜心自省，此意莫与他人传。"看来，这个福建人喝茶还有独门秘诀。曹雪芹题道："却喜侍儿知试茗，扫将新雪及时烹。"怪不得他在《红楼梦》里将饮茶一事写得极为风流。

我在法门寺珍宝馆见过一套唐朝的银质茶具，有茶炉、茶笼、茶辗、茶盒、茶焙、茶勺甚至炭钳子，精致得让人眼红。今天就算有价值昂贵的茶具，恐怕也大都流于炫耀富贵，很难说得上是茶文化。没办法，这世间能有几个茶圣？

"神农尝百草，日遇七十二毒，得茶而解之"，"荼"即是茶。我拜访过神农故里宝鸡常羊山，他最终误食断肠草，没来得及用茶解毒即亡故。事实上，即使能及时得茶，恐怕也难解断肠草毒。现代中药方剂很少用到茶，岭南地区习惯以凉茶作为饮料，其主要成分是中药，"茶"只是背了个名声。

中国是茶的故乡，尤以江浙、云南、福建所出者为佳。陆羽说："茶之为饮，发乎神农氏，闻于鲁周公。齐有晏婴，汉有扬雄、司马相如……皆饮焉。"由此可见中国人喝茶的风气源远流长，发于神农，兴于唐，盛于宋，普及于明清。兰州人喜欢盖碗茶，岭南偏爱工夫茶，这些都以"泡"见长，远不及西北乡下颇有古风的煮"一罐子茶"来得劲道。不过，现代的好茶叶都适合泡，只有粗茶才耐煮能煎。

我去过云南景迈的"芒景千年万亩古茶园"，是为西南最早的茶树驯化与栽培基地。当年贩卖茶叶的马帮从西南边陲出发，北上川藏陕甘，硬是踏出了一条茶马古道。实际上，贯通东西的丝绸之路，从西汉开始，就飘散着茶叶的味道。英语"tea"即是汉语"茶"的音译，印地语里的"chai"，同样是翻过喜马拉雅山后茶的汉语音译。

域外也有爱茶的国家。印度大吉岭产红茶，当地人喜喝奶茶，混合许多香料煮沸，甜腻中流窜涩辣；斯里兰卡在英国殖民时期种植茶叶，从印度带来的茶奴，甚至改变了这个国家的民族结构；波斯人制茶则与藏红花或玫瑰花一起烘焙，入口芬芳四溢，添几粒方糖，才带劲儿。英国人喜欢泡茶包，加奶加糖，而"英国早餐茶"则与广东人的早茶类似，有得饮有得食。

如我这般旅居岭南的北方人，有时也会怀念罐罐茶。于是想出来一个折中方案，电磁炉配玻璃茶壶，能煮能泡，可供四五人同时牛饮。若要说正宗，还是要跑到我们西北乡下，随便钻进谁家，都会煮罐罐茶来招待您！

有猫鬼神

记得小时候得病，通常有人会用半碗凉浆水和一双筷子来解决。当地管有这种法力的人叫"阴阳"，他念念咒，能让筷子立在粗碗中央，然后画一道咒符，病人将符烧了服下即可痊愈。病愈之后，还能在大门前的某个角落里看见倒扣着的粗碗。

稍懂事些，知道这就是"查病"，乡下人通常说"查冲气"。大病是不堪用的，倘是稀奇古怪的毛病，即所谓"犯病"才有用。如突然地胡言乱语，时冷时热，上蹿下跳，呼号奔走，如恶灵附体、鬼魂缠身，极为吓人。有时，"查"完之后，确有立竿见影之效。显然，这就是封建迷信，但患者笃信手到病除。我不信鬼神，又粗通医理，却也百思不得其解。

其实乡下人也未必全信。"不可不信，亦不可全信"，多数人还是遵照这个原则。有个故事说，某君流落到一个叫王家庄的地方，食宿无着，便敲门试问野人家。应者满脸愁云，一问才知，女主人因乳疾卧病在床，全家因此而惶惶矣。此君为求食宿，谎称会阴阳、有法术，善祛病驱邪。饱餐之后，即按耳闻目睹的样子，依葫芦画瓢，在病榻前念经。

可怜他不学无术，又何曾懂得什么经文？只好硬着头皮信口胡扯："上王家庄，下王家庄，婆娘的奶头生了个疮。"念得急了，吐字清晰，居然被躺在床上的女主人听得明明白白，忍不住扑哧一笑。嗨，这一笑，牵动肌肉，乳房疮口破裂，脓水流尽，病痛居然好却大半。事后的结果，当然是这位落魄的人得到相当的重谢，还落了个"半仙"的名儿。

毕竟是故事，拿来做调侃的段子，当不得真。

其实，"阴阳"也有大小之分。大阴阳手中有算筹、星盘、司南等工具，上知天文下知地理，不仅能"查冲气"，而且可看风水、送丧葬，红白喜事通吃；小阴阳呢，就只能够"查冲气"，混吃混喝。

阴阳师"查"病时，先礼后兵，软硬兼施。端一碗清水，能让一对筷子直立在水中，对着病人劝说："您老人家就收手罢，给您献个鸡啊羊啊。"劝啊劝地，所承诺的供品会越来越丰厚，以至于连耕牛也搭进去。这就是所谓的"许愿"，一定一定要还的，否则吃不了兜着走。

好话说尽，如果病人（实际是"鬼神附体"）还是没有表示，则来硬的。在呼哧呼哧的威胁恐吓声中，鸡血、凉浆水、碎碗底儿横飞，一地鸡毛。于是往往，"邪灵""冲气"被驱逐，再服下去一道咒符，休息若干时日，病情每每好转。也有倒霉的阴阳师，反被"冲气"所害，大病一场或者性命不保也未可知，可见凡事都有风险。所谓"冲气"，大概指"邪气"，系被"孤魂野鬼"或者谁家的"小神（或称猫鬼神）"所缠。

最惊悚的场面是"问神"。摆好香案，置一四脚小凳，即当地所称"将桌"。四个壮汉，每人抓一条腿，旁边"阴阳"一边点燃黄表纸，一边请神坐上"将桌"，如哄孩子般规劝神仙办事，这就是"问神"。在我看来，那语气倒和诱骗相若。然而，神仙也抵不过世俗的诱惑，经过几轮"许愿"，"将桌"终于剧烈地晃动起来，带着四个壮汉旋转跳跃，翻坎过沟，竟如履平地。真的匪夷所思，令人难以置信。

据说，坐上"将桌"的，有时是保一方平安的地方神，有时是过路的神仙客串，有时也会被猫鬼神乘虚而入。但猫鬼神经常不办事，恶搞整蛊一番，将四个壮汉拖得筋疲力尽，最后溜之大吉。我们当地供奉大王爷，或叫七将军者，颇为和善，据信就是孙悟空。庙小而破，香火也不旺，每年献几台大戏即可。如果大王爷坐上"将桌"，那么所求的事情基本都能办成。

通常来说，"查冲气"是驱赶小鬼，"问神"是请求大神。俗话说，请神容易送神难，所许的"愿"一定要还。于是，每至传统节日，寺庙里挤满献鸡献羊的香客，这就是"还愿"。实际上，我们在寺庙里看到的功德碑，就是"还愿"记录，只不过数目巨大才能"碑上有名"，献只鸡显然不够资格，如果捐建整座寺庙，一定会立碑以记。

如果你看到陇上人家的门上挂个箩儿或者筛子，便不要进去。那可是有说头，叫作"忌门"，十有八九是刚"查过病"或者"问过神"，警示陌生人且勿入内。

"迷信"能够治好的病，往往就是鬼魂或者家神所致。西北乡下所谓的"家神"，是指家庭保护神，或称"小神""猫鬼神"，以别于掌管地方事务的大神。一般对本家人有利，可祛病消灾，招祥纳福，甚至排外护短。每至逢年过节、红白喜事时长辈们都要将其请出来祭拜一番。我们经常说，家神受到冷落不开心了，就要"敬一敬"。

其实，家神和猫鬼神有所区别。猫鬼神带贬义，善于偷窥，能替主人做坏事。偏远的湘西有种蛊，现今市面上能见到的巫毒娃娃，大致都有和猫鬼神一样的法力，能杀人于无形，至少能够折腾得对手半死不活。据说甘南藏区人家善养"猫鬼神"，有见过的人说，其状如凶恶的坏小孩，会替主人办事，不高兴时也会袭击主人。所以养"猫鬼神"风险极大，也是迷信的最高境界。

如果说谁像"猫鬼神"，即指该人小气抠门，不光明磊落。总而言之，这种小神实在是没什么肚量，经常小偷小摸，搞恶作剧，贻祸人间。幸亏没有大神仙偷天换日和颠倒乾坤的能耐，否则，这世界真是不堪设想。

《西游记》里说，凤仙郡郡侯无意间犯了三件过错，结果玉帝发怒，于批香殿中立了米山、面山，叫小鸡啄那米山，让狗儿舔那面山，还有一副黄金大锁，以油灯慢慢来烧。待到米山摧、面山尽、金锁开时，凤仙郡才能降水。导致该地三年不降甘霖，民不聊生，直到唐僧师徒到来，孙悟空闹上天庭，耍赖撒泼，才让玉皇大帝收回成命，解除了凤仙郡的旱情。我以为，贵为玉皇大帝，肚里应当是可行大船的，但这种行为实在小家子气，就是"猫鬼神"行径。

乡人对于鬼神的崇拜有时颇觉好笑。修建、嫁娶、丧葬，甚至翻新猪圈都要求签问卦，真所谓"不问苍生问鬼神"。陇中乡下的家神，通常供奉在族里

辈分最高的长者家里，除夕夜可展开来看，显然就是张画儿或者只是个牌位。因此我怀疑这个家神可能是家谱里排在最前面的祖先，与甘南藏区的"猫鬼神"有所不同。

传说我家也有小神，但我从来没证实过。我小学时曾遇到过麻烦，不晓得谁造的谣，小伙伴居然也认为我家有小神，不怀好意地喊我"小毛"，甚至逼我头顶一些破烂玩意儿，在他们围成的圈子里学"跳神"。真可谓饱受欺凌呵，是可忍，孰不可忍？家神有灵，可终于没有替我出头。

有件事却颇为蹊跷。某日，上街买了几件日常用品，中午到亲戚家。因为是歇歇脚就走的，便将这些东西搁置在门口。出门时，车里的一把水壶不翼而飞，亲戚只好加大嗓门骂了几句。没过几天，这亲戚说，水壶莫名其妙地出现在他们家的草垛子上。结论是，窃贼惧怕我家的小神报复，所以物归原主。看来，如果真有家神，那才是最稳妥的靠山，哈哈！

以前的村子里，甚少会丢东西，算得上夜不闭户，路不拾遗。尤其我家，极少有人来偷，或许是托了家神的福？当然，野狐子、黄鼠狼这类偷鸡贼向来胆大妄为，也许它们认为家神管不到畜牲吧！

与杏花有约

我做梦也没有想到，居然赶上了故里的一场花事。

"他嫂子，杏花儿开了，繁得很。""是啊，你家院子里那几树才叫繁呢！"邻居们这样说着，笑呵呵地。又不是第一次见杏花，有什么大惊小怪的？我心里嘟哝着。其实，最为欢喜愉悦的，应该是我。昨日我还奔波于洛阳，在北邙山上的牡丹园里追逐那些富贵的花儿。而今天，我就遇见了家乡的杏花，正如赶赴一场非到不可的约会。

是的，我的确是来约会。白色的花瓣轻柔粉嫩，带着红晕，似乎吹弹可破；细长的花蕊上有颗黄色圆点儿，仿佛少女多情的睫毛，欲笑还颦；待放的花骨朵，如火柴头，红得有些艳；半开的花蕾，露出一点白色的苞，被深红包裹着，像是掏耳朵的棉花球。依我说，杏花也有老中青三代，爬满枝头，毛茸茸的，让人不忍碰触，生怕弄伤了她们。

"道白非真白，言红不若红。"有人这样描绘杏花，只不过，粗犷的树干虬枝盘旋，骨骼遒劲，宛如古梅。正所谓"老树着花无丑枝"，玉面含春懒于承欢，虬枝苍劲自有风骨，这就是我们陇上的杏花。

说起来，我步履匆匆地赶路，还是心存侥幸。也实在应该庆幸，花神钟情

于我，总算没有辜负她。可是，我已经错过了二十多年，终于在这个春天回到故里，与杏花约会。我认得的，还是我青梅竹马的儿时玩伴，一点也未曾变。陇上的人惫懒，加上杏子不能存放，也不易变现，只不过在当季吃上几颗，谁还会继续栽种呢？没将老树当柴烧掉就已经算是惜花人了。

杏花是二月的女神，先花而后叶。不知道谁人穿凿附会，说二月的花神是杨玉环。"浓香吹尽有谁知，暖风迟日也，别到杏花肥"，似乎有些道理。"宛转蛾眉马前死，花钿委地无人收"，红粉命薄，香销马嵬。后来"安史之乱"平定，唐玄宗想移葬杨贵妃，看见马嵬坡有一林杏花，便以为是杨玉环所化。"杏花零落燕泥香，睡损红妆"，如今谁还愿意再唱这种悲情的调子呢？

我家的杏花步履迟缓，暮春时节才发。屋前屋后，有几十株，怀春的季节，如二八佳人，杏装、杏腮、杏眼，俏皮可爱，一点也不俗气。又若陌上村姑，不施黛粉，有点任性，有点刁蛮。春光流动，花影缤纷，我们就在树下跑来去，追蜂斗草。"落梅香断无消息，一树春风属杏花"，梅花只是报春，而杏花善于闹春。当然，春天是花季，她们尽可以占尽风情，春神也应该容忍她们的小性子。

"杏花疏影里，吹笛到天明。"诗人风雅，也爱得纯粹。"春色满园关不住，一枝红杏出墙来""红杏枝头春意闹"，或许因为这些风流妙绝的意象，清人李渔称杏为"风流树"，说"树性淫者，莫过于杏"，实在让人忍俊不禁。事实上，蔷薇科的成员几乎包揽半期花朝，桃李杏梨，樱花玫瑰，月季海棠，哪个不是风流坯子？李渔独讽杏花，莫不是欲擒故纵？

"沾衣欲湿杏花雨，吹面不寒杨柳风。"所谓杏花烟雨，是江南的景致。陇上的杏花带着西北独有的野性，看似娇柔嫩弱，实则线条粗放，性格硬朗。如果天气回暖，一夜就可以缀满枝头。花开花落，只在几日间，从来不会拖泥带水，讨价还价。

一场杏雨过后，凋零满地，是谓"杏殇"。站在树下，花落肩头，怅然若失。但我不会去葬花，更无须伤感莫名。杏花凋尽，新叶初上，再过几个月，便能吃上杏子。陇上多北杏，出苦杏仁，可以入药，味苦气温，有小毒，能止咳平喘润肠通便，用于血虚津枯。偶有甜杏仁，可直接食用，多半和春韭一起腌成咸菜，为陇上人家最常见的佐餐美味，与馓饭、搅团、懒疙瘩是最佳搭档。

"五沃之土，其木宜杏。"《管子》如是说。可见杏花是我们本地的美人，至少已经有三千年的历史。"杏粥犹堪食，榆羹已稍煎。"我小时吃过榆钱，摘来即可入口，甜中带涩，而这"杏粥"恐怕是《齐民要术》中所说的"杏子仁可为粥"吧。诚然，杏仁、杏干、杏脯都是美食。

陇上多种"张公园杏"，熟透时金黄软绵，但食多容易倒牙。我家有"大接杏"，系嫁接改良后的品种，金黄扁圆，汁多味美。老话说"桃饱杏伤人"，杏子不是果腹之物，自己能吃多少？离集市又远，最后只能砸出杏仁卖掉。杏贱也伤农，所以即使干旱如定西，也很难见到成片的杏林。我甚至想，如果在这些贫瘠的山沟里种满杏树，十头八年，春满杏林，也许就会成为风光

带，吸引城里人来看热闹。事实上，政府曾号召"退耕还林"。但基层的小人物，只要能保住饭碗就好，哪里肯干实事？最终荒山没有变样，依旧像光秃秃的癞痢头。

"杏林"还是对中医学界的美称。《神仙传》里说，福建人董奉居山间，"为人治病，不取钱，使人重病愈者，使栽杏五株，轻者一株，如此十年，计得十万余株，郁然成林"。后来的医者也以"杏林中人"自居，医德高尚或者医术精湛，就是"杏林春暖""誉满杏林"。据称庐山发现杏林遗址，唐李白题诗"禹穴藏书地，匡山种杏田"，说的就是匡庐杏林。

"小楼一夜听春雨，深巷明朝卖杏花。"看这几日的天气，恐怕很难夜听春雨了。再者，陇上的春事已近尾声，杏花也将完成她的使命。这卖花的差事，注定我是干不成。

十　兰州

黄河白塔

几则兰州人的笑话

"北楼西望满晴空，积水连山胜画中。"唐人高适笔下的兰州，真个是水墨丹青，神仙境地。不过，如今的兰州却以拉面名世，让人啼笑皆非。然而，兰州终非任意揉捏的面团，是有点脾气的古城。线条粗犷，风格硬朗，是黄河两岸的西部汉子。

西汉经营丝绸之路，昭帝始置金城县，取"固若金汤"意，隋初因城南有皋兰山而改称兰州。此后又改过好几回，每次不是因为朝代更替，就是职能转变。作为甘肃的省会城市，兰州是金戈铁马的古战场，远没有牛肉面那样醇厚暖胃。听定西的前辈讲，解放兰州时，他们都能听到狗娃山传来的枪炮声。兰州人则说，当年炮弹击中过桥的两辆国民党军车，车上弹药被引爆，德国人建造的黄河铁桥却没有垮塌。

地图上的兰州市区，就像爬在祁连山脉东南的一只金蚂蚁，头枕东岗，尾连西固。皋兰山雄浑蜿蜒，自东而西环拱州城。山顶建三台阁，登临远眺，但见铺展开来的市区，楼宇错落，人家参差，黄河如蟠龙卧波，穿城而过。北岸也是诸峰罗列，绵延起伏。要说是"山根盘驿道，河水浸城墙"，确也名副其实。

民国时期兰州城

　　四面环山的地势，导致空气流通不畅。兰州人排放的污染物，长期积聚起来盖在城市上空，大有"怎么排出来还怎么吸回去"的意思，甚是骇人。别家吟唱"天街小雨润如酥"，而兰州的雨打到人身上，直接变成泥点子。

　　但兰州人没有抱怨，而是学习愚公，试图削平东边的大青山，演了一出"劈山救城"的闹剧。最后呢，东风没借来，官司没少打，费尽心力打造出一则昂贵的笑话。说起来，兰州大学在资源环境与大气科学领域颇有建树，专家们何以会提出如此荒唐的方案？至今有人说是利益葬送了工程，不知是否真如此。

　　这是地方政府制造的笑料，我们只能负责陪笑。平心而论兰州的天气也没有那么糟糕，至少熏风入夏时，可以喜滋滋地吟诵"白塔连云起，黄河带雨流"。游人眼中的兰州，是黄河白塔、皋兰五泉，是中山铁桥和羊皮筏子。而在本地人看来，兰州就是盖碗茶和白兰瓜，是羊肉馆子里飘出来的腥膻味儿。

　　兰州是边城，原为西北少数民族聚居地，甚至曾是匈奴人的聚居地。西汉经营兰州时，所筑小县城远不如北边的"四郡两关"重要。就算这样，兰州的胜迹还是带着英雄气，譬如"鞭响泉涌"：霍去病远征匈奴，驻兵皋兰山麓，因士卒焦渴难忍，遂挥鞭连击五下，五泉应声涌出。这地方现被辟为五泉山公园，里面有佛教寺庙群，香火鼎盛。有人赞道："水绕禅林左右连，萧萧古木带寒烟。"剑指五泉，钟鸣禅院，实在是鞭子抽出来的胜景。

作为丝路重镇，反叛者多，成事者少。贵为金城，但鲜有天子临幸，隋炀帝西巡，曾在张掖召开"二十七国博览会"，不知道是否在兰州驻足。八年后，金城府校尉薛举起兵造反，称西秦霸王，建都金城。可惜，兰州是座没有王气的城池，薛举后来迁都天水，最终被李唐击灭。这恐怕是兰州离帝都最近的一次，短命如白驹过隙，不曾被世人记住。薛举是山西人，曾大败秦王李世民，相传兰州庄严寺为其故宅。

兰州也是座移民城市，移民规模以明初为最。朱元璋第十四子肃王朱楧自张掖迁兰州后，屯田戍城，兴修水利，将兰州卫打理得好生兴盛，"城郭内外，军民庐舍不下万余区"。肃王家族统治兰州200余年，至今还流传着他们"三易墓地"的故事。或许是刘伯温斩断皋兰龙脉，破坏了风水，此后兰州江河日下，再也没有涌现出像样的人物。有人在皋兰山顶修建三台阁以聚敛文气，但没什么用。就算现在，也只有几个电视台的名嘴，勉强用兰州话说几段酒场笑料。

以前的兰州，"天晴万树排高浪，日落双桥枕碧澜"，如今就像一只脱毛的野骆驼，植被稀疏，黄土裸露，看着让人揪心。虽然干旱少雨，但好在城市并不缺水，即使咆哮的黄河，在这里也平静和缓，温顺地流向兰州人的餐桌。大抵吃多了带着泥沙的黄河水，兰州人说话都是直杠子，夹杂许多衬字，听起来别有意趣。一个"不"字就能应付的事，他们非得说"你家算了撒"，然后再罗列理由。

有外地游客乘车，听到兰州人这样对话："师傅，小媳妇多少钱？""流氓。"这是调侃兰州话的段子，用普通话说，就是："师傅，到小西湖多少钱？""六

黄河母亲雕塑

毛。"兰州话通行地域不广，外地人自然听得稀里糊涂，例如很简单的"我说"，在兰州人嘴里就成了"我给你佛"，后音儿压得很实，就像动手前的警告，让人心里直犯嘀咕。小西湖是七里河区的一座公园，以前的肃王府园林，美其名曰"西园"。曾经藏污纳垢，声名狼藉，连本地人都唯恐避之不及。天下西湖三十六，兰州小西湖最为龌龊，不知现今变成何等模样。

姑且不管西湖，兰州的胜迹都在四十里黄河风情线上。就算本地人，也经常驻足流连，乐此不疲。从"黄河母亲"雕塑到雁滩公园，算得上是最精彩的城市滨河路。除天下黄河第一桥，还有黄河母亲、绿色希望、筏客搏浪、丝路古道、平沙落雁等著名的雕塑群，以及建在黄河南岸的兰州水车园。

黄河边有许多简易的茶摊子，一张老式帆布躺椅，一碗八宝茶，一碟黑瓜子。以最舒坦的姿势，看黄河东流，塔影微澜，或者羊皮筏子咿呀咿呀地从水面漂过。兴致高时，不妨拈几句古人的诗词，吟咏一番，也好洗尽蒙在心头的浮尘。

兰州是秋天的宠儿，金风起时，瓜果满城，十里飘香。黄河蜜、白兰瓜、冬果梨，让人垂涎。还有种软儿梨，与冰糖、银耳、红枣一道，用大铁锅煮了，据说有镇咳平喘之功效。秋冬进补，站在街边来上一碗，顿觉神清气爽，表里澄澈，连呵气都带着甜味儿。

现在的小吃街，主要有正宁路的回民街和张掖路的大众巷。昔年我曾隔三岔五地去农民巷，寻觅煮得烂熟的羊头。羊头没几分肉，主要食脑花，撒点儿椒盐，香软绵滑令人垂涎。昔年一个不过十元，现今恐怕都涨价了罢？

瞧我这记性，好得教人发愁，也许真的和多吃羊头有关哩。

鏖兵皋兰

　　兰州是座有山有水的城市，山为皋兰，水即黄河。最妙的是，皋兰山就像半个月牙儿，将城市揽入怀中，小心呵护。所以这兰州嘛，就像任性的孩子，总爱在父母的臂弯里撒娇。

　　作为西出阳关的重镇，兰州将丝路、黄河与宗教揉作一团，放在一个摇篮里，孵化出独具特色的地方文明。游览过四十里黄河风情线，再吃一盘手抓羊肉，我们不妨登皋兰以观五泉。霍去病用鞭子抽出来的五眼泉在五泉山中峰，而五泉山位于皋兰北麓，皋兰又出自祁连东南。

　　皋兰自古就是鏖兵四战之地。唐人沈佺期说"辛苦皋兰北，胡霜损汉兵"，卢照邻也有"骝马照金鞍，转战入皋兰"，听起来苦楚良多。据说"皋兰"是匈奴人叫出来的，意谓"山"或"河"。《楚辞》有"朱明承夜兮，时不可以淹。皋兰被径兮，斯路渐"，"皋兰"为泽边的兰草。由此可见，皋兰山因兰草而得名，这个说法更可信。匈奴人没有文字，谁知道他们在呼喝什么呢？

　　如今的五泉山公园，以五眼泉水和明清佛教建筑为主。有三件宝物非欣赏不可，一是崇庆寺内的泰和铁钟，二是铜接引佛和莲花基座，三是与冠军侯霍去病相关的传说与故事。清初地理学家顾祖禹在《读史方舆纪要》"兰州"条中说："州南五里，州之主山也。山下地势平旷，可屯百万兵。《汉书》'霍去病为骠骑将军，击匈奴，屯兵皋兰山下'，即此。山峡有五眼泉，相传去病屯兵时，士卒疲渴，以鞭卓地，泉涌者五。隋因以山名州，后又以五泉名县。"

汉武帝对匈奴作战无数，重要者有三："漠南""河西"和"漠北"。其中远征河西走廊由骠骑将军霍去病担当。《汉书》记载："去病侯三岁，元狩二年春为票（骠）骑将军，将万骑出陇西，有功。上曰：'票（骠）骑将军率戎士逾乌戾，讨速濮，涉狐奴，历五王国，辎重人众摄謺〔zhé〕者弗取，几获单于子。转战六日，过焉支山千有余里，合短兵，鏖〔áo〕皋兰下，杀折兰王，斩卢侯王，锐悍者诛，全甲获丑，执浑邪王子及相国、都尉，捷首虏八千九百六十级，收休屠祭天金人，师率减什七，益封去病二千二百户。'"

这是霍去病第一次远征河西，所谓"屯兵皋兰"，应该就在这次征战途中。今人质疑"过焉支山千有余里，合短兵，鏖皋兰下"，认为焉支山离这座皋兰太远，猜测"皋兰"应为张掖附近"合黎山"。

我对这个质疑颇不以为然。焉支山距皋兰确实有千里之遥，霍去病出陇西进攻焉支山，踏平匈奴五国，再回头向南迂回包抄，在皋兰山与匈奴人短兵相接，正符合他长途闪电奔袭的作战风格。1991年出版的《兰州经济史》里也说："公元前121年春，霍去病率轻骑万人，出临洮，在兰州渡过黄河，沿庄浪河北上，越乌鞘岭，进至焉支山，复回兵兰州，与匈奴军战于皋兰山下，获得大胜。"皋兰一战，收复河西走廊，"鞭卓泉涌"由此流传。

同年夏天，霍去病再次进军河西。这次他从北地郡（今庆阳）出发，仍然采用大纵深外线迂回战术，翻过贺兰山，绕道居延海，然后向南打到祁连山，歼敌三万余人。结果就是"金城河西并南山（今祁连山）盐泽（今罗布泊）空无匈奴"。

"亡我祁连山，使我六畜不蕃息；失我焉支山，使我嫁妇无颜色。"失败的匈奴人不得不唱着凄凉的歌儿逃离河西走廊，再也没有回来。

有人说，"卫青之屡次立功，具有天幸，而霍去病亦如之"。值得玩味的是，与卫霍同时代的李广，每至大战，总是迷路，教人百思不得其解。后世文人谓："卫霍深入二千里，声振华夷，今看其传，不值一钱。李广每战辄北，困踬〔zhì〕终身，今看其传，英风如在。史氏抑扬予夺之妙，岂常手可望哉？"读史而不思考，好像汉室基业是瞎猫碰到死老鼠，全凭运气得来，而悲剧英雄反而深得人心。

在中国的历史长河中，汉朝是一个最令人热血沸腾的时代。极具使命感的统治阶层和富有冒险精神的民众，共同创作了汉帝国波澜壮阔的英雄史诗，令后世受用无穷。从此，我们有了一个共同的名字——汉人；从此，我们有了一个共同的家园——中华。国家和民族的认同感，就从汉朝开始。

班固说："票（骠）骑冠军，猋〔biāo〕勇纷纭，长驱六举，电击雷震，饮马翰海，封狼居山，西规大河，列郡祈连。"可见英雄相惜，遗憾的是，英勇神武的霍去病如同划过夜空的流星，短暂而辉煌。他在漠北战役胜利两年后病故，年仅二十四岁。"上悼之，发属国玄甲，军陈自长安至茂陵，为冢像祁连山。"武帝以如此阵势，来表彰霍去病的英雄事迹和拓土功绩。

五泉山建筑群可分西、中、东三路参观。从山门沿中间通道直上，有蝴蝶亭、金刚殿、大雄宝殿、万源阁、文昌宫、地藏寺、千佛阁等，主要集中于五泉山中峰，文昌宫建于最高处。两翼为东西龙口，惠、甘露、掬月、摸子、蒙五眼泉水沿东龙口、文昌宫、西龙口呈弧形排列，悬于山腰，各泉以石阶栈桥和亭阁回廊相连。

进入大门，即见霍去病骑着马的雕塑，身披甲胄，腰悬佩剑，双手抱拳。我拜访过咸阳原上的茂陵，曾在他的墓冢前沉思。今天再次见到这位汉家英雄的铜像，自然也要躬身行礼！据称，兰州人曾排队抚摸雕像基座镌刻的"霍去病"三字，以期真的能够"去病"纳祥。

五眼泉是霍去病用鞭子抽出来的，这雕像却没有马鞭。他最擅长闪电奔袭，对后勤保障要求极高。"没有水，没有粮，就从匈奴手中抢。"两征河西都是远距离绕道迂回包抄，可能的做法只能是以战养战。但次数多了，匈奴人找

皋兰山上看兰州

到规律，难保不从中使坏，所以他英年早逝又似乎有迹可循，而传说中的"鞭响泉涌"恐怕是对他奇迹般补给能力的神化。

我对这尊雕像的马镫有些疑惑。马镫的出现"把畜力应用在短兵相接之中，让骑兵与马结为一体"，是骑兵历史的里程碑，弥补了农耕民族在马背上的劣势。但马镫在何时何地由谁人发明？我多方考证，都无法得到确切答案。我参观过波斯萨珊王朝（Sassanid）时期的战争浮雕，骑士双腿自然下垂，显然还没有马镫。萨珊王朝于公元224年建国，而此际我华夏已是三国纷争晚期。雷台汉墓出土的仪仗俑都没有马镫，但如果西汉还没有成熟的马镫，很难想象霍去

病的骑兵如何完成长途闪电奔袭。有据可查的马镫实物都在公元三世纪以后。

过公园广场，见孔子行教像，前行即达浚源寺。与其他寺庙相同，无非大雄宝殿、金刚殿、卧佛殿、钟鼓楼等建筑。其中金刚殿为明崇庆寺中殿，现存一尊五米多高的铜接引佛和莲花基座，系明洪武三年（1370）所铸，面容浑圆憨厚，身上披着黑色的岁月痕迹。接引佛也叫阿弥陀佛，据说能接引念经者往生西方净土。

出寺门再走西边，过企桥见惠泉；拾级而上有嘛尼寺；继续往高处过西龙口，有甘露泉，取"天下太平，则天降甘露"意。文昌宫东侧为掬月泉，因泉心印月，如掬似捧而得名。登旷观楼，见兰州市奔来眼底，不妨吟上一句"关河自古无穷事，谁料如今袖手看"；楼下古洞底就是"摸子泉"，令人解颐。千佛阁已是危楼，不能登临，下面是五泉领袖"蒙泉"，"蒙"为卦名，意为"山下有险"。东龙口下面四角亭内悬重达五吨的泰和铁钟，系金泰和二年（1202）铸造，当年日军轰炸兰州，竟奇迹般幸存。过万源阁后，又回到浚源寺。

五泉山有许多对联，以兰州人刘尔炘［xīn］所题为最。浚源寺联曰："山即是空，水即是空，花花草草亦即是空，到此恍然空诸所有；天不可说，地不可说，人人物物都不可说，既然如此说个什么。"老先生是近代甘肃的理学家和教育家，这副对联让人哑然失笑，相对于世人磕头膜拜，我倒觉得他才是真的悟透了。

先中央，再由西向东转一圈，就能看遍五泉。其间还有中山纪念堂和动物园。在我看来，五泉山公园的规划有些四六不着，道家与汉、藏佛教共聚一堂，像一锅乱炖，用兰州人的话说："日眼得很哪！"

泰和铁钟

予人玫瑰，手留余香

"无情春色尚识返，君心忽断何时来。"世人眼中的玫瑰就是个情种，也是浪漫和爱情的代名词。兰州不仅有令人垂涎的瓜果，还是一座被花神青睐的城市，譬如爱情的信使——玫瑰。

玫瑰是金城兰州的市花。其实这位小姐是个刺头，花落金城，有点硬碰硬。而金克木，花好月圆，倒也相安无事。金城予玫瑰以沃土，玫瑰予金城以浪漫，日子自然过得滋润。但是，兰州城里并没有可观赏的玫瑰花田，市区西北郊的永登县苦水镇才是玫瑰世家，著名的"苦水玫瑰"就出生在这里。

从市区出发往西，约一小时即到苦水镇。为什么叫苦水镇？乾隆时《甘肃通志》载："其地产硝，水味稍苦得名。"苦水位于庄浪河下游，也许因为有河水浸润，苦水的玫瑰种植面积大、品种多，产量居全国之首，被誉为"中国玫瑰第一乡"。当地玫瑰五月下旬始花，五月底到六月初为盛花期，六月下旬完花。诗人曰："红霞烂泼猩猩血，阿母瑶池晒仙缬。晚日春风夺眼明，蜀机锦彩浑疑瀹［yuè］。""红霞烂泼""蜀机锦彩"，真是写尽了盛花期的玫瑰。

其实，"苦水玫瑰"的历史不足二百年。相传，清朝道光年间，永登苦水李窑沟有个名叫王乃贤的秀才赴京赶考，返回时从长安带回几株玫瑰种在自家

苦水玫瑰

花园里。结果，这几株玫瑰挺争气，生长旺盛，枝多花繁，香气袭人。于是，邻里采用分株法竞相种植。不过数年，家家户户房前屋后都栽满玫瑰；再后来连地埂、渠畔，甚至周边地区都势成蔓延，苦水镇遍地玫瑰。

永登的玫瑰以苦水镇为中心，经过不断选育，最终形成独具特色的地方品种，习惯上叫"苦水玫瑰"。现在，永登采取专业合作社方式种植玫瑰，再由加工企业提取制作玫瑰精油、玫瑰茶、玫瑰酒、玫瑰酱等，形成一条龙的产业链。据说20世纪90年代，苦水玫瑰干花蕾卖到每公斤80元，玫瑰油因价格昂贵被称作"液体黄金"。其实，玫瑰花瓣的出油率很低，一公斤玫瑰油需要两三千公斤玫瑰花瓣。物以稀为贵，曾有人计算，每公斤玫瑰油大约能换到1.5公斤黄金。"外来的媳妇会当家"，苦水玫瑰现在是小镇的俏媳妇，也是兰州的红招牌。

除"苦水玫瑰""玫瑰之乡""玫乡情缘"这几个响当当的品牌，"花海玫香"还曾入选"兰州十景"。金盆种玫瑰，锦上添花，永登人总算将苦水玫瑰培养成能赚钱的特产。送人玫瑰，手有余香，丰衣足食的同时，还带来美丽和浪漫，可谓两全其美。

玫瑰高贵冷艳，是中国本地的美人。我不是爱花人，经常搞不清蔷薇、玫瑰和月季，但至少是惜花人。从植物学的角度来说，这几位都是蔷薇属的成员，可以视作"蔷薇三姐妹"。虽然都明艳动人，但还是有所区别。玫瑰和月季是直立灌木；玫瑰枝干密生刺毛，枝条为黑色，叶表面有皱纹；而月季枝干上的刺纹稀疏，新枝为紫红色，叶少而平；蔷薇蔓生，枝细长而下垂，叶面平展，有柔毛。

在文人墨客眼里，这三姐妹都是美人胚子，根本用不着区分。然而，宋人杨万里却不这样看，他说："非关月季姓名同，不与蔷薇谱牒通。接叶连枝千万绿，一花两色浅深红。"老爷子偏爱花，居然将蔷薇、玫瑰和月季严格区分开来，真有他的。

事实上，欧洲的诸多语言里，蔷薇、玫瑰、月季都是"一样儿一样儿"的。

如今的观赏玫瑰，杂交品种流行，恐怕已很难分清谁是近亲了。

汉朝刘歆在《西京杂记》里说："乐游苑自生玫瑰树，树下有苜蓿。苜蓿一名怀风，时人或谓之光风。"所谓"自生"，应该是野玫瑰。显然还有"家栽"。《贾氏说林》里有则故事，"武帝与丽娟看花，蔷薇始开，态若含笑。帝曰：'此花绝胜佳人笑也。'丽娟戏曰：'笑可买乎？'帝曰：'可！'丽娟乃命侍者，取黄金百斤，作买笑钱奉帝，为一日之欢。"蔷薇别称"买笑"，即由此而来。花钱买笑，明褒暗讽，汉武帝被擅长掉书袋的文人给"坑"了。

南北朝时已大规模种植蔷薇。谢朓"新花对白日，故蕊逐行风"，柳恽"不摇香已乱，无风花自飞"，都是吟诵蔷薇的名句。《寰宇记》载："梁元帝竹林堂中，多种蔷薇。"唐朝时，诗人已经注意到这花儿的姐妹。李叔卿"春看玫瑰树，西邻即宋家"，杜牧"不用镜前空有泪，蔷薇花谢即归来"，李建勋"折得玫瑰花一朵，凭君簪向凤凰钗"，不论蔷薇还是玫瑰，都已经成为爱情的花笺。而宋人洪适独咏黄蔷薇："彤阙收红暖，金门赐鞠衣。"也算别树一帜。

《本草正义》记载："玫瑰花，香气最浓。清而不浊，和而不猛；柔肝醒胃，流气活血，宣通窒滞而绝无辛温刚燥之弊，断推气分药之中最有捷效而最为驯良者，芳香诸品，殆无其匹。"中药汤头极少用到玫瑰花，现在多制作玫瑰茶，当成饮中佳品。

"中国传统玫瑰的代表"在山东平阴县。《续修平阴县志》有首"竹枝词"："隙地生来千万枝，恰如红豆寄相思。玫瑰花放香如海，正是家家酒熟时。"可见平阴人在明代就已经会酿玫瑰酒。20世纪30年代，用苦水玫瑰酿制的玫瑰酒，在巴拿马展览会上获银质奖章。有趣的是，2017年6月，巴拿马才与中国正式建交。

域外的玫瑰花，以保加利亚为最，产量惊人，甚至有个"玫瑰谷"。浪漫的法兰西盛产"高卢蔷薇""高卢月季"；而英伦三岛干脆将玫瑰奉为国花，自然尽享尊崇；美国也有拿得出手的品牌，如"波特兰玫瑰"。其实，这些玫瑰的祖先都来自中国和西亚，或者是中国玫瑰与大马士革玫瑰的杂交品种。

如今的大马士革玫瑰带着中东的血腥气，我没有胆量专程去观赏。但我到过伊朗的玫瑰城设拉子（Shiraz）。每年五月，德黑兰南部小城卡尚（Kashan）都会举办"玫瑰和玫瑰水节"，以庆祝玫瑰花盛放并开始加工玫瑰水。波斯人居然培育出独一无二的粉色"穆罕默迪玫瑰"，让世界人民大饱眼福。为此，我还专门写过一本旅行笔记——《伊朗，五月的蔷薇》。

因为玫瑰枝茎带刺，性格硬朗，古人曾视其为"侠之大者也"。如今受西方文化影响，已鲜有这种提法，编出来的故事都脱不开"花匠与女神带血的爱情"。据说西方把玫瑰花当作保密的象征，有个词叫"在玫瑰花底下"，表示守口如瓶，"打死也不说"。

除了玫瑰，苦水镇还有很多秘密。镇子中心叫苦水街，是古丝绸之路上的一站，历史悠久，人文荟萃。中原文化与马家窑文化在这里相互融汇，被誉为"非物质文化遗产的沃土"。其中"苦水高高跷""兰州太平鼓"是国家级非物质文化遗产。我小时敲过太平鼓，也踩过高跷，但踩上苦水的高高跷，能一屁股坐到房檐上，我到现在都不敢尝试。

苦水镇有座因疯癫和尚"赶猪驮砖"而得名的猪驮山，山上有座庙，庙里有李佛爷。如果受了委屈，不妨对李佛爷大倒"苦水"。他是清康熙年间的"渗金佛祖"，俗名李福，系苦水本地人。他曾"舍身求雨""煮身济赈""翻地压砂""巧计修桥"，这些故事在当地广为流传，西安碑林博物院还收藏着他所绘制的达摩像。

猪驮山顶可以远眺丹霞地貌，其状如地球裸露的肌肤，蔚为大观。

一碗面的历史

中国的饮食文化历史悠久，源远流长，是我们最引以为豪的传统文化之一。这个行当，如果我们自认第二，恐怕没有人敢领第一的招牌。即便1840年以来近百年内忧外患的岁月里，"吃"也是中国人能拿得上台面的事情。孙中山先生说什么来着？"我中国近代文明进化，事事皆落人之后，惟饮食一道之进步，至今尚为文明各国所不及。"

难道我们只会吃吗？非也，只能说明中国古人生活富裕，衣食无忧，有钱有闲，才会琢磨怎么"吃"的问题。纵观世界各地，除中华文明圈，其他国家的饮食不仅单调，而且极是无聊。四大文明古国，印度人还保持着他们自己的饮食传统，但也不入中国人的"法眼"；而在美国，除了汉堡就是薯条；老欧洲只有法国能做出一道牛排，意大利面食勉强值得一提，如空心粉、比萨饼，虽然算不上美味，但口碑还过得去。有则段子说，罗马人本来想学做包子，但不知道怎么将馅儿放在面里，结果鼓捣成了比萨饼。

华夏文明源于黄河流域，先民以面食为主。就说面条吧，以前有人认为面条来自阿拉伯。但2002年在青海喇家遗址出土的面条，距今超过四千年，证实新石器时期的先民会煮面条。有关面条的文字记载，最早见于东汉崔寔［shí］的《四民月令》："五月，阴气入脏，腹中寒不能腻。先后日至各十日，薄荷味，

面条

毋多肥浓，距立秋毋食煮饼及水溲饼。"

汉刘熙所著《释名》曰："饼，并也。溲麦面使合并也。""溲"的本义是用水调和，《正字通》解为"水调粉面也"。可见"煮饼""水溲饼"是最早的水煮无馅面食，或者说是中国面条的始祖。显然，这位崔爷是个"吃货"，明确指出有些月份不宜多吃面。他曾被汉桓帝两次召拜为议郎，称其为"面条议郎"也不为过。

此后的名称越来越形象，魏晋称"汤饼"，南北朝称"水引饼""水引面"。《释名》又说："蒸饼、汤饼、金饼、索饼之属，皆随形而名之也。"清代程瑶田的《九谷考》则说得更明白："释名之索饼，即今之索面，西北称扯（抻）面。"终于考据到扯面身上，陕西人做的油泼扯面最为有名，面条极宽。如果还不够带劲，那就干脆来一碗"裤带面"，见识见识为什么最早叫"煮饼"。

通常说南方吃米，北方吃面，是指北方以小麦面粉为主要食物，陇中叫"白面"。小麦、稻谷、玉米是世界三大粮食作物，有记录称两河流域是最早栽培小麦的地区，后来经中亚传入华夏，距今至少有四五千年。许慎在《说文解字》里说："天降瑞麦，一来二，象芒刺之形，天所来也。"民以食为天，可见古人对食物的尊崇。我曾经历过"吃不上白面的年月",对食物自然也是由衷地敬畏。

实际上,过了函谷关,丝绸之路沿线基本都是面条的天下。从河南的羊肉烩面开始,西安的裤带面、岐山的臊子面、宝鸡的擀面皮、兰州的牛肉面、新疆的拉条子,这些地方的民众几乎都在面袋子里长大。面条是他们的主食,说吃饭,一般指面食。不像南方,吃面就是吃面,不能叫"吃饭","吃饭"必须有"米"。或许也可以说丝绸之路就是由面条串起来的贸易通道。当年步履匆匆的商旅驼队,行囊里背上熟面、锅盔和烤馕作为干粮。挨到驿站或者城镇,才能歇脚打尖,吃到热乎乎的面条。

如今的面条,名目繁多。除丝绸之路沿线的面霸,其他地区也都有自己的招牌名吃,如北京的打卤面、上海的阳春面、山东的伊府面、山西的刀削面、四川的担担面、湖北的热干面、福建的八珍面、广东的云吞面、贵州的太师面、三原的疙瘩面、韩城的大刀面等。有如丝如缕,极细极长者;也有形似腰带,极宽极厚者。

民国 兰州街道

| 西 出 阳 关 |

吃面的历史如此悠久，自然总结出各种做法，譬如擀、拉、切、削、揪、压、搓、拨、捻、溜等的手头功夫，以及蒸、煮、炒、煎、炸、烩、卤、拌、烙、烤等调配方式。尤其关陇地区，更是将面食发扬光大，不论是做法还是花样，都达到极致。我也不例外，出来混，自有拿手的活计行走江湖。

我最早学会的是"揪面片"。刚参加工作时，常做"一锅烩"。将细肉、土豆、豆腐、鸡蛋与葱姜蒜置锅中爆炒，倒水煮沸，再将面片揪到锅里。功夫主要在"揪"，前提是"和"好面团。可以在水里添少许盐，以增加面的柔韧性，和好的面团宜不软不硬。然后将面团涂上清油切成条状，密封放十余分钟，这个过程叫"醒"面。等面"醒"好，就开始"揪"。左手执面，右手食指与拇指一捻一揪，只见双手翻飞，面落如雪，两三分钟即可揪满一锅。好把式不仅动作潇洒利落，而且揪出来的面片薄厚均匀。

当然，我的手艺可不止这个，现在我经常做臊子面。"臊子"即肉丁，最好肥三瘦七，与豆腐、土豆、芹菜、鸡蛋、蒜苗、茴香、桂皮等配料做成臊子汤，这汤就是臊子面的灵魂。将臊子汤浇到刚出锅的面条上，一碗臊子面即大功告成。以前手工擀面，现在即使家庭也都有压面机，鲜有人再用擀面杖。"面白薄筋光，油汪酸辣香"，臊子面以宝鸡岐山为宗，讲究色香味。据称起源于商周，可见这碗面已经吃了好几千年。

但我不会做牛肉面。这碗由回族同胞发明的挑担上的小吃，全名叫"兰州牛肉面"。初时只做早餐，卖完前一天备好的牛骨汤，约中午时分就闭门谢客。如今竞争激烈，谁还敢挥霍半日时光？只要有食客，店门就一直开着，有些连锁店甚至二十四小时营业。

"拉面好似一盘线，下到锅里悠悠转，捞到碗里菊花瓣。"师傅能将面拉得如发丝般均匀纤细，手上功夫自是老到。但这碗面的灵魂却是牛骨汤，熬制配方保密得紧，所以我也讲不出更多的道理。牛肉面有宽、细、毛细、二细、韭叶、二柱等十余种，外乡人如不提前声明，卖家就默认为老少咸宜的"细"，讲究一清二白三红四绿五黄，是兰州人民的至爱。前几年，当地曾集体抗议牛肉面涨价，由此看来，这碗面还是兰州物价指数的晴雨表。

牛肉面到外地也入乡随俗，在南方叫拉面，掌柜多为青海人；而在内蒙古、东北则又称抻面，教人摸不着头脑。

对西北人来说，面条不仅是主食，也是民俗礼仪。祭祖有"献饭"，结婚有喜面，生日有寿面。赋予面条特殊的意义，一方面图个热闹喜庆，另一方面也传承饮食文化。

小麦面粉是主食，花样繁多也还罢了。西北人对杂粮也一样充满热情，荞麦、燕麦、土豆、豌豆等，衍生出许多别致的吃法。譬如"搅团"，就是将荞麦面撒入沸水，一边撒一边搅，最后成为一团，浇入"臊子汤"或者"炝浆水"就可以上桌。其实，这是懒人想出来的做法，要注意千万不能用小麦面，一旦入锅即成糨糊。还有种"懒疙瘩"，将荞面或豆面以水调匀，用筷子均匀"拨"入沸水煮熟即可。河西走廊还盛行"拨鱼儿"，与懒疙瘩相若。顾名思义，勤奋的人自然不屑于这种做法，但入口香软绵滑，余味无穷。如今这些粗粮面食，倒成了稀罕物，大都市很难吃到。

中国的人口与粮食配比，向来是很严峻的现实问题。一位专家说，只有马铃薯才能拯救人类，可见事情比我们想象的还要严重。有消息称，国家将启动马铃薯主粮化战略，也就是改善土豆口味，使它像馒头面条一样能当主食，成为继稻米、小麦、玉米之后的第四主粮作物。又说预计到2020年，半数土豆将作为主粮被消费。也许"一带一路"也是解决各国粮食问题的机遇？

甘肃是个多民族杂居的省份，汉族人除夕夜有吃"长饭"、祭祖先的习惯。"长饭"即臊子面，又细又长，甚至一根一碗。回族人嘲笑说："一年到头面朝黄土背朝天苦糊涂咧，三十晚上吃碗透心面醒悟过来，就躲在门后哭一场。"细想，别有意趣。其实，祭祖的传统依然在延续，敬香、烧纸、奠酒、磕头、放炮，但早都不用哭了。

指头上的成与败

划拳喝酒，才是甘肃人的当行本色。唯吆五喝六，行令猜拳，才能体现出当地喝酒的气魄。

其实，猜拳也是一种赌。但甘肃人叫"划拳"，意谓"比划比划"，是骡子是马拉出来遛遛。关键在于"好勇而斗狠"，若要扯上个"赌"字，反而被人瞧小了。所以亲朋聚会、生日婚宴、生意应酬之类的场合，通常"无酒不成席"，这就是"酒场"。但是，如果"拳法"不济，几个回合下来，恐怕就要被"放翻"。旁边众人一边帮扶，一边起哄，"我给你说，你个尕怂娃子，根本就上不成摊场嘛"。

待人接物划拳喝酒，最讲礼数。菜过五味，先由主人"敬酒"。从长者或尊者开始，至少端两杯，一番说辞，主客各饮一杯，或者三杯，甚至六杯，主人视来客情况说了算。端杯碰杯，杯沿宜略低于对方，先干为敬，在座诸人都有，谁也不能要赖。如果不善饮或者不想饮，此际可以茶代酒，并说明理由，比如失恋、过敏、心跳气喘，反正能摆脱劝酒就是能耐。一旦端起酒杯，就得喝到底，所以开局得认真评估自己的酒量，切勿逞强。

设若一桌十人，首轮敬酒，主人至少得喝九杯。没有将军肚，哪敢上摊场？

好在甘肃人喝酒，杯子都小，我们叫酒盅，否则几杯下肚就只能跳一曲"酒醉的探戈"去睡啦。

接下来自有"达人"接管场面，照猫画虎，也来敬一圈。如此循环下来，还能坚持者所剩无几。酒过三巡，就要出大招了，开始"过关"，即划拳喝酒，或叫"打通关"，先来六拳一轮。事实上，熟悉的圈子里聚会，连敬酒都免去，直接"过关"。过"关"者如果拳臭量浅，恐怕就得半途而废。不过此际大家都已酒酣耳热，倒也不介意，认"怂"即可。

如果这一轮下来，还有人意犹未尽，就可以捉对厮杀。一般都要划个"绺子"，即十二拳，以六拳为界，若我先赢六拳，则再每赢一拳，都要借"点"，对方输酒呈几何级数加倍。这还不算过瘾，"绺子"通常是"雷加点"。所谓"雷"者，张口叫拳即赢也，除本酒，还有个"张口雷"，一输两盅。要是碰到个臭拳娄子，一个绺子我十比二赢，最后一拳连"雷"带"点"，对方要喝六盅。怕了吧？在甘肃喝酒，不但要有量，而且还得拳好。仅会吟"人生得意须尽欢，莫使金樽空对月"没用，连裤衩儿都能输掉。

那么，气势如虹的甘肃"拳法"，到底妙在何处？首先叫法独绝，如最常见的三字诀，一心敬、二喜好、三桃园、四季财、五魁首、六六顺、七巧梅、

旧上海人在划拳

八大仙、九重天、十满堂，用语吉祥喜庆，简直就是诗化了的祝酒词。在酒场上，除非有特殊规定，基本都能根据个人喜好随意增减，如"二好，哥俩好，咱们两个好，好得不得了"，这四句都代表"二"；或者"巧七梅花开，酒是好酒十满堂"，一口气划三拳，赢家要停，否则会被输家带过去。

再者，开拳古风犹存，不可失礼，先握对方手表示友好。面对长者、尊者要伸大拇指，必须说："一心敬你"；遇到同辈、晚辈同样出大拇指，口称"哥俩好"以示酒场无大小。第一拳叫"戴帽"，不论输赢，只是个礼节；第二拳进入实战，可以肆无忌惮，以赢拳为宗旨。

多数人遵循"宝五十"不进城，即不能叫零、五、十，叫出来即为"失拳"，与"出一叫九"相类。攥紧拳头为零，其余拳拳不离大拇指；大拇指也不能与食指、小指搭配，这种出拳被视为无礼；一般划拳时掌心向上，表示抬举对方。初时还能文质彬彬，妙语如珠，带上几分酒意后，拳头乱舞，吼声如雷，谁还顾得上什么老幼尊卑。

甘肃人划拳时摆足了架子，声震屋瓦，阵势豪迈。既然涉"赌"，必然有人出"老千"。所以划拳时要察言观色，正面佯攻，侧面迂回。聪明人很快能摸清对方的习惯与套路，制定出自己的战术。这本事除先天因素，更得益于勤奋苦练，经常泡在酒坛子里的人，自然不弱。有人出拳，手指半弯半直，如盘中凤爪，根本辨不清是几，他说几就是几。即使这次侥幸躲过，但心里埋下阴影，再也难以赢拳，只能佩服对方练得这等手法。

其实，多数人拳臭量浅，赖拳赖酒自是家常便饭。对甘肃人来说，"赖"才有趣味，才能将喝酒的气氛推向高潮，也是酒文化的精髓。当然，"赖"一定要理直气壮，首先从心理上压倒对方。这样，就出现诸如"代""卖""挡""挑""拍"等各种耍赖招数。

"赖"亦有道，必须要在规则允许的范围内，于是就产生了"酒令官"。当"官"前先饮一盅、二盅或三盅。注意，这官儿喝得越多，规矩也越多，谁想推翻他就得加倍喝酒，倒霉的是战斗双方。

人家喝了酒，就要"行酒令"：定各种规矩，如何算输赢、允许什么、不允许什么、如何处罚等，甚至酒盅放错位置都要受罚。事实上，许多人经常被五花八门的酒令糊弄醉。如"一字清"或"三字清"，只能叫一字或三字；"空盅不进城"，即空盅不能直接放入碟里，要由"酒令官"验过才行；"上线不罚滴点罚"，如酒喝不干，"酒令官"能在你手背上滴出无数点。如果忽略这些教人抓狂的花样，只能"酒入愁肠，化作相思泪"。

主角还是战斗双方。如果一方太弱，或者一方太狂，旁观者可以为输家"代"酒，即代为喝酒；看不过眼又不想"代"，就出手"挡"酒，即接替输家与对方划一拳，输掉喝两盅，叫"没挡住"；或喝一盅留一盅，继续划出输赢；若出手即赢，说明"挡住"了，对方喝，原输家逃过一盅。所以"代""挡"也是赖的形式，如对方不允许，只能扮可怜示弱，以博得周围人的同情和声援。

所谓"调"，也是旁观者替输家出头，但要拉上另一个旁观者，一盅酒两人调和解决。另有一种"挑"，若双方各有一盅酒，但都不想喝，放一起再划拳定胜负。就像挑担儿，一人一头，谁输喝两盅。

最狠辣最无奈的招数是"拍"或者"卖",本来可代可挡可调,但赢家不允许,那么"见义勇为"就要背着沉重的"利息"。这时候出手,就得拍着自己的胸脯表示,"我输喝二盅,你输不喝",兰州人叫"拍軁[kāng]子"。显然,输家已经走投无路,而愿意"两肋插刀"的朋友,则背上压死人的"高利贷"。弄不好,两个人都被赢家"放翻"。从此颜面尽失,可相忘于江湖矣。

万水千山总是情,少喝一杯行不行?答案是不行。酒场也讲人脉,如果没有人出手相助,则只能自己"拍軁子"来"卖"。不过混到这种地步,还不如赶紧借口上厕所,溜之大吉。所以,赢拳时不可太嚣张,惹急看客,会上来"打擂台",用车轮战拖死你。更何况,一旦输酒输拳,没有人出手解围,那只能"呵呵"了。

酒盏酌来须满满,花枝看即落纷纷。兰州地处丝路要冲,喝酒之道,融合中原与西北的花样,酒令繁多。除"打关",还有"拔旗""卸车""打擂台"等

苗家女子划拳

玩法。至于私约的酒令，不胜枚举。我曾划过"半个世纪"，即五十拳。还有人玩什么"塔儿寺"，最后恨不得从顶上跳下来。当然，拼到最后还能站着说话的就是酒中仙，多在圈子里有点"名气"。但树大招风，总有人想着"放翻"他，也捞个好名声。

相对于别处的闷声碰杯，我倒是钟情于甘肃人的劲爆场面。划拳喝酒，看似粗野蛮横，咄咄逼人，其实也是辩证的，里面蕴含许多人情世故。一方面彰显个性，另一方面合作共赢，在酒场上体现得淋漓尽致。

划拳恐怕也是中国独有的酒令。欧阳修在《新五代史》中说："他日会饮章第，酒酣，为手势令，弘肇不能为，客省使阎晋卿坐次弘肇，屡教之。"可见五代时就已经有"手势令"，只是后汉名将史弘肇学得比较累。明人谢肇淛〔zhè〕所著《五杂俎》载："后汉诸将相宴集，为手势令，其法以手掌为虎膺，指节为松根，大指为蹲鸱，食指为钩戟，中指为玉柱，无名指为潜虬，小指为奇兵，腕为三洛，五指为奇峰。但不知其用法云何。"

不管怎么玩，都是手指头上的功夫。兰州人还琢磨出点七拳、三九拳、四七拳、二八拳等多种玩法。但都只有一个目的，那就是变着法子"放翻"你。

十一　永靖

河州北乡

柄灵寺题记

在佛教传播与发展过程中，石窟有着举足轻重的作用。甚至可以说，石刻造像是佛教文化历史的主要载体。从洛阳往北，有龙门、麦积，而黄河北岸的永靖炳灵寺，在佛教洞窟中同样不可忽视。相传东晋高僧法显就是从这里渡过黄河远赴印度，并且留下题记。

通常来说，佛教也是沿丝路向东传播。丝绸之路有北、中、南三条线，北线从西安出发，沿渭河至宝鸡，穿过陇县、六盘山，经固原和海原，沿祖厉河，在靖远渡黄河至武威；中线与南线在天水分道，翻过陇山至兰州渡黄河，溯庄浪河经乌鞘岭至武威与北线汇合，为丝路主要干线；南线沿渭河至天水，经临洮、临夏，由永靖渡黄河，横穿西宁至张掖，与北线、中线汇合。

炳灵寺石窟位于丝路南线，即临夏永靖县境内，黄河刘家峡水库上游的大寺沟。北魏郦道元《水经注》曰："河峡崖傍有二窟。一曰唐述窟，高四十五丈。西二里，有时亮窟，高百丈、广二十丈、深三十丈，藏古书五笥［sì］。"

西汉以前，河州地区曾是羌族领地；五胡十六国时，西去东来的客商为避开战乱，便开始走这条路。炳灵寺北魏以前叫唐述窟，取羌语"鬼窟"音译。唐称龙兴寺，宋称灵岩寺，明朝永乐年后称炳灵寺。"炳灵"为藏语"香巴本郎"

音译简称，意为"十万尊弥勒佛居住的地方"，即"千佛""万佛"。

从兰州出发，到刘家峡水库约有75公里，再到炳灵寺石窟还有50多公里水路，听起来有些折腾。先到兰州西站乘汽车至水库码头，然后坐船才能到石窟。普通游艇往返需七八小时，而快艇至少凑够九人才出发，往返要四小时。其实，这种"折腾"只是心理上的，真正行动起来还算方便。我出发的时间有点晚，到码头已近下午一点。先在售票处登记，等凑够九人，就出发了。

对我来说，只要刘家峡水库在，就完全值得一游。这座水库是新中国第一个五年计划期间，完全由自己设计建造的大型水电工程。1958年动土，停工又复工，最后于1974年竣工，可供应陕西、甘肃与青海三省的用电。所以，刘家峡水库就是人定胜天的代名词，是一种精神，也是一种信仰。我呢，则被这种精神征服。

炳灵寺

等最后一个游客挤进船舱，发动机才"突突突"地响起来。水花飞溅，风驰电掣，快艇就像醉汉一样摇摆起来，继而贴着黄河水面，乘风破浪，逆流而上。

刘家峡段的黄河碧绿澄澈，水烟旖旎，一派江南风光。从刘家峡大坝开始，黄河北流，经过著名的黄河三峡，洮河、湟水及大通河等支流夹带泥沙汇入黄河，所以黄河在进入兰州前已经泥沙滚滚，浊浪滔滔。

快艇蹿高伏低，向西南穿过水上公园，进入刘家峡水库。颠簸近一个小时，终于转弯向西北，抵达黄河北岸的积石山大寺沟。弃舟登岸，炳灵寺石窟就在眼前。黄河在这里的流向比较复杂，先往东北，然后迅速回环，朝西南流去，形成一个大回旋。两岸是丹霞地貌，暗红色的山石堆叠成林，像魑魅魍魉，又如刀削斧劈，最适宜建造洞窟寺院。

炳灵寺有过鼎盛，也历经磨难。西晋开始，人们就在北岸山沟的悬崖上开凿洞窟，将自己的希望和信仰雕刻于岩壁；北魏统治者尊崇佛法，炳灵寺开始兴起；唐朝时达到极盛，直至河州被吐蕃占领；北宋与西夏连年战争，丝绸之路改道，炳灵寺受到冷落。

15世纪以后，藏传佛教进入炳灵寺，僧众对原有洞窟进行修缮，出现汉传佛教和藏传佛教共存的场面。清康乾时期，炳灵寺香火再次旺盛，僧众多达三千。晚清河州动荡，战乱频繁，洞窟佛像损坏严重，僧人逃离，寺院沦为废墟。1951年，陇上著名学者冯国瑞考察时发现"佛爷沟"，炳灵寺重见天日，才开始受到保护。

　　黄河在这里伸出半截旁支。当年修建水库时，为防河水倒灌，筑起堤坝，才算保住炳灵寺。现在的石窟被列为"丝绸之路：长安—天山廊道的路网"中的一处文化遗产，分为下寺和上寺，共有窟龛216座，其中下寺附近184座。遗存彩塑和石雕造像776尊，壁画1000余平方米，摩崖刻石4方，墨书或刻石纪年铭文6处。

　　下寺是主要游览区。穿过山门，沿栈道往前，主要洞窟在峡谷西边的崖壁上。石窟造像因时代不同，风格有明显区别。按导游的说法，西秦骠悍雄健，

北周造像

巨像头顶便是最重要的 169 窟

北魏秀骨清像，北周珠圆玉润，隋唐丰满夸张，宋代求变写实。比较完整的洞窟旁边都有简介，倒也容易分辨历朝各代造像的特点。可惜重要的洞窟都不开放，或者只能通过小窗户张望一番。

比较重要的有第3窟，始建于盛唐，正中凿一方形盝[lù]顶宝塔；塔基与崖体相连，背面有明人的墨书题记，洞窟四壁及塔身有藏密题材绘画。炳灵寺多石雕或浮雕佛塔，甚为罕见，也算是其特点。

北周时期的第6窟，内雕一佛二菩萨，菩萨几近消失；佛像丰圆敦实，双手结禅定印，衣服皱褶夸张；四壁绘禅定佛与树，下层有"猴王本生"故事。第126窟是北魏时期的作品，岩壁雕二佛二菩萨；四周布满浮雕，共112尊，典型的"秀骨清像、褒衣博带"艺术风格，是炳灵寺造像最多的北魏石窟，还有延昌二年（513）的造窟题记。第82窟也是北魏洞窟，看得更为清楚。第125窟的佛像是最典型的北魏面容，两尊低眉顺眼的佛似乎正在商量什么。

还有一个有意思的洞窟，里边有色彩明丽的椰枣树，八臂十一面的观音像。一尊最小的佛，居然有吴哥窟那样的腿部造型。再前是高达27米的坐佛像，比龙门大卢舍那佛和麦积山巨佛还要高出 10 余米。据说上半身为石雕，下半身为泥塑，左手已经失去，所以没有人能猜出他结什么手印。建造如此巨大的佛像，应该有皇室支持，否则很难完成。

最为重要的第 169 窟，就在大佛头顶上方。原为天然石窟，其中第 6 龛发现西秦墨书纪年题记"建弘元年岁在玄枵［xiāo］三月二十四日造"，是中国现存石窟中有明确纪年的最早造像题记，比敦煌莫高窟发现的题记早一百多年。显然，开窟年代应该更早，因为按照常理，第一座洞窟及造像通常会建在更容易完成和朝拜的地方。从墨书题记来推断，西秦建弘元年（420）时，炳灵寺石窟已有相当规模。

另外还有"大禅师昙摩毗之像"题记、第 3 龛的"大代延昌四年"题记等，都弥足珍贵。以前花上三百元就能爬上去参观，现在已经不对普通游客开放，所以只能通过图片和别人的游记来猜度了。

跨过石桥到对面，有座卧佛寺。殿内有佛陀涅槃像。卧佛原在对面第 16 窟，因为修建刘家峡水库，被专家们切割成九段运送出来，经过一番折腾，最终在这里落户。

沿峡谷向西，就能到达上炳灵寺。值班的保安说上炳灵寺主要为藏传佛教塑像，更兼骄阳似火，便懒得再走路。又从石桥回到大佛前观瞻，总觉得少了点什么，逗留一阵，还是找不到原因。看着快艇司机限定的时间将至，便原路返还。

回到码头，快艇已经准备启动。这才记起，没有看到一直惦念的第 169 窟墨书纪年，怪不得有点失魂落魄。

十二　武威

五凉古都

与西夏有关

　　武威者，武功军威也。汉武帝元狩二年（前121），骠骑将军霍去病大破匈奴，将其逐出河西。为显示汉帝国的"武功军威"，便在匈奴原休屠王领地置武威郡，武威由此得名，沿用至今。

　　匈奴西逃，汉帝国在河西走廊"列四郡、据两关"，开通丝绸之路，这武威就是进入河西走廊的第一座郡城。事实上，西汉以前，河西地区就是游牧民族的跑马场，先后有犬戎、羌人、月氏、匈奴等马背上的民族在这里游荡。即便不服中原王朝管束，但历朝政权从来没将他们当成外人。《禹贡》有"黑水西河惟雍州"，黑水即张掖境内的黑河，也称党河；《尔雅》也说"河西曰雍州"，或谓"雍凉之地"，明确记载河西地属中国古九州。

　　两晋隋唐时，武威分别被前凉、后凉、南凉、北凉、西凉等政权统治，是谓"五凉古都"；随后又为北魏、西魏、北周、大凉等地方势力把持；隋唐政权虽然将手伸到了河西，但战乱频繁，无力抓稳；北宋时河西大部被西夏人占据，"大夏开基，凉为辅郡"，也是西夏的"酒都"；明洪武五年（1372），征西将军冯胜于凉州永昌击破元朝军队，武威重归汉族政权管辖。

　　河西人经常说"银武威、金张掖、玉酒泉"。作为进入河西走廊的门户，

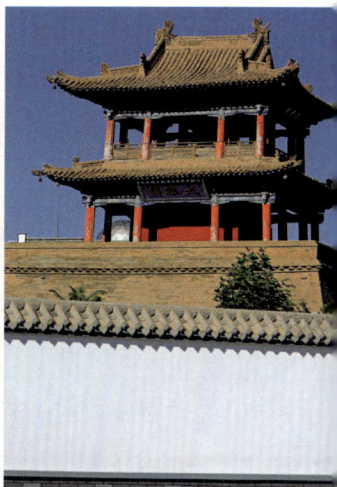

大云寺钟楼

武威的地位其实有些尴尬，总是被张掖压一头，被酒泉压两头。当年的敦煌郡如今成为酒泉的一个县，而年轻富庶的嘉峪关，与其他三座老城平起平坐，且有成为榜首的潜能。由此可见，河西走廊的几座城市，越西越"攒劲"。

不过，武威为世人所知，雷台汉墓出土的"马超龙雀"功不可没，这匹铜奔马现在是中国旅游的标志。如今的武威城，一切都从南关门开始。我就规划出这么一条徒步游览线路：从南关门出发，穿过明清街，到文庙、西夏博物馆；再北行至大云寺，然后向西到鸠摩罗什舌舍利塔；再一直往北，即是雷台公园；夜幕初临的时候，可以转回市中心的文化广场，见识见识当地人的夜生活，最后在凉州市场寻找美食。

文庙是武威规模最宏伟的古建筑群，也是甘肃最大的学宫。作为武威旅游的名片，我专门安排时间游览。这会儿，趁西夏博物馆的门还开着，便赶紧进去参观。说起来，武威历经多个少数民族统治，一度是这些政权的政治和经济中心。这些政权中，最叫人惋惜和感怀的，莫过于西夏王朝。这个延续190年的党项族政权，曾经和强大的宋、辽分庭抗礼，最终被蒙古铁骑所灭。

据说成吉思汗在进攻西夏时被毒箭射伤，不治而亡，临终前颁发密旨，发誓彻底消灭西夏。公元1227年，蒙古大军攻破西夏，对所有党项部族和文字、王陵进行疯狂的屠杀和灭绝。元朝建立政权后，编写了宋史、金史，唯独没有西夏史。党项族创建的西夏文明，被蒙古人在极短时间内从历史上抹除，后人只能从挖出来的古董里寻找有关西夏的故事。

然而，"凉州重修护国寺感应塔"碑的发现，让世界惊叹，甚至有人说西夏博物馆就是因这块塔碑而建。此言不虚，清朝时，这块石碑最早被武威金石学家张澍无意间在大云寺（西夏护国寺）发现，后因地震移到文庙保存。武威人怕石碑被"上调"到国家或者省级博物馆，便专门建造这座西夏博物馆，用来陈列此碑。

当年蒙古军队对西夏进行了种族灭绝般的屠戮，只有西凉府得到"和平解放"，免遭屠城。然而，如今即使还有党项人后裔，恐怕早就湮没在浩瀚的种族融合中，再也没有人能够读懂西夏文字。幸好《凉州重修护国寺感应塔碑铭》是西夏语和汉语对照，详细记载了护国寺塔的初建、显灵和重修过程。这块石碑对于西夏人而言，相当于古埃及"罗赛塔"（Rosetta）石碑，可用来重新探寻消失的党项文明。

西夏统治河西时，曾仿唐、宋翰林体制，建立"蕃字""汉字"二院，推行两种文字，后期则普遍推行儒学汉法，尊孔子为文宣帝。西夏碑正面用西夏文，背面用汉文，记前凉张天锡始建护国寺塔数有灵验，至西夏天祐民安四年（1093）修复因地震而倾斜的塔身的功德。作为西夏辅郡，武威是出土西夏文物最丰富的地方。博物馆通过文字、图片和实物，对西夏政治和经济进行梳理，基本能看出西夏军事、宗教、文化，以及日常生活情况。还有座木缘塔，也是馆藏至宝，但我没看到。

西夏强盛时版图扩展至现在的宁夏、甘肃、青海、内蒙古和陕西五省，文化发达，但境内多为沙漠，周围强敌环伺，享国190年，实非易事。究其原因，除党项人勇武善战，还要归功于统治者杰出的管理和军事才华。他们所造口径10厘米的铜火炮、地雷似的陶蒺藜，为当时最先进的火器。可惜没能挡住横扫半个世界的蒙古铁骑，最终消散在历史的烟尘里。

从西夏博物馆向北，不足三里就是原西夏护国寺，现在叫大云寺，《凉州重修护国寺感应塔碑铭》所载"感应塔"原在这座寺院。碑文中有"绕觉金光亮闪闪，壁画菩萨活生生"，足见其昔日是如何的壮丽辉煌。管理人员见我挂着相机，像模像样，居然免收门票，让我进去参观。

大云寺是武威最早的佛教寺院，原是前凉王张轨的宫殿，后改建为佛寺，武则天时称大云寺，元末毁于战火。明洪武年间，日本沙门志满专程来到凉州，四处化缘募资，主持重建大云寺。一个人远渡重洋，来到中国，只为修一座寺庙。除了坚定虔诚的宗教信仰，我实在想不出更好的理由。

历史上的大云寺殿阁林立，双塔对峙，明清时期香火尤其旺盛。1927年4月武威发生八级地震，大云寺及感应塔化为废墟，只有古钟楼独存。1980年，

鸠摩罗什寺

鸠摩罗什舌舍利塔

武威人将明代所建的火庙大殿和山西会馆搬来，与古钟楼组成现在新的大云寺。事实上，那次大地震导致武威四万余人死亡，凉州城4门24座砖楼，仅剩残缺不全的北楼。大云寺、罗什寺、清应寺及号称"文笔三峰"的三座佛塔都被震毁。

古钟楼四面飞檐，建在覆斗形台基上，西边有醒目"大棒喝"匾额，感觉真的像当头一棒。沿台阶达顶层，内悬五吨重的"大云铜钟"，钟面绘飞天、天王、小鬼等纹饰，似乎有藏传佛教的影子。乾隆二十五年（1760）重修大云寺碑记："若铜、若铁、若石、若金，兼铸其中，真神物也。如响震之，则远闻数千里，发人深省，为郡脉之一大助也。"事实上，如果没有这口钟，大云寺还真乏味得很。

辞别管理人员，西行约二里，即达色彩绵密的鸠摩罗什寺。寺院新建的殿堂金碧辉煌，气度不凡，但真正引人注目的是"鸠摩罗什舌舍利塔"。

鸠摩罗什出身西域望族，历经苦厄，是中国佛教八宗之祖，佛学和译经成就空前绝后。用武威人的话说，他渡尽劫波，是高僧中的高僧。公元384年，前秦将领吕光破龟兹，将他带到武威，建造"鸠摩罗什寺"，让他安心弘法。他是第一个用中华文化思想翻译和解说佛学的人，将华夏文明的义理和名词融入佛学经典中，可谓佛教史上的里程碑。

公元413年，鸠摩罗什圆寂于西安草堂寺。正如他与众僧道别时所说："凡所出经论三百余卷，唯《十诵》一部未及删烦，存其本旨，必无差失。愿凡所宣译，传流后世，咸共弘通，今于众前发诚实誓，若所传无谬者，当使焚身之后，舌不燋烂。"鸠摩罗什圆寂后薪灭形碎，唯舌不灰，以证其誓。弟子按其遗愿，将舌舍利送至凉州鸠摩罗什寺建塔供奉，也就是现在的"鸠摩罗什舌舍利塔"。砖塔几经兴废，于1934年重修，八面十二层，檐角挂风铃。晚风依约，铃声叮当，仿佛在提醒众生，这座寺院里曾经发生过的故事。

北行至雷台公园，此地因出土中国旅游标志"马超龙雀"而声名在外，真品在甘肃省博物馆。进门就是昂首飞奔的"马超龙雀"雕塑，后面列99件铜车马仪仗俑。我特意查看，都没有马镫。再往前是雷台观，原为前凉祭祀雷神的灵钧台，现存建筑系从别处移来，仍然供奉雷神。观内有株挂着"约1680年"牌子的国槐，枝叶茂密，几乎铺满半个院落，令人称奇。但这个"约1680年"令人费解，是已有1680年，还是植于1680年？

雷台观下面是汉墓群，现只对游客开放两座。一号墓主系东汉张姓将军，墓道加前、中、后三室结构，由干砖垒成。盗洞犹在，但还是出土了许多文物。墓道右侧有口东汉古井，据说落在井底的物件会比原来大一倍，所以不时有人投入钱币，意谓"钱沉远大"。

武威还有座建于晋朝的海藏寺，据说正在修缮，离得又远，便不再寻访。

往南回到文化广场，只见一轮明月高悬，凌空飞奔的"马超龙雀"似乎正在追逐月亮。武威人的夜生活在这里展现得淋漓尽致，遛狗、跳舞、练书法，甚至有几个老人正在弹唱《凉州贤孝》，俨然一幅西夏市井图。

马超龙雀

武威雷台汉墓铜车马仪仗

    穿过有点邋遢的"凉州市场",名目繁多的店铺和餐馆让人眼花缭乱。转来转去,钻进一家颇有名气的"拨鱼儿"店。一番研究,才发现他的做法是将面和好后放在碗里"醒"会儿,等水滚开后,用特制的玩意儿剔入锅里,捞出调上浇头就是一碗"拨鱼儿"。

    我才明白,所谓"拨鱼儿",也不过是懒人的吃食。

匾额上的孔夫子

再访文庙的时候，天气有些阴暗。院子里的老槐树冠盖如云，使得气氛更加沉闷。

常言说："修文成圣，修武成神。"我们所尊崇的"文圣"是孔子，"武圣"为关羽，各地都有庙宇祀奉，即文庙和武庙。孔子是儒家学派的创始人，为当时最有学问的人，也是私人教学的先驱，被后世冠以"至圣先师""万世师表"等头衔。然而，在近代一段时期，又被人喊"孔老二"，并要"打倒孔家店"。可见世间的对错，原本没有标准，只是立场问题。

儒家主张当权者施"仁政"，以礼治国，以德服人；要求被统治者"克己复礼"，遵从"三纲五常"。古人云"半部《论语》治天下"，说明治国之道是儒家思想的重要内容。自汉武帝推行"罢黜百家，独尊儒术"的政策以来，后世帝王都在儒家学说中找到了治国安邦的金钥匙，儒家思想长期成为封建社会的统治思想。即使现代社会，如果谁被称为不忠不孝、不仁不义，或者没有廉耻，那么这家伙肯定是个"忤逆贼"，为世人所不容。足见"孔儒"的思想已经深入到我们的骨髓里，没有因为时代变迁和社会发展而磨灭。

据《凉州卫儒学记碑铭》记载，文庙建于明正统年间，后经明成化和清顺

武威文庙

文庙一角

治、康熙、乾隆、道光及民国年间重修扩建。现在的文庙占地面积三万余平方米，是甘肃规模最大、保存最完整的文庙，号称"陇右学宫之冠"。也就是说，明清时的文庙，相当于现在的兰州大学。

话说回来，在河西走廊建设如此规模的文庙，实在很不容易。因为河西历来是少数民族的地盘，两晋以来，中原王朝很难踏踏实实地掌握河西，唐有吐蕃，宋有西夏，直到明朝才被汉族政权完全控制，中原的文风礼教开始堂而皇之地进入武威。

文庙整个建筑群从东向西原有三组，依次为文昌宫、孔庙和儒学院，如今只能看到文昌宫和孔庙，儒学院已不复存在。文昌宫和孔庙的偏殿，现被辟为武威市博物馆的两个展厅，里面珍藏当地出土的文物。

从东侧山门进入，就是文昌宫，有山门、桂籍殿、崇圣祠等建筑。桂籍殿是文昌宫的主要建筑，重点不是里面供奉的文昌帝君，而是卷棚内历代大学士敬献的匾额。从清康年间的"化峻天蘖"，至民国时期的"文教开宗"，共有44块，是武威文庙一绝，世所罕见。这些匾额集文章、书法、雕刻于一体，用典富赡，寓意深刻，对孔子的赞颂达到极致，几乎穷尽所有的华美辞藻。从落款来看，作者都是当时的名家，就算不计较岁月堆起来的价值，每块也都弥足珍贵，是武威文风鼎盛的见证。据说，其中"聚精扬纪"和"书城不夜"被《中华名匾》收录。有位作家说，中国的文脉从甘肃开始，看来还算言之有据，并非纯粹的吹捧迎合。

这些匾额能保存到今天，也有偶然因素。民国时期，桂籍殿曾被当作武威县参议会办公室，因梁高漏风，工作人员便在殿前打上顶棚御寒，使檐前匾额意外得到保护。"文革"期间，文庙管理者将匾额用木板遮挡起来，外面悬挂毛主席语录，这些"四旧"才没有被破坏。

穿过西侧的蝙蝠门，进入孔庙。孔庙是文庙的核心部分，以大成殿为主，前有泮池、状元桥，棂星门等，后有尊经阁，左右为名宦和乡贤祠。大成殿是文庙主要建筑，重檐歇山顶，顶置九脊，鸱〔chī〕吻螭〔chī〕首俱全。殿内供

文庙匾额

奉孔子像，两旁立十六位其他圣人的灵牌。

我倒觉得大成殿前的棂星门更有看头，四柱三间，飞檐拱顶，古朴而不失华美，正好照应"彩彻枢衡"。大成殿后是尊经阁，为武威现存最高大的古代重楼建筑，檐前悬赵朴初所题"顶礼文宗"匾额。尊经阁房顶三重翘角悬有风铃，夏风吹来，槐叶飒飒，铃声丁丁，低沉压抑的文庙似乎活了起来。

武威博物馆就是两座院落的偏殿。共有两个展厅，其中一间系统介绍中国的印刷史，尤其侧重西夏文字的历史。西夏文字属表意体系文字，和汉字颇有渊源，看似熟识的文字，却让人摸不着头脑。据说明代时，河北、安徽等地还有流传，但随后成为"死文字"。1908年，在居延黑水城遗址发现西夏汉语字典《蕃汉合时掌中珠》后，西夏语的神秘面纱才被揭开。

博物馆镇馆之宝是"亦都护高昌王世勋碑"，正面是汉字，背面为回纥

| 西 出 阳 关 |

文，碑铭、雕刻、题额都由当时的名家所撰，是真正的"三绝碑"。铭文主要记叙回纥人起源、高昌国来历，以及夸耀为元朝建国所立功勋等，是研究回纥历史及其文化艺术的珍贵资料。石碑原在高昌王墓前，清朝时农民作石磨，将其一劈两半。馆里还有唐弘化公主和慕容氏的墓碑，以及石羊、石塔等，都用水泥封死在墙壁或者台座上。原来，当时条件落后，也怕被上级征调，就采用这种"破坏性保护"方式将这些石碑保存下来。

一位中年男子在状元桥上给小孩儿拍照留念，并不时讲解孔庙历史渊源。我以为，带孩子到文庙实在应该提倡。现代很多人做学问，都讲求实用主义，修身养性成了一件奢侈的事情。然而，毕竟也有人不忘历史，尊重传统。譬如广州的番禺学宫，即广州农民运动讲习所，每年都会依古法举行新生入学开笔礼，意谓"开笔添智，人生始立"。

出门时，再次经过门口"第20号"古槐。细看，才发现写着"约660年"字样，不知道是已经有660年，还是植于660年？要知道这之间的差别可大了。

结合雷台观古槐推测，理解为公元660年栽种更为合理，不过长势明显不如雷台观的那株。

凉州石窟始末

中国境内的佛教洞窟，若论规模与内容，敦煌莫高窟是当仁不让的"百科全书"。但如果要问哪家最早，恐怕也难有定论。新疆拜城的克孜尔石窟据称比敦煌更早，永靖炳灵寺石窟有的最早墨书造像纪年题记，而武威天梯山石窟则被喻为"石窟鼻祖"。国外最早的佛教石窟，要数开凿于公元前2世纪前后的阿旃陀（Ajata）。

我这就参观去天梯山的凉州石窟。从武威市区出发，向东南行约60公里，到黄羊镇，再拐弯向西南。不知怎的，总觉得这"黄羊镇"似曾相识，仿佛前世的约定。但我的确是第一次来，仔细搜寻，才记起小时候奶奶经常提及。

巴士在路口停靠，同时还有位来自赣州的老表一起下车，我们便结伴往景区走去。刚修好的公路笔直鲜亮，就像穿戴整齐的新郎官。原本干涸荒蛮的戈壁滩，在这里突然变得害羞起来。蓝色的黄羊河水库波光潋滟，云影徘徊，沿岸被绿色的树木包围，四周是土皮裸露的祁连山脉。这种景象，既有北方的雄浑，又有南国的灵秀，值得驻足流连。极目远眺，可见戴着"白帽子"的天梯山巅，这就是名列古凉州八景的"天梯积雪"。

1958年，政府决定在石窟附近修建黄羊河水库，由甘肃省政府牵头对洞窟

天梯山石窟，一佛二弟子二菩萨二天王

内部分文物进行搬迁保护。实际上，黄羊河水库的修建，对石窟造成了永久的损坏。除第13号大佛窟，还有其他小洞窟内文物，共计49尊塑像、100多平方米壁画、25箱残片均转移至甘肃省博物馆。随后几十年，专家对黄羊河水库进行了连续测量。结果令人沮丧，当初对蓄水位估计过高，水库不会对小洞窟构成威胁。可世上没有后悔药，搬迁造成的损失，永远难以弥补。

我在甘肃省博物馆见过天梯山石窟搬迁来的文物，如唐代的一佛二菩萨造像，以及带有明显印度人物特征的壁画等，这在其他佛教洞窟很少见到。

赣州老表对北方的一草一木都好奇。我告诉他现在是河西走廊最好的旅游季节，一到深秋，西风凋碧，这里就只有光秃秃的祁连山，绝无半点绿色，冬天更是滴水成冰。他大概没见过北国的冬，不晓得光秃秃的树木是什么光景。我解释道，这里的树木是落叶乔木，霜气横秋的时候，自然要全部掉光。一位路过的中年人插嘴："看来你对北方很熟。""当然，我是定西人，气候条件和武

武威黄羊河水库全景

威相差无几。"他点点头，微笑着兀自走了。

公元412年，北凉王沮渠蒙逊迁都姑臧（武威），称河西王。经过一番征战，于公元430年统一河西地区。《晋书》记载："沮渠蒙逊，临松卢水胡人也。其先世为匈奴左沮渠，遂以官为氏焉。"沮渠氏为源出黄河流域的且〔jū〕人，最后多融入汉族。沮渠蒙逊执政期间，提倡儒学，遵崇佛法，请天竺高僧昙无谶到姑臧传授佛学和译经，先后开凿了天梯山石窟、文殊山石窟、马蹄寺部分洞窟和金塔寺石窟，以及敦煌莫高窟第272、275等石窟。所以天梯山石窟是第一座由皇家主持开凿的佛教洞窟，凉州也因此成为河西地区的佛学中心。

明正统年间的碑铭记载，天梯山"诸佛之龛，二十有六"。在经历1927年大地震后，洞窟还剩十八座。而兴修黄羊河水库后，普通游客能看到的，只有第13号大佛窟。所谓"石窟源头""石窟鼻祖"的说法不过是学术用语，现在

的境况，实在有些尴尬。

穿过百余米长的隧道，就看到那座唐代洞窟。洞窟面向黄羊河水库，前面是半圆形的水坝，用以阻挡坝水浸袭佛像。水坝的两头有人正在施工，禁止游客踏入。打听一番终于明白，他们在修葺旧洞窟，包括唯一开放给游客的大佛窟。难道他们要复原那些已经搬空的小洞窟？

事实证明，确实有这种说法。国家文物局要求对天梯山石窟进行复原，藏于甘肃省博物馆的552件文物，包括约120平方米壁画、22尊塑像、10个佛头已经被陆续运回天梯山。工程结果如何，我们拭目以待。

水库对岸有隐隐约约的蒙古包，就算没有石窟，天梯山也是武威人休闲远足的好去处。无论如何，只要站在这尊"一手遮天"的巨佛面前，就感觉不虚此行。天梯山的岩质与永靖炳灵寺、天水麦积山相若，也是较为松软的红砂岩，

天梯山石窟上的残存壁画

挖空山体即成洞窟，或许最初的造像就是山体的一部分。现今所见窟内有一佛二弟子二菩萨二天王，从佛陀脖颈上的三道横纹看，当属唐人作品。

中间高达28米的释迦牟尼佛巍然端坐，比炳灵寺大佛像还要高出1米，右掌施无畏印。与别处眼帘低垂、呈内审神态的佛像截然不同。这尊巨佛方头垂耳，目视前方，神态威严。袈裟褶皱繁复多变，衬里和袖口还残留少许深蓝色，眉心和嘴唇上的红色依旧艳丽。其实，最前面的广目和多闻天王造型更为逼真，从紧握的拳头和脚底小鬼的眼神，就能感受到这两位壮汉的霸气。

时隔千余年，保存如此完好，尤其佛陀面部，棱角分明，让人怀疑是新造的像。管理人员说，这里交通不便，人烟稀少，所以佛像保存完好，但底部容易渗水，要经常清理。

窟内南北两壁绘有壁画。南壁自上而下分别为青龙、大象和梅花鹿、猛虎与花木；北壁有青龙双虎、白马黑虎及菩提树、牡丹等。天梯山洞窟经过多次修复，有些洞窟壁画重叠多达五层。明正统十三年曾大规模重修石窟，今天所见大佛窟壁画就是明朝人的作品。

说天梯山是"石窟鼻祖"，盖指其影响力。北魏灭北凉，"迁宗族吏民到平城"，其中就包括修建天梯山石窟的师贤、昙曜等僧人。平城即今山西大同，师贤到平城后，于公元452年主持建造帝王化佛教石像。师贤去世，昙曜成为佛教领袖，继续主持造像。在平城近郊开凿云冈石窟，完成他最得意的"昙曜五窟"。北魏迁都洛阳，所开凿的龙门石窟，也有天梯山造像的影子。还有一部分外迁的僧人向西前往敦煌、新疆，于是敦煌、新疆地区的佛教石窟也有了北凉帝王范儿，敦煌莫高窟的盛唐大佛与天梯山大佛艺术风格相似，就是很好的例证。

也可以说，天梯山是沮渠蒙逊所创建的一所皇家"石窟建筑学院"，走出许多很有名望的建筑师，他们留下的每个洞窟都非常珍贵，成为我们研究佛教文化和社会风貌的依据。

从石窟出来，路过一间平房，似乎有书画展览，便进去参观。客厅堆满画纸，正在欣赏时，主人从内室出来。嗨，巧极了！此公正是适才搭话的中年男子。他叫赵旭峰，天梯山石窟的管理人员，也是武威的传奇人物，写作、绘画、书法颇有造诣，

现藏甘肃省博物馆的天梯山石窟壁画，人物形象与中土不同

最近在天梯山石窟临摹壁画。案边摆着他新出版的小说《龙羊婚》，更让人意外的是，他搜集整理的《凉州宝卷》，是中国非物质文化遗产。我记起曾在夜市听过的"凉州贤孝"，他说属于宝卷的一部分。

　　闲聊片刻，辞别这位奇人，便去参观天梯山石窟陈列馆。陈列馆没有贵重的文物，以图文形式按朝代介绍石窟搬迁前的文物情况。从中能够看出，天梯山石窟早期的壁画和造像带着明显的西域和天竺印记，我猜想可能有印度人，或者至少有印度背景的工匠参与建造。

　　景区到路口约有两公里，走得正辛苦时，见有皮卡正欲起步，急忙招手。司机小哥愿意载我们一程，真是"瞌睡扔过来个枕头"，便与赣州老表赶紧跑过去。

葡萄美酒，一斗换得凉州牧

　　唐诗中有几首《凉州词》，脍炙人口，传唱千古。其中王翰的"葡萄美酒夜光杯，欲饮琵琶马上催"，更是荡气回肠，教人想"赶紧花光口袋里的钱"。

　　这凉州就是武威。《乐苑》说："凉州宫词曲，开元中，西凉都督郭知运所进。"想来《凉州词》原为河西走廊民间歌谣，被唐教坊翻成官方曲谱，深受文人们喜爱。或许当年的凉州词相当于现在的流行歌儿，唐人慷慨激昂，唱出来的是金戈铁马，浅陋如我自是望尘莫及。当然，唱歌饮酒是人生美事，喝上一杯再赴战场，不仅壮胆，也愈加豪迈。

　　王翰唱得没错。葡萄美酒和夜光杯确是河西走廊的"双璧"，武威是"中国葡萄酒的故乡"，而西边的酒泉则盛产夜光杯。

　　霍去病两次远征河西走廊，将匈奴人逐出祁连山，列四郡、据两关，武威才归中原政权管辖。武威在匈奴或更早时期的社会情况，鲜有文字记录，恐怕很难说清楚。武威人从什么时候开始酿制葡萄酒也难有定论。一般认为，自张骞出使西域，开通丝绸之路后，凉州人就开始酿造葡萄酒了。

　　最早的葡萄酒是自然发酵的产物。葡萄果粒成熟后掉落于地，果皮破裂，渗出的果汁与空气中的酵母菌接触，气味芬芳，就成了"带酒香的葡萄"。远

武威葡萄

古先民造酒的灵感，恐怕也源于"野果自然发酵而变得口感极佳"。

中国典籍有关酒的记载最早见于《诗经》："六月食郁及薁，七月亨葵及菽。八月剥枣，十月获稻，为此春酒，以介眉寿。"薁即蘡薁［yīng yù］，葡萄科葡萄属落叶藤本植物，别名野葡萄、山葡萄，古称唐棣，也有说是郁李。可见殷商时人们就已经知道采集野葡萄和其他果实造酒，将其当作延年益寿的珍品。

西汉《战国策》云："仪狄作酒而美，进之禹，禹饮而甘之。"说明在夏禹时人们就有美酒喝。许慎在《说文解字》里解释："古者少康初作箕、帚、秫［shú］酒。少康，杜康也。"秫就是黏高粱，可以做烧酒，不知道是不是蒸馏酒，但可以肯定，工艺远比葡萄酒复杂。晋人江统在他的《酒诰》中也说："酒之所兴，肇自上皇，或云仪狄，一曰杜康。有饭不尽，委余空桑，郁积成味，久蓄气芳，本出于此，不由奇方。"

杜康的来历有点复杂，"不知杜康何世人，而古今多言其始造酒也"，中国的爱酒者，认为他才是"酿酒始祖"。《白水县志》煞有介事地说："汉，杜康，字仲宁，生于陕西白水，善造酒。"甚至有则"杜康造酒刘伶醉"的故事，陶渊明认为"仪狄造，杜康润色之"，似乎更合理。其实，这两位都是传说中的人物，没有证据表明他们真的会造酒。

事物的演化发展总是由简单到高级，应该先有自然发酵的葡萄酒，其次是谷物酿酒，接着出现酒曲，至少唐朝时就有了蒸馏酒是可以确证的。唐宪宗时的翰林学士李肇在其《国史补》中说："酒则有剑南之烧春"，同期的蜀中文人雍陶也有诗云："自到成都烧酒熟，不思身更入长安。"人家是"乐不思蜀"，此公则"不思长安"。剑南春现在是名酒，四川宜宾、泸州更是现代的酒都、酒城。北宋欧阳修在其《奉使契丹道中五言长韵》中题："斫冰烧酒赤，冻脍缕霜红。"说的是辽帝设头鱼宴的情景，一边凿冰待鱼，一边酒已烫好。这酒嘛，自然是蒸馏酒。

魏晋南北朝时期酿造葡萄酒的技术已相当成熟，魏文帝曹丕在《凉州葡萄诏》里说："且设葡萄解酒，宿醒[chéng]掩露而食。甘而不饴[yuàn]，酸而不脆，冷而不寒，味长汁多，除烦解悁[yuān]。又酿以为酒，甘于鞠蘖[jū niè]，善醉而易醒。道之固以流涎咽唾，况亲食之耶？他方之果，宁有匹之者。"可见他对葡萄和葡萄酒情有独钟，还总结出一套吃喝经验。

西晋陆机有"蒲萄四时劳醇，琉璃千钟旧宾"；庾信则题"蒲桃一杯千日醉，无事九转学神仙"。"五斗先生"王绩有首著名的劝酒诗："竹叶连糟翠，蒲萄带曲红。相逢不令尽，别后为谁空。"好话被他说尽，还怎么推辞？自是要一饮而尽；李颀的《古从军行》中有"年年战骨埋荒外，空见蒲桃入汉家"，证明葡萄栽种和葡萄酒酿制愈来愈普遍。到李白时，"蒲萄酒，金叵罗，吴姬十五细马驮"，葡萄酒甚至可作女儿的嫁妆。

国外对葡萄酒的热爱更甚。古埃及墓葬中出土的陶罐和酒壶都有葡萄酒的影子，而希腊神话里的狄奥尼索斯（Dionysus）就是葡萄酒神，专司狂欢与艺术。奥德赛误入独眼巨人洞内，面临死亡威胁时，居然教人采集野葡萄酿酒，将独眼巨人灌醉后逃脱。希腊人最早的造酒方法，恐怕也是葡萄自然发酵的过程。

通常认为，葡萄酒起源西域，或古波斯。司马迁在《史记》中说："宛左右以蒲陶为酒，富人藏酒至万余石，久者数十岁不败。俗嗜酒，马嗜苜蓿。汉使取其实来，于是天子始种苜蓿、蒲陶肥饶地。及天马多，外国使来众，则离宫别观旁尽种蒲陶，苜蓿极望。"大宛物产丰富，除汗血宝马，还盛产葡萄酒。又云："安息在大月氏西可数千里。其俗土著，耕田、田稻麦，蒲陶酒。"安息即古波斯，可见越往西边，葡萄酒酿造技术越成熟。

显然，中西亚在汉朝时就已经盛产葡萄美酒，张骞出使西域后才传到中国。伊朗南部古城"设拉子（Shiraz）"，就是葡萄品种名，也许那里就是葡萄酒的发源地。《晋书》记载吕光攻破龟兹城时，"胡人奢侈，富于供养，家有蒲桃酒，或至千斛，经数十年不败"。说明西域权贵当时已有"窖藏"，将葡萄酒当作财富的象征，用现在的话来说就是"典藏"。

凉州酿酒历史也有些年头，距今四千年左右的齐家文化遗迹皇娘娘台遗址中就有酒具出土。《穆天子传》记载："天子西征。甲戌，至于赤乌之人，其献酒千斛于天子，天子使祭父受之，曰：赤乌氏先出自周宗。"赤乌就是乌孙，先秦时游牧于凉州一带。凉州有赤乌镇，即乌孙的原始部落名。说明河西走廊在回归中原政权以前，当地人已经会酿酒了。

有种说法，凉州引进葡萄种植和酿酒技术，可能始于贰师将军李广利远征大宛国胜利。按照传播路线，武威酿制葡萄酒的历史应早于中原，只不过古籍甚少有文字记录。《汉书·地理志》载，凉州"酒礼之会，上下通焉，吏民相亲"。《古今图书集成》里说："有献西凉州葡萄十斛于张让者，立拜凉州刺史。"唐刘禹锡"为君持一斗，往取凉州牧"，宋苏轼"将军百战竟不侯，伯郎一斗得凉州"，都指这件"酒换刺史"的荒唐事，可见葡萄酒之名贵。

唐人元稹有诗云："吾闻昔日西凉州，人烟扑地桑柘稠。蒲萄酒熟恣行乐，红艳青旗朱粉楼。"在他的眼中，凉州人饮酒作乐，日子过得如神仙般快活。清朝武威人张澍则更直白："凉州美酒说葡萄，过客倾囊质宝刀。不愿封侯县斗印，聊拼一醉卧亭皋。"简直将凉州葡萄酒夸上了天。细说起来，凉州葡萄酒的历史，起起伏伏，确实使许多文人墨客折腰。如今的武威，坐拥二万多亩葡萄基地，有皇台、莫高、紫轩等葡萄酒品牌，但与国内外一线品牌相比，差距甚远，有点对不起"中国葡萄酒故乡"的名头。

除葡萄美酒，凉州的白酒、啤酒、果露酒、滋补酒也值得品尝。我是爱上了凉州果啤，炎夏时节，生津止渴，令人回味。最后温馨提示，端起葡萄酒杯的时候，且勿碰杯，且勿划拳，一定要小口小口地浅抿，以免被那些跪着看世界的家伙数落"饮葡萄酒的姿势不如西方人"。

十三　张掖

以通西域

错把甘州当江南

张掖者，"张国臂掖，以通西域"也，是汉朝对西域用兵的支撑点。与武威一样，张掖也是汉帝国从匈奴人手中抢来的地盘。翻开甘肃省地图，张掖位于河西走廊的咽喉地带，丝路南北中三条线在此汇合。显然，张掖只要打个喷嚏，整个河西都要跟着感冒。

雪山、黑河、湿地是张掖独有的元素，也赋予这座城市特殊的禀性。可不是嘛！远行的旅人来到这里，怕是要瞠目结舌地念叨"不望祁连山顶雪，错把甘州当江南"，而当地人则喜滋滋地将他们的家乡称作"金张掖"，风头似乎要盖过"银武威"。孰不知"金张掖""银武威"是清朝依据土地肥沃程度而划分的征税名目，出税率高者为"金"，其次"银""铜""铁"。所谓"金张掖、银武威、铜山丹、铁高台"即来源于此，也证明张掖自古就是河西的产粮大户，而"玉酒泉"，则是今人对"夜光杯"的肯定。

确实如此，源于祁连山脉南山的黑水河，穿过城市西北，就像美人温柔的臂弯滑过赤裸的脊梁，使原本带着沙漠气息的张掖变得钟灵毓秀。黑河古称弱水，全长八百多公里，极富传奇色彩，源头在青海海北藏族自治州境内，一路流向西南，汇集无数河流，在祁连县转而向北，于武威又往东流到与其源头相

湿地公园

对的位置，翻过合黎山后叫弱水，继续向北进入内蒙古额济纳旗。

正是因为黑河，张掖才兼具北方的雄奇和南国的灵秀。只要进入润泉湖国家城市湿地公园，或者张掖国家湿地公园，谁还敢说这座城市不是"塞上江南"？所谓"一城山光，半城塔影，连片苇溪，遍地古刹"，可不是浪得虚名。

话说回来，虽然是湿地城市，但渗透到骨髓里的还是大漠豪情，是挽长弓射天狼的战士。张掖原属雍凉旧地，西戎故墟，秦朝时为月氏人的牧场，至今还有小月氏留下的黑水国遗址。当匈奴人的鞭梢掠过河西，张掖又被休屠王和浑邪王瓜分。

汉武帝元狩二年（前121）春，冠军侯霍去病远征河西，"执浑邪王子及相国、都尉，捷首虏八千九百六十级，收休屠祭天金人"；同年夏天再次远征，则"金城、河西并南山、盐泽空无匈奴"，匈奴人最后只能唱着悲凉的歌儿西逃。汉武帝于元鼎六年（前111）置张掖郡，由此张掖成为通往西域的门户和丝路重镇。

北凉时期，张掖空前繁荣。西魏废帝三年（554），因境内出甘泉而更名为甘州。隋炀帝西巡张掖，登焉支山，参禅天地，接见西域二十七国使臣，史称"万国博览会"。"花门南，燕支北，张掖城头云正黑。"唐朝强盛，甘州成为中国对外贸易重镇，许多名流驻足张掖，吟诗作赋，高唱《八声甘州》。后梁时甘州被回鹘统治，是为甘州回鹘。

十一世纪初，西夏人崛起，李元昊击败甘州回鹘，在张掖建西夏国寺。元朝置甘肃行省，张掖为省会，马可波罗曾在此停留一年，其在游记中对张掖极尽夸饰。明朝征西将军冯胜大破元朝，平定甘肃，河西重归汉族政权。清朝时，河西为远征新疆的通道，左宗棠路过好几回。

其实，金张掖的故事何止这些？姑且忘掉那些被鲜血浸透的朝代更迭，不妨走进街头的小面馆里，来一碗"搓鱼儿""炮仗面"或者"卷子鸡"，以体验今天的张掖。张掖市显然被认真规划过，东西南北的环城路呈正方形将市区包围，中央以镇远楼为圆点，有十字形的四条大街通向四方，将城市划分成一个"田"字。是巧合还是有意？张掖田多地广，自古就是河西的"粮仓"，现在也是商品粮基地。

好的，我们先去镇远楼，以寻找那种历史的、文化的旧篇章。镇远楼建于明正德年间，是张掖的鼓楼。五百多年来，一直是城市的中心地标。三层木结构塔楼，通高三十余米，雄浑庄重，古朴沉稳。基座有十字洞，通向四方大街。二层东西南北悬挂匾额，分别是"金城春雨""玉关晓月""祁连晴雪""居延古牧"，对应张掖四面的壮阔景致。

清顺治五年（1648），镇远楼毁于兵燹，重建竣工后也在第三层的四面悬额，即"九重在望""万国咸宾""声教四达""湖山一览"。鼓楼东南角悬挂一口八百多公斤的唐钟，用以报时报警。可惜不能登楼，只能猜想。关于河西的几座鼓楼，还有个颇有意思的说法，我们将在酒泉详述。

沿东大街直行十来分钟，可以找到张掖唯一的道教建筑群，即深藏在胡同里面的道德观。道教传入河西已有一千六百多年，相传神霄派的萨守坚、武当派的张三丰都曾来张掖传道。相对于西来的佛教，道家还是输了一筹，人气显然不足。穿过狭窄的小巷，见山门写着："道是天上神仙本，德为人间富贵根。"联语照顾到修行和供养双方，谁都不得罪，倒也实在。

门口有株二百来岁的古柏，后面是老君殿，供奉太上老君像。屋顶有座八角亭，圆嘟嘟的，颇为罕见。老君殿向左依次有玉皇殿、三法师殿、圣母殿、三官殿，右边为财神殿。其中三法师殿最为古老，已有五百余年历史，里面壁画尤其珍贵。所谓"麻雀虽小，五脏俱全"，这么小的地方，众神挤在一起，其乐也融融矣。

道德观奉祀张天师及康道宁，里边只有一位正一派道士，慈眉善眼，慢声细语。他说本来有二百多道人，但散居各处，有活动时才于道德观集会。意外的是，道德观后面的黄顶建筑正是明代粮仓，距今已有六百多年，1949年后还曾使用过。古人云"仓廪实而知礼节，衣食足而知荣辱"，可见粮食是天下的头等大事。

其实，张掖的宗教信仰颇为自由，除道教，还有天主教、伊斯兰教，最昌盛的当然是佛教，西夏国寺甚至是张掖的名片。

傍晚的时候，最宜去润泉湖湿地公园。塞上江南果然名不虚传，公园里有大片的荷花，争奇斗艳。西湖的荷花大致初绽，而润泉湖的荷花却已经有败落的迹象，花季居然比江南来得更早，让人有些意外。

逗留良久，只见一轮明月升空，银华泻地，铺满芦苇荡。我才记起，今日是丁酉小暑，农历的六月十四夜。有趣的是，今年有两个六月，时间仿佛被格外拉长，甚至允许我挥霍一番。

月亮、荷花、芦苇，相映成趣，实在是天地间的灵物。当地人玩得高兴，而我准备返回镇远楼，看能否拍到皓月当空的景象。

从西夏睡到现在

"一城芦苇半城塔。"当地人毫不掩饰地炫耀，可见张掖是座有佛性的城市。

汉明帝夜梦金甲神人，白马西来，佛教传入，自然惠及张掖。事实上，北凉、北魏时期，张掖一度是河西的佛学中心。唐僧玄奘前往西天取经，途经张掖，发生过许多故事。吴承恩笔下的鹰愁涧、高老庄、流沙河、晒经台等都在张掖境内，可见他对张掖的青睐。当年的西夏国寺，现在是张掖旅游的名片。所以，连明宣宗朱瞻基都说："甘州，古甘泉之地，居中国西鄙，佛法所从入中国者也。"

从南大街右转至民主西街，遇到一块刻着"西夏国寺"的石头，这就是当地人所称的大佛寺。山门前的水池喷云吐雾，如神仙境地。门前有几位老人挥舞如椽巨笔正在练书法，我不由得感慨，武威人玩得有文化、有水平。

西夏国寺始建于崇宗永安元年（1098），和武威大云寺同属西夏皇家寺院，因拥有最大的室内涅槃像而声名在外。明朝《敕赐宝觉寺碑记》称，李乾顺统治时，有西夏国师嵬咩，"一日，敛神静居，遂感异瑞，慧光烨煜，梵呗清和，谛听久之，非远。起而求之，四顾无睹，循至崇丘之侧，其声弥近，若在潜翳之下者。发地尺余，有翠瓦罩焉，复下三尺，有金甓覆焉，得古涅槃佛像"。于是，这位国师便发愿建造"弘刹"，是谓西夏国寺。西夏早已烟消云散，国寺虽然未能护国，自己倒是完整留存，算是西夏王朝最后的尊严。

张掖大佛寺与宝鸡法门寺、开封相国寺、北京雍和宫同属保存比较完好的皇家寺院，现存主要建筑有卧佛殿、万圣殿和藏经殿，以及后面的藏式土塔和山西会馆。传说元世祖忽必烈降生于此，也有人说，南宋恭宗赵㬎被俘后曾在这里出家。

穿过绵密华美的木质牌坊，就是古意斑斓的卧佛殿。二层殿宇，面阔九间，悬山顶上五脊六兽，一派王者气象。门两边有联曰："卧佛长睡睡千年长睡不醒；问者永问问百世永问不明。"这对联原在山门，现挂于正殿。不知谁人所书，的确是颠扑不破的真理。卧佛长睡不醒，哪里还顾得上党项人的死活？再两边有彩砖浮雕，古旧沧桑，颜色剥落殆尽，但繁复的细节令人惊叹。

走进殿内，一尊34.5米长的卧佛填满整个厅堂，据说是中国最大的室内佛祖涅槃像，仅中指就能平卧一人。卧佛面部敷金，目光因视角不同而变化，胸前有"卐"符，意谓"吉祥海云相"。佛像头边是帝释天，脚旁为大梵天，背后是他最得意的十位弟子。大梵天与帝释天原是印度教神祇，被佛教吸纳为护法神。佛陀出生和涅槃时，这两位大神都在旁边亲眼见证。中国寺庙里，帝释天通常是男神女相。

佛殿显眼处写着"礼佛得福报，无须奉钱物"。几乎所有寺庙都设功德箱，鼓励游客捐钱捐物，甚至有的勒索敲诈。张掖人的这个举动，真值得为他们点赞。

所谓涅槃，就是证得"无上正觉"，进入西方极乐世界，达到自由自在、不生不灭的境界。我曾造访过佛祖涅槃地印度拘尸那迦涅槃寺，里面供奉造于五世纪的犍陀罗风格黑石雕塑，即最早的佛祖涅槃像。佛陀于涅槃前传来弟子，最后一次为他们解惑："世皆无常，会必有离，勿怀忧恼。""世实危脆无坚牢者，我今得灭如除恶病……""诸行无常，是生灭法，生灭灭已，寂灭为乐。"

大佛寺

语毕涅槃，双树变白，山川动摇，群鸟悲鸣。

卧佛殿两边有十八罗汉彩塑，均为西夏遗物。其中降龙、伏虎别出心裁，金龙盘踞于殿梁，以显示皇室身份。后墙正中绘有西游故事连环画，分别为"大闹天宫""四人西行""人参果树""大战火云洞""路阻火焰山"等十个场景。

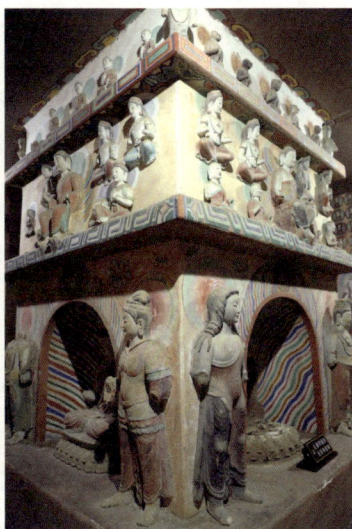

金塔寺高肉雕泥塑飞天

有趣的是，画中悟空偷奸耍滑，八戒忠厚老实，与《西游记》形象截然不同，据信壁画故事版本比小说更早。

卧佛殿最初的木匾存放于万圣殿，现被辟为艺术陈列馆，里面珍藏从卧佛腹内取出的诸多文物，以及肃南金塔寺的复制品，尤其是"高肉雕泥塑飞天"，令人印象深刻。通过一尊卧佛木胎的微缩件，能详细看到建造卧佛的工艺流程。

再往后是藏经殿，内藏国宝级文物《张掖金经》。公元1445年，明英宗朱祁镇将正统五年官版印刷的6361卷《大明三藏圣教化北藏经》赐予大佛寺。时值钦差王贵驻守张掖，遍寻高僧大德与书画名家，用时十年，用真金白银将《大般若波罗蜜多经》手工抄录一本。据说耗金1000多两、银1500多两，这就是价值连城的《张掖金经》，堪称稀世珍宝。还有清代金银粉手写经126卷，懂行的人说它的书画水平高于明代金经。

1941年，马步芳进入张掖。为使文物免遭破坏，管理人员将经卷装入12个柜子，藏在某个小房间的夹壁墙中，挑选忠诚的僧人秘密保护。最后的护经人是僧尼本觉，她守口如瓶，一直到她因土炕失火圆寂，也没有说出经卷的事情。后来人们清理房间时发现夹壁墙，这些经卷才重见天日。为纪念觉尼守护佛经的功德，大佛寺于1998年为其在寺内塑像，勒石以彰。走进后院，就能看到莲花座上笑眯眯的觉尼，以及香客们为她所献的水果、鲜花。

据说藏经殿后面为安置天竺高僧摄摩腾灵骨的土塔。我有些怀疑，可惜正在维修，不便入内。

摄摩腾与竺法兰是中国佛教的祖师爷，我在洛阳白马寺参谒过他们的陵墓，何以此处又有摄摩腾灵骨？我没有找到其间的理据和脉络。"甘州在线"有篇文章，以"迦叶遗迹""迦摄摩腾"来判定二者关系，过于穿凿附会，不足为凭。天底下叫"迦叶"的佛教徒多得数不过来，要我说，干脆说"迦叶灵骨"岂不更有噱头？他可是佛陀身边最得意的弟子。抢祖先、抢名人是各地拓展旅游业的新花样，现在连把"老骨头"也不放过，何苦呢？

也罢，还是去参观旁边的山西会馆。一座完整的清代院落，是山西商户集资建造的商会总部，可见当时张掖贸易之鼎盛。财神殿供奉关公，悬挂阎锡山

大佛寺卧佛

所题"乃大丈夫"匾额。关于"阎老西"的段子很多，但评价关公的这四个字，别出心裁，也符合他的身份，说明"老西儿"学识不凡。

大佛寺出来往西几步就是木塔寺。明清时张掖有近80座寺院，多数建有宝塔，其中最著名者为金、木、水、火、土五行塔，所以有"半城塔影，连片苇溪"的说法。可惜，现在仅剩大佛寺土塔和万寿寺木塔，其他三座只能在黑白老照片里看到。

木塔寺原名万寿寺，后周时已存在，因殿前八面九级砖结构木檐塔而得名。相传原塔可以整体旋转，寺庙现仅剩藏经阁，已沦为纪念品店。《重修万寿寺碑记》曰："释迦涅盘时，火化三昧，得舍利子八万四千粒，阿育王造塔置瓶每粒各建一塔，甘州木塔其一也。"

如果碑记属实，这座万寿寺应该与宝鸡法门寺齐名，至少不会输给西夏国寺。然而，如今门庭冷落，鲜有人来所谓"木塔疏钟"，恐怕不久也会淹没在数码时代的浪潮中。

木塔寺

登上三十三天

甘肃省人口不多，但有四十五个民族散居境内。河西走廊有一个特殊的民族，多数聚居于黑河上游，以张掖肃南裕固族自治县最为集中。毫无疑问，他们就是裕固族。中国古籍称其为"黄番""黄头回鹘""撒里畏兀儿"，他们自称"尧乎尔"，1949年后取发音相近的"裕固"作为族称。

裕固族源出鄂尔浑河流域的回鹘，祖上曾建立回鹘汗国，也算崛起过。辗转来到河西的一支在掖设立"牙帐"，史称"甘州回鹘"，强

登上三十三天

盛时期势力远达兰州。北宋时，甘州回鹘被西夏李元昊征服。二百年后，甘州回鹘接受元朝统治。明朝中央政府为便于管理，将嘉峪关外的回鹘人迁入关内，安置在今天酒泉及张掖南山地区，史称"东迁入关"。

裕固族东迁入关以后多信奉藏传佛教格鲁派，即通常所说的"黄教"。不过，我要造访的肃南马蹄寺却与他们没多少关联。

为避开炎夏的正午，我搭乘最早的班车前往马蹄寺。我总觉得，公共交通是一个城市经济文化的晴雨表，也是这个地区的管理者有无作为的直接证据。譬如张掖，按说往来于旅游景区的交通应该更加规范顺畅。然而，前往马蹄寺的巴士，虽然按发车时间出站，但走走停停，司机见还有空位，甚至在一个地方能等待半小时。也许当地人司空见惯，可作为游人，实在难以忍受。长此以往，这个地方还有什么诚信？

我在南方生活多年，已经不能理解甘肃部分地区的一些现象。原本不花成本就可以改善的问题，在西北某些地方却是老大难，有些管理者的思维还停留在三十年前。有人说，公共厕所是一个国家是否进步的标志，张掖汽车站内的公共卫生间居然还在收费。更要命的是，里面脏得一塌糊涂。可见一个地方的落后，除经济物质外，思想观念上的不作为，才更可怕。

正所谓"起个大早，赶个晚集"。原本65公里路程，被这位司机爷消磨掉两个半小时，才到马蹄藏族乡。马蹄寺石窟群比较分散，景区门口为千佛洞；再往西南约2公里是南、北马蹄寺，其中北寺规模宏大，是整个马蹄寺石窟群的主体；北寺东南七八公里处有上、中、下观音洞，而金塔寺则在观音洞以北十几公里外。

民间传说，因天马在此地降落留下蹄印，所以山叫马蹄山，寺叫马蹄寺。马蹄寺与敦煌莫高窟、瓜州榆林窟并称河西佛教三大艺术宝窟。

《晋书》记载，敦煌人郭瑀"隐于临松薤［xiè］谷，凿石窟而居，服柏实以轻身，作《春秋墨说》《孝经错纬》，弟子著录千余人"。临松山就是现在的马蹄山，薤谷自然是马蹄寺所在地，证明这里以前适合居住，生活便利。《甘

千佛洞

藏佛殿一尊新造像

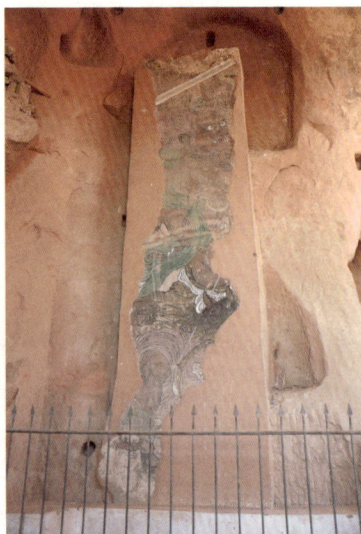

留存的壁画

州府志》则认为："石洞凿者郭瑀及其弟子，后人扩而大之加以佛像。"也有人说，马蹄寺与北凉沮渠蒙逊建造"凉州南山石窟"有关。

郭瑀是避世高人，也是个"怪杰"。他不为功名利禄所动，最终因"同事"被杀，绝食抗议，"遂还酒泉南山赤崖阁，饮气而卒"。所谓"饮气而卒"，是否为道家法门？姑且认为是被气死在临松薤谷。

抛开宗教与传说，壮阔的祁连山风光和丰富的裕固族文化，就值得我们驻足流连。李白有诗曰："明月出天山，苍茫云海间。长风几万里，吹度玉门关。"诗中"天山"，即祁连山也。明人朱维均则题："古刹层层出上方，云梯石磴步回长。"指出登临石窟，需要点攀岩功夫。古人所称"薤谷晴岚"，历来为甘州胜境。马蹄山有青松翠杉，雪峰草场，有鲁冰花种植基地，自是吟赏烟霞的佳处。

景区没有通勤车，司机答应送我们进去，预留十几分钟让大伙儿参观千佛洞。一尊拄着锡杖的僧人雕像后面，就是建在红砂岩壁间的洞窟。按照汉传佛教寺庙布局，有"西方三圣殿""观音殿""大雄宝殿""藏经阁""地藏殿""药师殿"等，多为北朝时期营建的石窟。石窟前面有华丽的门脸儿，高檐翘角，看起来就像挂在悬崖上，别具风格。费点功夫爬上去，就能见到6号窟内的三尊唐代雕像，北端悬崖有元明时期的浮雕塔林。

巴士停在北寺拴马场，司机要大家先买回程票。我不想被他"绑架"，付清来时的费用便自行走了。向西约一公里，有几座白色的藏式佛塔，然后拐过一道弯就是北寺石窟群。北寺又名普光寺，最初属汉传佛教寺庙，元朝时藏传佛教兴起，遂成汉藏结合的"混血儿"。原来的寺庙和佛像经过自然和人为破坏，早已烟消云散。现存洞窟以马蹄殿、藏佛殿和"三十三天"石窟为最，在远处看，悬挂在岩壁卜的窟龛，错落有致，更为壮观。

马蹄殿很小，内供新造的黄教创始人宗喀巴及其弟子像。殿前左侧有块被保护起来的黑石，正面凹陷，酷似马蹄，这就是"神骥足迹"。据专家考证认为，马蹄寺后来由吐蕃部落"马蹄十四族"所建，传说格萨尔王所乘天马踩落

三十三天石窟

的蹄印，就是马蹄寺名字的来由。

"三十三天"石窟距地表四十多米，共七层二十一窟，下大上小排列，呈宝塔形，极为独特。佛典记载，帝释天居"忉利天"，即须弥山中央，又四面山峰各居八位天神，此即"三十三天"。佛教认为到达"三十三天"才算圆满，我也不能免俗，矮身攀爬而上。山洞光溜圆滑，极是险峻，壁间发现一些姓名题记，据说有僧人永远留在这里。最高石窟内供新造的绿度母像，挤过右侧小洞，里面是白度母像。"度母"是观音菩萨的化身，相传马蹄寺曾自然生成绿度母像，所以"三十三天"石窟为其显灵说法的道场，白度母则是"送子菩萨"。

藏佛殿位于"三十三天"石窟北，殿内一尊新造的立佛，其他窟龛空荡荡的。平面如"凸"字，构造复杂，配置极为独特。想来当年佛事鼎盛时，何等辉煌，如今只有壁画残迹。1987年，有位在日本留学的先生捐赠一千元，以保护两幅明代壁画，栅栏边悬挂的木牌记录该事。石窟后面有口井，颇具灵性，叫"八功德水"。

出北寺往南几百米，爬上一段台阶就是小巧的南寺，也称胜果寺，系藏传佛教寺庙。院落古朴雅致，静悄悄的，四下无人。进去参谒，有大经堂、三佛殿等。

与在北寺结识的江峰同学前往临松瀑布。江峰是骑行侠，摩托车高大威武，正好可载上我。他是美术专业的研究生，从重庆出发，经川北骑行到张掖，在途中已有二十来天，终点是新疆乌鲁木齐。走过裕固族帐篷，打听一番，临松瀑布殊无看点，便转身寻访金塔寺。在路口遇见"金塔寺暂不开放"的提示牌，就在格萨尔王殿里转一圈，便直接返回张掖市。

我依然搭他的摩托车。因为没有头盔，只好用魔术巾包上头脸。时速超百公里时，只觉得嘴脸歪斜，五官移位。路过一处草场，休息合影，才发现这哥们酷似动画片《熊出没》中的"光头强"。

马蹄寺

七彩丹霞

红色是沉睡的火焰，断层是浓缩的时间，陡崖坡呢，自然是乐谱上的休止符。无须怀疑，我说的就是丹霞地貌。

地理学中的丹霞是指"以陡崖坡为特征的红层地貌"。远古造山运动形成的红色砂砾岩经长期风化和流水侵蚀，化作孤立的山峰和陡峭的悬崖，即红色砂砾岩层中沿垂直节理发育的各种"赤壁丹崖"。1928年，地质学家将与韶关丹霞山类似的地层和地貌统称为"丹霞地貌"，如今在《世界遗产名录》中，就有独一无二的"中国丹霞"。

七彩丹霞

　　《中国国家地理》曾评选出最美的七大丹霞地貌，即韶关丹霞山、福建武夷山、泰宁大金湖、鹰潭龙虎山、资江的崀山，以及张掖和赤水的丹霞，由此也可以看出丹霞地貌的大致分布。"丹霞地貌"命名来源于韶关丹霞山，所以韶关丹霞是"丹霞地貌"的祖宗，门口挂着"中国红石公园"的牌子，以彰显其地位。我曾去过丹霞山和武夷山，要说印象，丹霞山有摩崖石刻，以及令人叹为观止的阴、阳元石；武夷山则被九曲溪环绕，"架壑船棺"与"大红袍"世所罕见。

　　所谓"丹霞"，原指天上的彩霞，源出魏文帝曹丕的《芙蓉池作诗》："丹霞夹明月，华星出云间；上天垂光彩，五色一何鲜。"《明嘉靖南阳府志校注》描绘伏牛山南麓名刹丹霞寺："每至旦暮，彩霞赫炽，起自山谷，色若渥丹，灿如明霞。"后有人借用过来，将韶关"锦岩"称作丹霞山。我还造访过福建永安的桃源洞，也是典型的丹霞地貌，徐霞客在游记中称"缝隙一线，上劈山巅，远秀山北，中不能容肩"，盖指"一线天"者也。

　　中国丹霞地貌总数达790余处。有意思的是，"中国丹霞"将符合"丹霞地

貌"的几处自然景观集体打包"申遗",但张掖丹霞景区在最后阶段退出,究其原因,不外乎"差钱"。结果,进入世界自然遗产名录的六大丹霞地貌都在湿润的南方,西北地区则被"世人遗忘"。

当然,我可不想错过这份自然的馈赠。一个天气晴好的午后,搭乘巴士前往张掖丹霞地质公园。景区位于张掖市西40公里、临泽县南30公里处,分七彩丹霞和冰沟丹霞。冰沟丹霞以形状奇特著称,在七彩丹霞西10余公里外;七彩丹霞则以颜色绚丽名世,为主要景区,也是我参观的重点。因为景区在日落

后才会清场，而此际光线强烈，地面似乎要燃烧起来，让人望而却步。我计划住一夜，以捕捉傍晚和清晨照射到丹霞上的光线。入口两边有许多餐馆旅舍，我便先到农家乐安顿下来，等阳光温和点儿再进去参观。

地质学家认为，张掖丹霞形成于600万年以前，是丹霞地貌与彩色丘陵的复合区，为国内独一无二的奇观。我去过新疆吉木萨尔县的五彩城，仅从外表来看，二者颇为相似。不过，五彩城是雅丹地貌，而张掖是丹霞地貌。这两种地貌虽然有点像孪生兄弟，但形成过程完全不同，有人概括为"风蚀雅丹、流水丹霞"。

说实话，中国丹霞，如果以相片效果来判定，我以为张掖应该排第一位。许多影视剧将这里当成外景拍摄地，就是最好的例证。我所住宿的农家乐老板提醒，买到票后让工作人员盖一个"次日章"，再由他们盖章确认，明天参观时，只需再买观光车票即可。相对于其他许多景区在二三十里外圈地售票，强制游人购买高昂的区间车票，七彩丹霞的观光车票算是非常亲民了。

现在的七彩丹霞景区配套还算完善，设有五个观景台，彼此间有观光车连通，即使没有"世界自然遗产"这个头衔，也一样游人如织。从北门进入，一般按1、5、4、3、2号观景台逆时针方向参观。

七月正是西部旅游旺季。乘观光车，跟随人流爬上1号观景台，却见浮云蔽日，心里不免忐忑。适才还艳阳高悬，难道我运气如此不济？

经验老到的摄影前辈说，观丹霞最好的时间是雨后初晴。因为经过雨水清洗，空气的透明度好，而且色彩饱和度也明显提高。我固然碰不上最佳时机，恐怕连次好也成问题。没有阳光照射的1号观景台周围的地貌，色彩深褐，拍出来的相片甚至有点"脏"。但能看到明显的断层和挤压褶皱，有个地方叫大扇贝，盖其形如七彩贝壳。也有如刀削斧劈，激烈凌厉者；或若佛陀入定，众僧朝拜者；或势如城堡，孤悬半空，雄壮伟岸者。

其实，也不是完全没有阳光，云层偶尔散开，光线从缝隙里倾泻下来，明暗交替，斑驳陆离，倒是摄影人的最爱。1号观景台比较大，地势向西边起伏倾斜，显然是看日出的好地方。跟景区工作人员确认，果然，看日出就在这里。

5号观景台似乎没有特别的亮点。4号观景台则能看到比较多样的地貌，可以登上半山腰，居高临下，观看四周各种颜色如细浪起伏的山峰。这里是拍摄《三枪拍案惊奇》的外景地，山形如河水流沙经年沉积，一浪接一浪，有色彩丰富而整齐的线条，极具韵律感。"麻子面馆"还在，吸引到许多游人合影留念。

景区宣传片借用《淮南子》的说法："昔者共工与颛顼争为帝，怒而触不周之山，天柱折，地维绝，天倾西北，故日月星辰移焉；地不满东南，故水潦尘埃归焉。""于是女娲炼五色石以补苍天。"七彩丹霞是女娲补天时掉下来的五色石，也说得通，不过听起来有些幼稚。河西走廊古时依次被氐、羌、戎、乌孙、月氏、匈奴人占据，这些马背上的游牧部族，或许不曾知晓什么"女娲补天"。实际上，如此干涸苦焦的荒山，原本是生命的禁区，要不是现代旅游业的兴起，恐怕也是鸟兽绝迹的凄凉地。

第3、2号观景台连在一起，亮点是"七彩屏"，名副其实，正是黄昏时分的宠儿。和缓的山坡向上收缩，顶部像城堡，而山脚如五线谱，绵延起伏，色彩斑斓。景区善解人意，在对面的山脊梁上铺设栈道，走在上面参观效果更好。我还算幸运，此际光线不错，领略到"七彩屏"最美的一面。

有位先生不知道碰上什么急事，硬是从山坡冲下来，荡起一道尘土，结果被工作人员看见，厉声要求其退回栈道，不得践踏山体。此君也是驴脾气，初时还不肯，态度嚣张，但工作人员态度坚决，只得又返回去。

观光热气球

晚阳终于收尽最后一缕光芒，工作人员骑着摩托车到处招呼大家乘坐观光车出景区。很有人情味儿的管理，让游客看完最好的风景，不留遗憾，确实应该点赞。

夜宿农家，当晚无话，只待明晨日出。

次日早起，看见一轮明月高悬。可惜随着天光大亮，很快就变成一块白色补丁。1号观景台的日出也无非就是那样，光线微弱，没能拍出令人满意的相片。不过我还是按逆时针方向，又转一圈儿。九、十点钟时，滑翔伞和热气球相继升空。我曾在尼泊尔博卡拉乘滑翔伞飞上蓝天，被来自俄罗斯的教练折腾得晕晕乎乎，所以有点怕玩这项目。

兴尽而归。冰沟丹霞便懒得去了，或者等下次再看。

日出

十四　酒泉

瀚海明珠

与霍去病同饮

"君为张掖近酒泉，我审三色九千里。"吟唱这首诗去酒泉，确实非常应景。

对外乡人来说，酒泉的名头甚至超过兰州，仅次于敦煌。盖因酒泉有"东风航天城"，即隶属于战略支援部队的酒泉卫星发射中心。航天城如今不再神秘，现被辟为旅游项目，寻常百姓只要付点小钱，均可以参观。不过远在金塔县，与内蒙古额济纳旗接壤，所以我此行只能忍痛放弃。

需要提醒的是，来到酒泉，切勿"顾名思义"。李白所云"地若不爱酒，地应无酒泉"，纯粹是为自己酗酒找借口。酒泉人固然豪爽，但并非都是天生的"酒囊"。他们喜欢制作夜光杯，至于喝酒的本事，其实甘肃人都差不多。就像我，属于那种"狗肚子里藏不得猪油"的家伙，二两酒下去，面如关公，真不敢应承与酒有什么瓜葛。

河西四郡的过往大同小异。公元前121年，骠骑将军霍去病两征河西走廊，大破匈奴，河西地区从此纳入中原王朝的统治范围。相传汉军取得胜利后，武帝赏赐美酒一坛，以犒劳骠骑将军。霍去病认为功劳属于全军将士，但人多酒少，便将这酒倒入泉中，与将士取而共饮，"酒泉"由此得名，并始置酒泉郡，治所禄福县，西晋颠倒过来，改称福禄县。

| 西出阳关 |

东晋时酒泉先后被"五凉"政权控制，其中李暠于敦煌建立西凉，五年后将国都迁到酒泉，这也是酒泉唯一一次成为地方政权的首都。北魏时酒泉隶属于甘州，隋朝时分出，置肃州。此后分别被吐蕃、回鹘、西夏、蒙古统治，直到明朝击溃元军，酒泉又回归汉族政权。现在的酒泉辖肃州区，敦煌、玉门二市及其他四县，甚至甘肃省名也由张掖的"甘州"和酒泉的"肃州"而来。

相对于武威张掖，酒泉市区的名胜古迹不多，只有西汉酒泉胜迹、鼓楼和晋城门。当然，来到酒泉，第一等的事情便是去参观西汉酒泉胜迹，以破解"无功可作酒泉侯"的秘密。

酒泉是小城市，跟宾馆前台打问一番，即徒步而往。西汉酒泉胜迹是汉式园林，迄今已有两千多年历史，也是国内为数不多的展现汉武雄风的名胜。酒泉人厚道，没有将这座河西独有的汉式园林围起来赚钱，而是免费对外开放。但园林未能免俗，以"酒泉胜迹"为核心，打造了月洞金珠、西汉胜境、祁连

酒泉晋城门

澄波、烟云深处、曲苑餐秀、花月双清、芦伴晚舟等景点，美其名曰"塞外江南""瀚海明珠"。公园内还有左公园和左公柳，用以纪念晚清重臣左宗棠。不过，园林多数为清朝和民国建筑，甚至现代作品。

清同治时，左宗棠调任陕甘总督。除维护疆土，平定叛乱，在军事上取得成功外，他对河西的开发和经营，也值得称道。如修路筑城，植树造林。他所留下的左公杨、左公柳，迄今仍为后人所赞颂。据称肃州解放时，南北城门的左公柳犹在。其同僚杨昌濬赞道："大将筹边尚未还，湘湖子弟遍天山。新栽杨柳三千里，引得春风度玉关。"诗写得好，也不算拍马屁。左公柳多被人为砍掉，如今已很少见到，让人想起庾信的感慨："昔年种柳，依依汉南。今看摇落，凄怆江潭。树犹如此，人何以堪？"

进入汉阙大门，沿通道一直往北，穿过汉代风格的木檐长廊，尽头有花岗岩雕琢的酒樽，正面刻李白《月下独酌》。杜甫也说："汝阳三斗始朝天，道逢麹〔qū〕车口流涎，恨不移封向酒泉。"这些嗜酒如命的疯子，将酒泉视为"饮中八仙"的天堂，其实谬矣。清人刘于义督办肃州期间写道："西北有酒泉，澄清如镜，饮者皆不死。"所谓"三人成虎"，"酒泉"经文人点染，又成了包治百病或延年益寿的"药泉"。

继续前行，有左宗棠建造的月门，两边是他撰写的对联："甘或如醴，澹或如水；有则学佛，无则学仙。"横批："饮之令人寿。"入内见四角亭，上书"可酌"，内置《西汉酒泉胜迹》碑，系清代肃州兵备使者陆廷栋所题。再前即为"酒泉"，四面雕栏，卵石粒粒，泉水泠泠，北流约数十米聚而成小池。

池边有骠骑将军霍去病征战河西雕塑群，即"出征""鏖战""庆功"三组场景。将士们表情坚毅，眼神犀利，让人肃然起敬。李白有诗曰："汉家战士三十万，将军兼领霍嫖姚。"描绘的正是这种场景。霍去病一手端酒碗，一手握剑柄，眉宇英气逼人。即使时间相隔两千多年，面对这位汉家的少年将军，我也要敬他一杯。

泉水清冽，日夜流淌，带着汉帝国军人不朽的精神。很想掬一捧水喝，但显然不能。许多小屁孩蹦来跳去，在水里找乐子，有的端起水枪，随意喷射。我只能藏起相机，躲着他们。

西汉将星如云，唯有霍去病令人无限敬仰，无限惋惜。他的人生强劲而短促，只用24年时间，就将其挥洒到极致，如同划过天际的流星。今人对他的纪念从未停歇，譬如我，也追寻着他的脚印，从咸阳茂陵一直到西汉酒泉，丈量他的人生轨迹，解读汉家创业的历程。汉帝国的历史总是教人慷慨激昂，同时也给人以启迪。大国崛起，如果没有相应的武力保驾护航，则无异于为他人做嫁衣裳，古今都无二致。

好吧，姑且不必沉浸在强汉的旋涡里。出酒泉胜迹，向西约二公里，就是酒泉鼓楼，外观与张掖鼓楼极其相似，只是建筑规模稍逊几分。

酒泉鼓楼原是晋代福禄县城东门，或谓"谯城"。明洪武年间改为鼓楼，放置大鼓，派士卒值班打更、巡逻报警，与嘉峪关遥相呼应。原建筑和报时鼓

酒泉鼓楼

在1863年和1905年的两次大火中烧毁殆尽，民国初期重建后也没有恢复。现在的鼓楼通高二十七米，基座还是东晋遗迹，外面青砖为清雍正年间所砌，三层楼阁则为清光绪三十一年重修。

鼓楼基座四个砖券门楣上部，镶嵌突出壁面的青砖廊檐，下面各有一幅象征方位的浮雕。浮雕下面分别题"东迎华岳""西达伊吾""南望祁连""北通沙漠"，说明四边所对应的雄奇景致。木楼二层的东西两面分别悬挂"声震华夷""气壮雄关"，与张掖镇远楼四面匾额略有不同。

当地人说，武威、张掖、酒泉三座鼓楼的对角都在一条直线上，亲测属实，这就是河西走廊几座鼓楼有趣的地方。不过，武威没有叫鼓楼的古建筑，应该就是大云寺钟楼。如何测量？将这三座鼓楼在地图上连接，如果成一条直线，则证明说法属实。因为鼓楼四面正对东西南北，不会有差池，这个说法在管理人员处也得到证实。

费尽心力考据，无非证明古人对建筑风水的执着和讲究。基于这种精妙的理论，我们还能在几千年后，准确判断祖先所留下的宝藏的位置。当然，此说也为盗贼提供了方便，君不见，那些古墓多数被挖，正是因为有迹可循。

酒泉还有座晋城门，在小西街与南环西路交叉口处，不太显眼，为东晋时福禄县城的南门。据《十三州志》记载，酒泉古城曾被地震摧毁，前凉谢艾出任酒泉郡太守时，重建酒泉城。明朝扩建，城市区域扩大，原东城门位居中心，改建成钟鼓楼。原南城门夹裹在城墙中，万历时又用砖包砌肃州城，这座福禄门便被人遗忘。1964年，明城墙坍塌后，晋城门才重见天日，是国内最古老的郡治县城门。

现今所见其实只是一座被围起来的城门洞，与时人所称"天下第一门"相去甚远。想来也是在原址重建，或者包裹些许晋朝墙基，但看不出有1600年高龄。

实际上，酒泉的名胜古迹，走路就可以逛完。最要紧的去处，当然是鼓楼西边的汉唐美食街，感觉比武威和张掖的小吃市场整齐干净，但人气略显不足。

夜光杯中日月长

中国人把玩夜光杯的历史，至少可以追溯到三千年以前。

东方朔在《海内十洲记》里说："周穆王时，西国献昆吾割玉刀及夜光常满杯。刀长一尺，杯受三升，刀切玉如切泥，杯是白玉之精，光明夜照。暝夕，出杯于中庭，以向天，比明而水汁已满于杯中也，汁甘而香美，斯实灵人之器。"瞧这"常满杯"，空杯一夜，天明水满，真是奇哉怪也！后又说"秦始皇时，西胡献切玉刀，无复常满杯耳"，足见此物世所罕见。

穆王姬满是西周颇有建树的天子，也是中国最早的"旅行家"，所以西国也毫不吝啬他们的宝物。"昆吾"是颛顼后裔，苏姓血缘始祖，善于制陶、琢玉、冶金和占卜。《国语》说"昆吾为夏伯"，也就是夏朝的一个诸侯。昆吾人在夏中晚期强盛起来，所制"割玉刀"被当成国礼赠送。而"夜光常满杯"则更是稀世之宝，因其材质比热容量极小，可凝气而成水，故能"常满"，应该就是夜光杯的祖先。

然而，《穆天子传》里说："天子宾于西王母，乃执白圭玄璧以见西王母，好献锦组百纯。""天子觞西王母于瑶池之上。西王母为天子谣，曰：'白云在天，山陵［líng］自出。道里悠远，山川间之。将子无死，尚能复来？'天子答

夜光杯

之，曰：'予归东土，和治诸夏。万民平均，吾顾见汝。比及三年，将复而野。'"西王母得赠丝绸，即兴唱首歌儿，一句"欢迎下次光临"，就将姬满给打发了。或许嫌"虎齿，蓬发戴胜，善啸"的西王母太丑，穆天子再也没去，难怪李商隐说"八骏日行三万里，穆王何事不重来"。

这则故事说明，夜光杯最早产于西域，周初已有部落土邦当作国礼来讨好中原王朝。又说当时的夜光杯用和田玉雕琢而成，因朝贡途中容易破损，便将和田玉料运到酒泉，再加工成器。后来因为和田玉供不应求，就直接用祁连山开采的酒泉玉来雕琢夜光杯了。

很难考证酒泉人从什么时候开始制作夜光杯。不过，自唐人王翰的"葡萄美酒夜光杯，欲饮琵琶马上催"唱响以来，这杯子就成为饮葡萄酒的专用器具。据说将美酒置于杯中，放在月光下，杯中即可散发出奇异的光彩，所以叫"夜光杯"。由此可见，"酒泉夜光杯"在唐朝就已经有名牌范儿，非美酒不足以盛也。

葡萄酒产于古凉州，夜光杯出自古肃州。杯以酒名，酒因杯贵，二者相辅相成，倒实在是"哥俩好"。要是在满月的时候喝上一杯，才算对得起这"丝路双璧"。

酒泉夜光杯材料多用采自祁连的老山玉、新山玉、河流玉。祁连山原本是匈奴人的地盘，高远神秘，终年积雪，孕育了河西走廊。后来霍去病两征河西，赶走匈奴人，汉武帝"列四郡、据两关"，又孵化出丝绸之路。三四千米海拔以上的墨玉、碧玉、黄玉，色彩绚丽，苍翠欲滴，所出杯盏玲珑剔透，纹饰天然，即使炎炎夏日也觉得清凉冰爽。

其实，如今祁连采玉，还是受到运输条件限制，极为不便。而制作玉杯，原料的利用率通常只有六成许。所以夜光杯产量有限，弥足珍贵。

据称，夜光杯的制作要经过二十八道复杂的工序。以祁连老山窝子的玉料最为上乘，选好玉料，然后切割、制坯、粗磨、掏膛、细磨、抛光、烫蜡等，最后用马尾网打磨为晶莹剔透的夜光杯。成品要求杯壁薄如纸张，内外平滑细腻，以及高矮、粗细、薄厚、颜色一致。无论是传统的高脚杯还是仿古的觥爵觞，倾入美酒皆碧绿晶莹，澄澈如玉。若明月千里，把酒临风，自是人生一大快事。

考古发现最早的酒器是夏朝的"乳钉纹铜爵"，我有幸在洛阳博物馆见到。中国人将玉当成宝贝，用以养气辟邪，甚至当成身份象征，应该在青铜器出现之前。《论衡》载："共工与颛顼争为天子，不胜。怒而触不周之山，使天柱折，地维绝。女娲销炼五色石以补苍天，断鳌足以立四极。"宋人黄庭坚有

洛阳博物馆所藏夏朝乳钉纹铜爵

"女娲补天余，坠此百炼石"，这些五色石落地便是"千样玛瑙万种玉"。其中"通灵宝玉"，幻化出一段红楼美梦，养活了一堆所谓的"红学专家"。

本质上，玉就是"精美的石头会唱歌"，或美其名曰"大地舍利子"。《说文》云："石之美者，有五德，润泽以温，仁之方也。"《诗经》说："言念君子，温其如玉；在其板屋，乱我心曲。"可见玉一般的男子，自是招人喜欢。《礼记》中有句孔子的话："夫昔者，君子比德于玉焉，温润而泽，仁也。"古人挺有意思，喜欢玉也就罢了，还赋予其"五德"，认为"君子如玉"。至于女人嘛，就应该是如花似玉，冰清玉洁。

所以古人爱玉、佩玉、玩玉，将美玉视为权力和地位的符号，不惜为其抛头颅洒热血，真是爱得死去活来。"卞和献玉""完璧归赵""玉石俱焚"，莫不都是因为"怀璧其罪"。为玉打得头破血流，败坏"五德"，是为不仁也。有道是"宁为玉碎，不为瓦全"，或者"它山之石，可以攻玉"，都是将玉人格化。因为玉的品质臻于完美，是"德行"的最高境界。

先民在石器时代就开始使用玉。我所知道的比较名贵的玉质酒器，有秦"云纹高足玉杯"，西汉南越王墓出土的"青玉角形杯"，三国"魏玉杯"，隋"金扣玉杯"，唐"白玉忍冬纹八曲长杯"等，都是酒具中的极品。外国人喜欢玉吗？当然，美国哈佛大学艺术馆就收藏着我们的"战国玉杯"，倘说他们不爱，谁信呢？

《韩非子》有云："象箸玉杯，必不羹菽藿，必旄象豹胎。"这么好的杯子，当然要盛美酒。饮酒之道，唐人自是行家里手，玉碗、美酒，甚至连气氛都略带醉意。除了王翰，李白也毫不逊色，你看他"兰陵美酒郁金香，玉碗盛来琥珀光"。即使后来不用玉杯，也一样"人生得意须尽欢，莫使金樽空对月"，酒喝到这种境界，自然如神仙般地逍遥了。

我是个禀性倔强的粗人，论修养，做不到温泽如玉；论体貌，算不上玉树临风，实在是朽木不可雕也。然而，总不能辜负"玉酒泉"的名头。就算没有美酒，至少我也要对着月亮，看清夜光杯里所蕴藏的玄机。

十五　嘉峪关

连陲锁钥

一座土城封嘉峪

精于建筑历史的人盘点过中国的雄关，著名者有八，其中万里长城占据两座，即东边的山海关和西边的嘉峪关。

以今天的眼光来看，所谓雄关，多为抵御敌对势力的制高点。事实上，现在的关隘已经不再具备战防功能，而是沦为风雅人忆古伤今的所在。当然，建筑本来就是一个民族历史文化的载体，是延续的血脉，也是不朽的精神。

若论文人情怀，我独喜欢陆游的"楼船夜雪瓜洲渡，铁马秋风大散关"。我去过大散关，宝鸡人花费重金将其打造成风景区，正在招徕游客。我也曾漫

| 西 出 阳 关 |

嘉峪关

游到潼关、函谷关，以及岭南的梅关和友谊关，总的感觉是，北国的关城要塞比南方更险更多，这大抵也是中原汉族自古就和大漠游牧部落争夺生存资源的见证。从先秦到明朝，中原汉族殚精竭虑、穷尽智慧防备北方异族的侵袭，长城这样举世无双的国防工程就是其中的产物。

明洪武五年(1372)，朱元璋"命胜为征西将军，帅副将军陈德、傅友德等出西道，取甘肃"。同年，冯胜破元军于玉门关外。平定甘肃后，勘察地形，在嘉峪山西麓筑成一座周长"二百二十丈、高二丈余、宽厚丈余"的"有关无楼"的土城。嘉峪塬距肃州西26公里，自古就是"河西咽喉"，东连酒泉、西接玉门、北依黑山、南临祁连。南北两山对峙，狭窄处仅15公里。"西域入贡，路必由此"，为丝路要冲，但在宋元以前，有关无城。

弘治八年（1495），"李端澄构大楼以壮观，望之四达"。李端澄是当时肃州兵备副使，也就是说，嘉峪关城创建百余年后，这位地方官才奉命主持在西罗城正门顶部平台构筑关楼。此后持续修补扩建，一直到嘉靖年间，前后耗时168年。

现在的嘉峪关因1958年国家"一五"计划重点项目"酒泉钢铁公司"而设市，由甘肃省直接管辖，随后迅速发展成为河西走廊最富庶的地区。我曾买过"酒钢宏兴"股票，赔多赚少，提起"酒钢"，难免心有余悸。

无巧不成书，我到嘉峪关的时候，又遇见在张掖结识的江峰同学，便邀约同行。嘉峪关市东北18公里外的戈壁滩上，有一组魏晋古墓群，在60平方公里范围内，遗存墓葬1400余座。1972年发掘清理出8座，其中6座有壁画，共600幅，多数保存完好，甚至色泽如新。作为美术专业的学生，江峰对魏晋壁画自然不会放过，两人一拍即合，骑上摩托出发。

嘉峪关是河西走廊的新贵，只要走进前往机场的林荫大道，这种印象则更为深刻。宽阔的马路两边种满杨柳，树冠婆娑合拢，形成绿色隧道。如此壮观的马路，我只在云南澜沧到孟连途中遇到过，甘肃极为罕见，当然秒杀河西诸城。

魏晋墓的官方叫法是"果园—新城墓群"，如今只开放一座供游客参观。外观很简单，两座给游客休息的四方亭，一座管理用的平房，墓穴就在平房

魏晋墓砖画

下面。与中原同期墓葬规制类似，由墓道和前、中、后室组成，壁画就在这些砖砌的墙上，多为一块砖面一幅画，分层排列。

魏晋墓砖画

有趣的是，壁画没有沿袭以往的祥瑞图案和神话故事，而是宴饮、出行、狩猎、农耕、采桑、畜牧、打场等生活场景，真实再现当时的社会风貌，称其为魏晋民俗画也不为过。有些甚至用多块砖画，描绘一则完整的故事，这恐怕是最早的"连环画"？就算像我这样不懂绘画的白丁，也能看出点儿门道。

画砖设色复杂，多采用勾填技法。一般用土红色起稿，然后用墨线勾勒轮廓，再用赭石和红色填入色彩。这里的明星是"驿使图"，我在甘肃省博物馆见过原作，现为中国邮政标志。还有"配种""马车""采桑""滤醋""养鸡"等图，以及农村尚在应用的"二牛抬杠"，画面简练明快，活泼生动，风格独具，一眼就能认出是魏晋风格。

游客零星，除我俩外，还有来自陕西的一家三口，男子直呼上当。管理员跟在后面，以防我们拍照。他说这座墓葬被盗过，盗洞犹在，没有发掘的只能先围起来保护。墓壁果然有个已经补好的洞，让人想起"精绝古城"。

返回售票处，旁边有博物馆，里面是复原的墓葬的砖画。相对原作，色彩过于浮艳，形似而神非。

从魏晋人的生活中走出来，再次穿过绿色的树洞，来到嘉峪关城楼前。土黄色的城墙在荒漠中铺展开来，雄浑壮阔，自是一幅风格硬朗的画图。清人裴景福写道："长城高与白云齐，一蹑危楼万堞低。锁钥九边联漠北，丸泥四郡划安西。"左宗棠来时，也忍不住题下"天下第一雄关"的匾额。而林则徐说："严关百尺界天西，万里征人驻马蹄。飞阁遥连秦树直，缭垣斜压陇云低。"秦树陇云，征人驻马，他甚至忘记自己是被流放的逐臣。

昔年金戈铁马的古战场，如今游人如织，在西汉张骞和明朝冯胜的雕像前摆出各种姿势拍照。张骞"凿空西域"，是"坚忍磊落奇男子，世界史开幕第一人"，也是"一带一路"的先驱者。冯胜破元朝、平甘肃，创建嘉峪关城，福泽后世，自当受到今人尊崇。

其实，冯胜是个有争议的人物，"时诏列勋臣望重者八人，胜居第三。太祖春秋高，多猜忌。胜功最多，数以细故失帝意。蓝玉诛之月，召还京。逾二年，赐死，诸子皆不得嗣"。史载此公能打仗，但因贪财、冒功，被朱元璋赐死。政治是厚黑学，朝堂是权术和阴谋的摇篮，谁知道真相呢？欣慰的是，嘉峪关人没有忘记这位宋国公，没有诟病他那些不光彩的细节。

宋国公所建的嘉峪关，最初只是一座六米高的土城。如今所见关城由城壕、外城、内城三道防线和南北两翼长城组成，全长约60公里。城墙置箭楼、

天下第一墩入口

西出阳关

嘉峪关旧照

敌楼、角楼、阁楼、闸门等，内城东西开"光化门"和"柔远门"，门外设瓮城，好将来犯之敌"瓮中捉鳖"。尽管嘉峪关城中也有戏台、文昌阁、关帝庙、游击将军府等，城下九眼泉湖，城外绿洲驿舍，但这里的主人从来都是身披甲胄的戍边将士，而非织布的女子或挑着扁担沿街叫卖的货郎；刮过祁连山的风中夹带着血腥气，而不是烤羊肉串的孜然味儿。

明朝边患严重，时人将筑墙运动进行到极致。那么，嘉峪关城顶用吗？元朝末年，占据新疆的察合台汗国分裂为东西二部。东察合台汗国趁元朝崩溃，攻取元朝在西域的军事重镇别失八里，即今吉木萨尔"北庭故城"，将其作为首都。几经周折，最后迁都吐鲁番，史称吐鲁番汗国。吐鲁番吞并哈密后，鞭锋东指，甚至迫使明朝一度放弃嘉峪关以西领土，但因有嘉峪关城，吐鲁番汗国未能继续东进。

中国人的筑墙运动，持续了25个世纪，绝非某皇帝心血来潮。嘉峪关及4000公里的长城，如何防范那些"来如闪电去如风"的游牧部落？事实证明，长城对小规模的入境劫掠非常有效。然而，正是这种小股多点的游击战，最具危害也最难防御。大规模的军事行动，只能选择军队便于通行的关隘，这些要塞自然有最善战的武将把守。发现敌情，以烽火狼烟传递信息，就可以迅速集结部队。

嘉峪关城的修建费时耗力，同时也造出许多传说故事，如"冰道运石""山羊驮砖""击石燕鸣"和神奇的"一块砖"。据说，工程按照工匠易开占提出的方案，所供材料最后只剩一块砖，设计之精确，令人叹服。后来人们将这块砖放在西瓮城"会极"门楼后檐台以示纪念。

有人考证，"关照"一词源于嘉峪关，"关"原指门闩，引申为关塞；"照"是公文、证件，"关照"即出入关塞的公文、证件。当时边患严重，出入嘉峪关的手续极为严格，必须得持有相当于现在护照的"关照"，方可通行。如今"关照"被"护照"取代，"关照"则变成"照顾""行个方便"的意思。谚曰："出了嘉峪关，两眼泪不干；往前看，戈壁滩，往后看，鬼门关。"下一程我们将出嘉峪关，才需要更多的"关照"。

从关城出来，天色已晚，到"天下第一墩"时，关门紧锁，只能看一眼旁边的几个土墩。其实模样差不多，所谓"第一墩"者，又叫"讨赖河墩"，因其高悬于讨赖河上方，为长城最西端第一墩而得名。

"多谢有情关上月，照人西去又西还。"与江峰返回市区，夜幕已经四合，便直接到大唐美食街。令人惊讶的是，烧烤摊居然占据美食街的半壁江山。我们也不客气，要来烤肉和姜啤，准备狼吞虎咽起来。且慢，嘉峪关人论箱推销啤酒，然后"关照"我们，喝多少算多少。

十六　瓜州

东西枢纽

为死去的古城写

瓜州是"中国蜜瓜之乡","大瓜如斛，御瓜也，甘胜如蜜"，故而从春秋始就叫瓜州。《汉书·地理志》的记载则更为夸张："古瓜州地生美瓜，长者狐入瓜中食之，首尾不去。"狐狸喜欢吃蜜瓜瓤吗？姑且不管狐先生的嗜好，至少能证明当时的"人与自然"和谐相处。清朝时，康熙帝在疏勒河南岸的布隆吉大破噶尔丹部，然后将瓜州更名为"安西"，2006年又改称瓜州。

其实，甘肃的瓜果向来不落于人后。从兰州往西往北，沿途都能闻到瓜果的甜香味儿。除各种瓜果外，甘肃人对"瓜"还有一种解释。如果有人说你有点"瓜"，甚至直言"瓜怂"，那是在骂你"傻"，不妨果断回敬。当然，我不提倡吵架，只是打个比方。

以前的瓜州是丝绸之路重镇，现在因地处兰新铁路线以西，反而有些不便。从嘉峪关出发，到瓜州也有260多公里呢，显然不能滚将过去。更何况，瓜州一年多半时间在刮风，当地人说"一年一场风，从春刮到冬"，足见"世界风库"的美名，原非空穴来风。不过，瓜州人自有"御风"的能耐，硬是将"风库"打造成"世界风电之都"。

自然条件恶劣的大漠绿洲产风、产瓜，还产书法家。东汉时期的"草圣"

城墙上的马面

张芝就是地道的瓜州人，名列"书中四贤"。其弟张昶［chǎng］同样精善章草，人称"亚圣"。他俩不仅给瓜州长脸，而且也是甘肃的荣耀。如今瓜州县建起一座"张芝公园"，以纪念这位书法界的泰斗。其实，瓜州虽小，故事却多。县城以南的东千佛洞、榆林窟和锁阳城，堪与敦煌媲美。

小城人口不多，干净整洁，瓜州大道贯穿南北，所有城市元素都能在街道两边找到。我刚吃完一碗驴肉黄面，谢师傅就打来电话，说在丝路宾馆门前等我。谢师傅是出租车司机，今天我将乘坐他的车辆去榆林窟和锁阳城。本来还有座东千佛洞，以彩塑闻名，保存完好的西夏高僧像与"玄奘取经"壁画极其罕见，当然门票也贵得惊人。可惜最近不对外开放，遗憾的同时也庆幸省去门票钱。

谢师傅沉默寡言，但每句都很关键。榆林窟与锁阳城都距瓜州县城南约70公里，沿瓜州中路向南，穿过柳格高速，再接270县道继续南行。中途35

塔儿寺

公里处有"破城子"，他放慢速度，问我要不要停车。从车窗里望出去，只见黄土筑成的断壁残垣，零零散散，如同废弃了的农家院，便没有在意，直接略过。后来才知道，那座当地人所称的"望乡台"，就是常乐古城，为汉唐时期的郡县治所。虽然被列入全国重点文物保护单位，但没有什么投入，任其自生自灭。

　　南行至锁阳城镇分路，正南是榆林窟，偏东为锁阳城遗址。大概因为地理位置和艺术风格相近，现在将莫高窟、榆林窟、东西千佛洞等统称为敦煌石窟群。榆林窟让人误会，我初以为在陕西榆林，其实二者不搭界。因其开凿于榆林河（踏实河）峡谷的悬崖峭壁上，而榆林河则因其河岸榆树成林而得名。洞窟艺术风格与莫高窟相近，号称其姊妹洞，以彩塑和壁画为主。

　　与别处不同，榆林窟只开放西边的六个洞窟，由专业讲解员带领参观，禁止拍照。这种管理方式也好，能听到许多洞窟历史和建筑知识，如颜料的搭配和来源等，像青金石、密陀僧、云母粉、绛矾、铜绿、雌黄、雄黄、石膏等，许多甚至源自域外，系远渡重洋而来。第15窟顶的中唐作品"伎乐飞天"，活灵活现，是榆林石窟的精华，也是敦煌石窟的招牌。

北行又回到锁阳城镇，从向东的岔路口进入，即到锁阳城遗址。今日只有零星几个游人，景区派出一名导游和一部电瓶车，带大家参观。锁阳城建于汉，为敦煌郡冥安县；唐为瓜州郡治所晋昌县城，"安史之乱"后陷于吐蕃；明代更名为苦峪城，曾遭吐鲁番入侵，闭关后被抛弃，成为"风播楼柳空千里，月照流沙别一天"的废都。

天色有些灰暗，土雾烟山的，似乎就为配合我的到来。电瓶车穿过戈壁滩，只见一丛一丛的红柳和骆驼刺匍匐在沙丘上，显现出惊人的生命力。偶有棕褐色的锁阳傲然挺立，以证实这座废城不平凡的来历。唐代的瓜州是军事要塞，主要警戒来自西北的突厥和西南的吐蕃。然而，最先给我们讲述瓜州故事的人物是前往西天取经的玄奘法师。

玄奘西行天竺，不是以唐王御弟的身份，用现在的话说，就是"偷渡客"。他从武威出发，"昼伏夜行"，走了十几天才到瓜州。但其行迹还是被发现，瓜州军人收到来自武威的"通缉令"，要"所在州县，宜严候捉"。《慈恩传》里说他"闻之愁愦，所乘之马又死，不知计出，沉默经月余日"。

也许真的是我佛慈悲，瓜州官员独孤达、李昌知情后没有难为玄奘，而是"奉事殷厚"，放他西去。玄奘出玉门关，渡疏勒河，过五烽燧，穿越"夜则妖魑举火，灿若繁星；昼则惊风拥沙，散如时雨"的莫贺延碛时差点丢掉性命，但最终还是抵达西伊州（哈密），得以继续西行。瓜州人说，《西游记》里的人物，在瓜州都能找到原型。

值得注意的是，唐玉门关与汉玉门关完全不同。今人所言者为汉玉门关，在敦煌西北，距锁阳城约250公里。有人说唐玉门关就是适才路过的"破城子"，我有些怀疑，但相距应该不远。

锁阳城有外城和内城。站在内城西南角，按讲解员的指点，能清楚分辨四

方形的内城、西城和东城，以及城门、角楼、马面、粮仓，甚至礌石滩和指挥所，可以想见当年甲戈林立、旌旗招展的壮观场面。唐贞观时期，帝国的马鞭直指中亚腹地。安史之乱后，王朝衰落，吐蕃侵占锁阳城，随后锁阳城又分别被西夏、元朝统治，于明末完全荒废。大漠古城，汉瓦唐砖，没有人知道这些肉嘟嘟的锁阳下面埋着多少尸骨，也鲜有人去探究这些尸骨背后的故事。

导游讲得最多的故事是"薛仁贵兵困锁阳城"。薛仁贵是初唐名将，曾败九姓铁勒，灭高句［gōu］丽，击破突厥，可谓战功卓著。宋人辛弃疾有词曰："却笑将军三羽箭，何日去，定天山。"连我奶奶都知道"三箭定天山"，不过张冠李戴，安到了左宗棠头上。

相传薛仁贵征西时，曾被哈密的突厥人困在晋昌城。粮草将绝时，食用田野锁阳固守待援，解围后将城池改名为锁阳城。哈密当时叫"伊吾"，隋末被突厥夺据，唐贞观时内附，置西伊州，而薛仁贵曾做过瓜州长史。传说真假难分，薛仁贵与突厥人作战，在这里碰到硬茬，倒也不足为奇。

锁阳是多年生肉质草本植物，一般寄生于荒漠，茎圆柱状，直立坚挺。能

| 西 出 阳 关 |

固本培元，补肾益精，可治阳痿遗精、腰膝酸软。中药贩子经常囤积居奇，将价格炒得老高，以赚取那些"办不成事儿"的客官的银两。

事实上，锁阳城有保存完好的军事防御和水利灌溉系统，但现在从外观上已很难想象当年的盛况，我也没有能力从考古学的角度来诠释。同时代的城防体系，我见过古印度的石头城堡，似乎比我们的土方建筑更胜一筹。至于水利工程，中国有都江堰和吐鲁番坎儿井，波斯有舒什塔尔（Shushtar）堰和亚兹德（Yazd）坎儿井。锁阳城的灌溉系统，或许是古代的疏勒河水利工程，只是随着河流的改道而荒废了。

外城东北向有座塔尔寺，据说是玄奘驻锡的地方。前面立根老树桩，上书"玄奘讲经说法处"，导游说有机构每年组织户外活动，从这里出发，沿着玄奘足迹，徒步穿过沙漠到白墩子。塔尔寺看起来有些破败，一座14.5米高的覆钵形土塔，算是寺庙的标识。两边有钟楼和鼓楼的残存，周围遍布舍利土塔和僧

榆林窟

舍遗迹，应该是汉传佛教寺院规制。另有唐柳、古井、点将台及万人坟，传说与故事，众说纷纭，莫衷一是。

其实，正是因为这种亦真亦假的神秘存在，才使得锁阳城遗址散发着无穷的魅力，吸引许多文艺青年前来刨根问底。

塔尔寺坍塌的佛塔

十七　敦煌

伤心国学

谁在反弹琵琶

敦煌飞天：反弹琵琶

在中国南部生活，有人问及我的故乡，答曰：甘肃。伊人却一脸迷茫，我只好补充：敦煌。敦煌莫高窟？壁画、飞天、反弹琵琶、丝路花雨？您瞧，这算什么事儿啊，她都知道。

甘肃因为有敦煌，才不被人轻视，说起来真叫人捶胸顿足。敦煌属于古人，是祖先的遗产，与今天的敦煌人、甘肃人没什么干系。如果非要攀亲戚，那就是让他们粗制滥造的纪念品价格暴涨，使一碗普通的驴肉黄面变成"龙肉黄面"。

"敦，大也。煌，盛也。"又

莫高窟

云"以其广开西域，故以盛名"。可信的说法，"敦煌"就是当地少数民族叫法的汉语音译，至于最初的意思，姑且让专家继续研究。如今的敦煌只是酒泉市的一个县，行政地位远不及汉武帝时期。不过，承蒙祖先的余荫，敦煌因为有莫高窟，所以仍旧是河西最热门的城市。敦煌是甘肃的，是中国的，也是世界的。君不见，二十世纪初，一位道士的无意之举，竟使得异域的专家学者，撕掉面具，专事来华偷盗和劫掠？

敦煌的历史就是一部血腥的战争史。昔张骞出使西域，归来后向汉武帝报告："始月氏居敦煌、祁连间。及为匈奴所破，乃远去。"《资治通鉴》记载："初，匈奴降者言：'月氏故居敦煌、祁连间，为强国。匈奴冒顿［mò dú］攻破之，老上单于杀月氏王，以其头为饮器。'"匈奴残暴，看得人头皮发麻。月氏也非善类，此前吞羌戎、败乌孙、驱逐塞种人，独霸河西。而被匈奴人赶到中亚的残部，也曾建立起强大的贵霜（Kushan）帝国，长期统治北印度，一直到五世纪被"女儿国"嚈哒［yàn dā］所灭。

由此可见，敦煌自古就是"华戎所交，一大都会"。汉武帝"列四郡、据两关"，敦煌为河西走廊的最西端，是通向世界的门户，也是丝路"咽喉锁钥"。于是，印度人来了，波斯人来了，罗马人也来了。他们操着不同的语言，带来当时世界上最先进的文明，和中国商人一边讨价还价、一边互曝隐私。

五胡十六国时，李广后裔李暠〔hào〕在敦煌建立西凉，这也是敦煌唯一一次成为地方政权的都会，可惜五年后即迁到酒泉。与瓜州的遭际一样，敦煌也分别被吐蕃、归义军、党项及元朝统治。明朝闭锁嘉峪关后，敦煌在二百年间没有建制，渐成荒漠，直到清朝时才有所恢复。

我来得正是季节，街头飘散着"李广杏"的香味儿，使人忘记这里是七月的沙漠绿洲。"李广杏"通体金黄，油光鲜亮，汁多味美，多食也不易倒牙。可是，飞将军李广来过敦煌吗？相关典籍没有记载，但民间故事却说得有鼻子有眼。相传李广西征匈奴时受到杏仙眷顾，苦杏林变成甜杏林，得以解除汉家将士的焦渴，于是敦煌就盛产"李广杏"。

莫高窟造像

事实上，"李广杏"的祖先是新疆和田一带的毛杏，经人工嫁接培育而成，与飞将军李广完全不搭界。说穿了，不过是敦煌人善意的附会，但确实很成功。"李广杏"现在是敦煌独有的品牌，甚至连副产品杏皮水也让人口舌生津。其实，敦煌夏季日照时间长，昼夜温差

| 西出阳关 |

天宫伎乐飞天

中原式飞天

大，沙质土壤又是瓜果的温床。除"李广杏"，敦煌的鸣山大枣、阳关葡萄、沙瓤西瓜等都会让人变成饕餮之徒。

世人将敦煌、云岗、龙门、麦积称为中国四大石窟。一位外国游客说："看了敦煌莫高窟，就等于看到了全世界的古代文明。"并不算夸张，敦煌莫高窟因为有藏经洞，洞里发现了"敦煌遗书"。而"敦煌遗书"的出现，孕育了"敦煌学"。作为最有魅力的地域文化现象，敦煌学曾一度引领世界潮流。这项成就，自非其他石窟所能比拟。

根据敦煌研究院藏武周圣历元年（698）《大周李君重修莫高窟佛龛碑》记载，前秦建元二年（366），沙门乐僔"行脚西游"来到三危山，忽见金光万道，状如千佛，遂发愿开凿佛窟。接着法良禅师也参与进来，是为莫高窟肇始。与其他皇家主持开凿的洞窟相比，莫高窟的开端梦幻而曲折。后来不断有富商巨贾和地方要员加入，为自己修建"家庙"，计有十六国、北魏、西魏、北周、隋唐、五代、北宋、西夏、元朝等朝代的洞窟492座，壁画4.5万平方米，彩塑3000余尊。无论内容还是规模，都空前绝后，独领风骚。

敦煌的宝藏远不止这些。1900年6月22日，莫高窟主持王圆箓道士在清理第16窟时，发现墙壁后面有密室，洞内满是佛教经卷等文物，计有5万余件。

这就是后来孕育出"敦煌学"的莫高窟藏经洞，但在当时却未受到应有的重视。因为当时八国联军攻占大沽口炮台，正在大踏步入侵北京。帝都权贵惶惶如丧家之犬，哪里还顾得上西北荒漠里的一座石窟？

王道士发现了藏经洞，同时出卖了藏经洞。接下来的三四十年里，从英国的斯坦因开始，法国人、日本人、俄国人、美国人先后来到敦煌坑蒙拐骗，从莫高窟盗走大量经卷，连彩塑和壁画都没有放过，对中国文化造成难以估量的损失。日本人甚至说："敦煌在中国，敦煌学在日本。"

是什么人、出于什么目的将如此浩繁的经卷文书密封在山洞里？有避难说、图书馆说，考古学家根据经卷成色，认为"废弃说"更为可信，即所藏为废弃不用的经文。因为古人有"敬惜字纸"的传统美德，不像我们四处随手乱弃，而是将其封存起来，没想到千余年后成为解读过去的一把钥匙。

很难想象，为何由一位道士来管理佛教洞窟？斯坦因在他的《西域考古记》里描绘这位王道士："他不知道自己所保管的是什么……我尽我所有的金钱来引诱他和他的寺院，还不足以胜过他对宗教的情感，或对激起众怒的畏惧，或都有所害怕亦未可知……然而我对那位卑谦的道士一心敬于宗教，从事重兴庙宇的成就，不能不有所感动。就我所见所闻的一切看来，几年来他到处募化，辛苦得来的钱全用于此事，他与他的两位徒弟几乎不枉费一文。"

在我们看来，斯坦因是骗子，是强盗。但换个角度，又不可否认，他是伟大的探险家和史学家。正是因为他不择手段的劫掠，敦煌学才走出国门，成为世界学术潮流，也使他个人的探险成就达到顶峰。当然，他的敦煌学成就越高，中国人受到的伤害就越深。

国学大师陈寅恪说："敦煌者，吾国学术之伤心地也。"风雨飘摇的清政府和病入膏肓的旧社会，谁还会顾念戈壁滩上的文物？以王道士的认知和能力，他已经做到了最好，我们又有什么理由来苛求他？王道士最后败给了斯坦因雇来的蒋师爷，经过"中国护法"周旋，这个狡猾的犹太人将自己伪装成唐玄奘的崇拜者，成功骗取王道士的信任。终于，要发生的不幸全部发生了，等到民国学者醒悟过来，损失已经不可挽回。

我是重访，与十几年前相比，现在的保护管理更趋完善。普通游客须在网上预约门票，能参观随机精选的八个洞窟。虽然未必能看全最经典的作品，但可以从数字洞窟和陈列中心了解到更多。我们也应该看一眼道士塔，莫高窟绕不过王圆箓，也很难对他下什么结论。余秋雨直言"他是敦煌石窟的罪人"，我觉得只不过是浅薄的煽情桥段。

除了藏经洞，盛唐时期的洞窟造像最为杰出。第45窟一佛二弟子二菩萨二金刚像，衣衫轻薄，贴近肉身，许多场合都有其复制品；第96窟北大佛，窟外九层楼是莫高窟标志，窟内有高达33米的弥勒佛像，是武则天时期的作品，面部丰满圆润，让人想起龙门卢舍那佛；第130窟有高达26米的莫高窟第二大佛，洞窟两壁的彩色飞天精美绝伦；第148、158窟的佛祖涅槃像及从属塑像都是莫高窟最经典的作品。

每尊塑像每幅壁画，都有其本身和背后的故事。钻进洞窟，仿佛穿越时空，与古人一起耕田放牧、征战厮杀；抑或朝拜修行，焚香剪烛。许多艺人和工匠，终其一生，只为开凿一个石窟。为什么？只有一个解释：信仰，无限虔诚的信仰。

莫高窟博大浩繁，莫高窟悲古伤今，莫高窟宜掩卷沉思。出莫高窟，敦煌市区有白马塔，相传为鸠摩罗什的坐骑。最先将佛经以中华传统文化诠释的高僧，正是鸠摩罗什。前秦将领吕光破龟兹，请鸠摩罗什往凉州传经讲法，途经敦煌时，所乘白马死去，当地信徒修塔以纪念，取名"白马塔"，至今犹存。

除莫高窟，敦煌还拥有悬泉置和玉门关两处世界文化遗产，中国没有哪个县级市能出其右。相比文化遗产，敦煌的自然遗产更加慷慨悲壮。城南五公里外的月牙泉，在鸣沙山下垂死挣扎，美其名曰"沙泉隐月"。或谓月牙泉即汉渥洼池，相传武帝于此得天马，而阳关南亦有渥洼池，莫辨真伪。

因为党河水改道，现在的月牙泉全靠人工维持，消亡是早晚的事。景区则如娱乐场，可听沙滑滑，也可骑骆驼或乘滑翔伞。清晨与黄昏，沙丘上慢悠悠的几串瘦骆驼，倒是惹得摄影人早出晚归。

我走我的阳关道

昔年曾和一女子斗诗，她有"银筝挑断西沉月，那曲阳关总未成"，情味雅致，古韵撩人。如今年华暗换，伊人不知何处。而我却真的来到阳关。可见世事多存偶然，没有预案的邂逅，突如其来的道别，最是销魂。

出敦煌市，溯党河向西南40公里，即到西千佛洞。西千佛洞开凿于党河北岸的悬崖峭壁上，规模较小，类似榆林窟，造像壁画艺术风格和建造年代与莫高窟相若。所以今人将榆林窟、东西千佛洞及莫高窟统称敦煌石窟群。

挥别党河，再往西30公里，即到古董滩，古阳关就在这里。其实，对我来说，阳关只是一种抽象的存在。自唐人《渭城曲》唱响以来，阳关就是端着酒杯说"后会有期"的诗境，眼前总是一幅"执手相看泪眼，竟无语凝咽"的画面。古人的离歌，或成永远，再要相逢，实属不易，所以这别情也最能激发诗人的灵感。洒脱如唐人，竟然将送别的主题唱绝。

然而，古董滩只有阳关遗址，原来的建筑早已荡然无存。霍去病征服河西走廊，西汉王朝于元封四年（前107）始建阳关，设都尉管理军务。据唐人编撰的地理专著《元和郡县图志》记载："阳关，县（寿昌）西六里，以居玉门关之南，故曰阳关。本汉置也。谓之南道，西趋鄯善、莎车。后魏尝于此置阳关县。周废。"

又法国巴黎国家图书馆藏敦煌石室写本《沙州地志》载："阳关，东西二十步，南北二十七步。右在（寿昌）县西十里，今见毁坏，基址见存。西通石城、于阗等南路。以在玉门关南，号曰阳关。"可见唐时古阳关就已经被毁，仅存基址。想来那座汉朝的"海关大楼"也曾像嘉峪关一样雄浑壮阔，穿着铁衣的军人在门楼子里检视过往客商的通关文牒，或者城头的士卒在月光下枕戈待旦。而现在，只有一座被称为"阳关耳目"的汉代烽燧，屹立在墩墩山上。

古寿昌城在阳关镇北工村附近，按古籍记载，阳关在寿昌故城西约五公里处。考古学家认为，阳关遗址就在北工村西面的古董滩流沙地带。据说在这片砾石沙滩上能随手捡到陶片、钱币、兵器、饰品等古遗物，所以当地人称其为"古董滩"。"进了古董滩，不会空手还"，我倒是很想捡到些阳关的零件，哪

阳关烽燧

｜西出阳关｜

怕几枚陶片也成，但显然只是个奢望。

当地人将阳关镇周围圈起来，建成阳关景区，包括古阳关、龙勒城、寿昌城、阳关烽燧、阳关古道、汉渥洼池和古墓葬群等。其实，能够参观的除新建的博物馆，就只有墩墩山上那座已有两千年历史的烽火台。

见识过鸣沙山和月牙泉的奇幻，阳关镇的沙丘和砾石则是旅人的噩梦，怪不得王维在送别声里说"劝君更尽一杯酒，西出阳关无故人"。瀚海茫茫，前路漫漫，出了阳关，恐怕再也难以遇到能共饮一杯的知交。

阳关博物馆没有珍贵文物，院落一厢是阳关都尉府，以照应西汉阳关建制。四围布置云梯、抛石机等攻城器械，以营造旧战场的肃杀气氛。还有尊张骞出使西域的雕像，持节勒马，英武豪迈，与甘肃省博物馆内和嘉峪关城楼前的形象颇有不同，显得更加威风。昔日张骞、班固出使西域，开通丝绸之路。此后的丝绸之路在敦煌又分南中北，西出阳关至若羌、于阗称南道，经楼兰到高昌、焉耆为中道，穿过玉门关至哈密、高昌是北道。

今天我们重振丝路，倡导"一带一路"，自是有非凡的历史意义。中国的西北经中亚走廊连接欧洲，自古就是商贸通道；那么，我们的出路就是打通"任督"二脉，凿空西北贯穿欧亚，与东南海上丝路遥相呼应。

出博物馆北行，即见阳关遗址上仿建的土城，门前有两行稀疏的杨柳，风姿柔媚，恰似娉婷，竟然与《渭城曲》如此地吻合。"莫唱阳关，真个肠先断。分付与春休细看。条条尽是离人怨。"阳关柳色，不堪伤别，尽管王维没看到过完整的阳关，但自他于渭城送元二使安西，阳关就是断肠声，离人不忍闻听。

这里就是阳关古道，路边立着一尊王维劝酒的雕塑，还有数块刻着朱红边塞诗的石头，看来当地人又准备造景。再往前行，但见黄尘流动，沙丘起伏，几座低矮的烽燧相互守望，苍凉而孤独。其中墩墩山上的一座最为显眼，也相对完整，人称"阳关耳目"，周边围起一道铁栅栏，予以保护。

说起来，我碰上了敦煌最热的季节中最热的几天，更何况在这流沙地带的正午。许多游人将自己严严实实地裹起来，尽量不让皮肤裸露在外。我用一只魔术巾将口鼻捂住，只留两只眼睛与外面的热浪交流。很难想象，当年的商旅行客是如何穿越瀚海流沙，走过万里关山，将中国的丝绸贩卖到世界各地的。西去的高僧，又是怎样独自穿过如火焰般滚烫的沙漠，完成心中的夙愿的？站在这无边无际的瀚海中，如热锅上的蚂蚁，才真正体会到古人西出阳关的心境。

一个游人走近墩墩山烽燧。远远看去，如"感叹号"般，孤独而渺小，顿觉天地高古旷远，令人敬畏。烽燧也称烽台、烟墩、烽火台、烟火台，是长城的瞭望和报警系统。"峻垣深壕，烽堠相接"，如遇敌情，白天放烟告警叫"烽"，夜间举火告警叫"燧"，是古代传递军事信息最高效的方法。唐人所著《酉阳杂俎》载："狼粪烟直上，烽火用之。"北宋陆佃也在《埤雅》里说："古之烽火用狼粪，取其烟直而聚，虽风吹之不斜"。所谓"狼烟四起""烽火狼烟"，即指战火弥漫。

文人笔下的阳关，我所追寻的阳关，到底就是墩墩山上的一座土墩，间以芦苇夹砂层，被流沙剥蚀得遍体鳞伤，如风烛残年的老人。附近散落着残破的木头车辆，像昨日还在厮杀的旧战场，让人想唱"秦时明月汉时关，万里长征人未还"。

放眼四顾，南边有绿洲，当是阳关镇，如今盛产鲜葡萄和罗布麻。丝绸南道从此向西，沿着塔里木盆地南缘到莎车，再穿越帕米尔高原抵达中西亚，直至罗马。事实上，阳关在古时并不像现在这样干旱，西土沟和渥洼池水量充沛，有发达的火烧沟文化。我们常说"你走你的阳关道，我过我的独木桥"，足见阳关古道曾是丝路驿站、康庄坦途。

关于渥洼池，在阳关遗址北面龙勒村附近，与汉武帝渊源颇深。相传有犯人被流放敦煌，设计套到在渥洼池饮水的野马，谎称"天马"，献给汉武帝。武帝歌曰："太一贡兮天马下，沾赤汗兮沫流赭﹝zhě﹞。骋容与兮蹠﹝yì﹞万里，今安匹兮龙为友。"显然就是传说中的"汗血宝马"，此地因而得名"龙勒"。王维有诗云："苜蓿随天马，蒲桃逐汉臣。当令外国惧，不敢觅和亲。"马壮才能兵强，说的就是强汉盛唐遗风。

汉武帝两征大宛，有人说是因他喜欢"天马"，当是腐儒酸丁的臆断。汉朝与匈奴打了几百年，作为冷兵器时代最重要的战略资源，如果没有良马，结果无法想象。雄才大略的汉武帝岂肯为自己的喜好而劳师远征？再说帝国也没有实力随心所欲地"想打谁就打谁"。他在《轮台罪己诏》中说："今请远田轮台，欲起亭隧，是扰劳天下，非所以忧民也，今朕不忍闻。"在轮台修建烽燧，他都不忍，所以敦煌以西鲜有汉代烽燧。

若非万不得已，他恐怕也不愿意扰劳天下。

玉门关以西

　　但凡读过书的人，大抵都会吟诵"羌笛何须怨杨柳，春风不度玉门关"。显然，这两句诗的意境比"西出阳关无故人"还要凄惶。仿佛关外的人，削尖脑袋都想挤进来。

　　羌人是"云朵上的民族"，源于古羌，起初游牧于河湟流域，以善于放羊著称。东周时羌人迫于秦国压力，迁徙至川北岷江上游一带生活，建造起许多独具特色的羌寨和碉楼，成为摄影师镜头里最美的民族风情。羌笛也称羌管，我曾于九寨沟的一个宴会上得以聆听，音色清脆高亢，声调幽怨悲凉。所以文人笔下的羌笛是思念与向往的物象，连"西贼闻之惊破胆"的范仲淹也说"羌管悠悠霜满地"。

　　从古阳关出发，往北偏西约50公里，即达玉门关。据说汉时西域诸国的美玉，经此关口进入酒泉和中原，因而得名"玉门关"，或称"玉关"。由此推断，玉门关在汉武帝"列四郡、据两关"前就已经存在，而阳关因位于其南而得名。另外，嘉峪关西北陇海线上有玉门市，是中国石油工业的摇篮，和敦煌境内的玉门关不搭界。

　　传说以前的商队为避炎热，经常在夜间赶路，但老马也会迷途，于是经一

玉门关

只饿晕的大雁指点，商人在关楼上镶嵌一块"夜光墨绿玉"，是为最早的"沙漠路标"。也有传说商队来到关前，骆驼总是莫名其妙地病倒，有能掐会算者指点，此系"大漠邪气"所致，商人们便竞相在城楼上镶嵌墨绿玉辟邪，以求驼队平安。总之，玉门关的得名，和富足的玉石商人脱不开干系。

在文人眼里，如果说阳关是"送出去"，玉门关则为"走进来"。投笔从戎，经营西域31年的班超年老思土，上书乞归曰："臣不敢望到酒泉郡，但愿生入玉门关。谨遣子勇随安息献物入塞，及臣生在，令勇目见中土。"想来班勇长那么大，还没亲眼见到过故乡，实在是人生的憾事。唐人胡曾为此题道："半夜帐中停烛坐，唯思生入玉门关。"戴叔伦却不以为然，他说："愿得此身长报国，何须生入玉门关。"显然是书生意气，说起来容易，根本不晓得半辈子枕戈待旦，活在刀光剑影里的滋味。

如今的玉门关遗址仅剩一座黄土筑成的方墩墩，也叫"小方盘城"，耸立

玉门关

在戈壁滩里的砂石岗上。其北20公里为疏勒古河道，南岸有汉长城。沿长城往西是火烧湖，东行不远则见大方盘城。从外部环境看，玉门关的境况似乎要比阳关好，周围能看到稀疏的沙漠植物，让人不免为这些绿色的生灵担忧。车载温度计显示，外面已经达到46℃，空气里流淌着滚滚热浪。不过，因为有风而干燥，相对南方的"桑拿天"，还是要舒适一些。

走近小方盘城，见保存完好的土城四四方方，面积达633平方米，西、北面设门，像随意挖开的洞。我先绕小方盘城转一圈，以期发现点什么，但没有结果。1907年，斯坦因在小方盘城北边的废墟中挖掘到许多汉简。从汉简内

| 西 出 阳 关 |

容判定，这里就是玉门关所在地。但如果将小方盘城当作汉帝国最西面的"海关"，显然太过小器。所以小方盘城遗址只是"临时工"，或者最多是座哨所，使游人有个"看头"。而真正玉门关遗址的位置，尚不能确定。

从西门进入，院子里空荡荡的，没有任何设施，只有剥蚀严重的土墙。抬头见四方的蓝天，如洗过一般干净。出北门，居然是一片绿洲，中央甚至有一洼一洼的水池，周围芦苇茂盛，实在令人称奇。这就是"洋水海子"，积水成湖，终古不竭。旁边有今人的石刻"丝路古道"，出玉门关向北可达哈密，再向西即为吐鲁番。

大汉帝国虽然开通西域，控制了连接亚欧的商贸通道，但这条路向来都不平静。从王莽篡权开始，西域诸国反叛复反叛，归附又归附，如是者有三，史称丝绸之路"三绝三通"。

王莽执政时，贬低西域诸国地位，导致"西域怨叛，与中国遂绝"；明帝永平十六年（73），汉军于哈密、巴里坤大破匈奴，同时派班超出使西域，收服南道诸国，交通恢复。明帝驾崩，值中原大旱，北匈奴反扑，东汉无暇顾及，令班超撤退，道路复又中断；在西域诸国挽留下，班超留任，经十多年努力，重新控制西域。殇帝延平元年（106），西域诸国反叛，北匈奴乘机南下，一度致使陇山以西地区失去控制；十余年后，西域长史班勇出柳中城，大破北匈奴，先后平定和招抚车师、焉耆、龟兹、于阗、莎车、疏勒等十七国，中西交通第三次实现畅通。

长风几万里，吹度玉门关。这些历史纷争，多以敦煌玉门关为界。关外诸国都在紧盯着中原政局和经济的变化，一有风吹草动，北匈奴趁机起事，搅得西域天翻地覆。所以河西走廊就像一个跷跷板，只有中原王朝强大，另一头的西域才会安定，从古到今概莫能外。

西汉与匈奴经过"漠南""河西""漠北"三次对决，匈奴人败北，元气大伤，虽然再也组织不起来成规模的侵袭，但对边境地带的小股骚扰，从来就没有停止过。正是这些流寇式的劫掠，害得边民苦不堪言，也最让中原政府头疼。所以从先秦开始，就修筑长城，以阻挡来去如风的游牧部落，而玉门关只是镶嵌在汉长城中间的一座关隘。

出玉门关向西北约15公里，即是汉长城遗址。实际上，大部分墙体已经被风沙湮没。从西向东仔细搜寻，残存的烽燧和墙基，时断时续，勉强可以连贯起来。墙体建筑与阳关烽燧类似，以黄土夯成，间以芦苇夹砂层，重复挤压，构成平行的流线。如果不是旁边有"汉长城遗址"的石碑，就这样突如其来的碰到，我会将它们当成被风吹起来的雅丹地貌。

可以看出，至少在汉朝时，玉门关一带不缺水源，疏勒河离长城不过20公里。如今这片地方却荒芜得令人伤心，要不是黑色的砾石压住满视野的流沙，汉长城恐怕也会变成诗词里的意象。原来能流到罗布泊的疏勒河，如今连瓜州都出不了。

几缕白云从天上飘过，慢悠悠的，懒散得让人嫉妒。无论如何，七月的沙漠实在不是惬意的抒情诗。"玉门山嶂几千重，山北山南总是烽"，很难想象，身着铁衣的戍边将士如何在烽火台上熬过酷暑，又如何度过漫长的严冬。而且还要提防敌人的偷袭。冷兵器时代的杀戮和抢劫，连借口都懒得找，兵锋所指即为真理。

"由来征战地，不见有人还。"也许这些流沙的下面，就埋着汉家将士，埋着中原春闺的梦里人。

| 西 出 阳 关 |

日落魔鬼城

从最东南的文县边缘到西北与蒙古国接壤处，甘肃跨越两千公里。如此广袤的土地上，几乎囊括除海洋外的所有地形地貌。高山雪峰、河流湖泊、冰川湿地、草场沙漠、丹霞雅丹，再加上众多历史遗迹，不论户外探险徒步摄影，还是吟诗作赋感怀过往，甘肃都能最大限度地给予满足。然而，这地方如今却以穷名世，教人情何以堪？

与现在相比，至少宋以前的丝绸之路繁华而富庶。尤其敦煌，更是"华戎交会"的大都市，孕育出像莫高窟这样的旷世宝藏。玉门关当然也是商旅匆匆、驼铃声声。不像今天，要不是因为景区强制捆绑销售而带来的零星游客，小方盘城恐怕鲜有人来。

除"四郡两关"，甘肃还有一处大自然的神来之笔——魔鬼城。出玉门关，沿汉长城偏北向西，跨过早已干涸的疏勒古河道。约70公里后，即达罗布泊边缘的敦煌雅丹国家地质公园。

何谓"雅丹"？维吾尔语"险峻的土丘"。这里要提到另一位研究过丝绸之路的外国探险家，即瑞典人斯文·赫定（Sven Hedin）。他在《中亚与西藏》中，将在罗布泊周围发现的大面积土丘地貌据当地维吾尔语音译为"雅尔当"

魔鬼城

（Yardang），后经中国学者转译而成"雅丹"，是一个"出口转内销"的地理名词，指分布于极端干旱或者部分干旱地区的一种奇特的以风蚀作用为主的地貌。

中国的雅丹地貌约有两万多平方公里，主要分布于青海柴达木盆地西北部、新疆准噶尔盆地周边、疏勒河中下游和新疆罗布泊周围。罗布泊雅丹地貌又分布在四个地区，孔雀河下游楼兰古城一带、龙城雅丹地貌、阿奇克谷地雅丹地貌和三垄沙雅丹地貌，其中三垄沙雅丹地貌就在敦煌雅丹国家地质公园范围内。

景区售票处有些小展览，以图片资料和声光电来介绍雅丹地貌的形成和分布。我发现介绍栏内对这片地方的叫法不一致，"敦煌联合国教科文组织世界地质公园""敦煌世界地质公园雅丹景区""中国敦煌地质公园雅丹景区""敦煌雅丹国家地质公园""雅丹地貌地质公园"，同一个机构对同一个地方，居然能列出五六个名称，可见管理的无知和混乱。民众的简称和俗称也还罢了，官方网站和宣传资料都没有统一的名称。按理，敦煌旅游业起步较早，不应该再犯这种低级错误。

换乘景区车辆深入沙漠，窗外瀚海绵延，微波起伏，地表焦渴得似乎要尖叫起来。这里是干旱气候区，昼夜温差大，几乎没有植被。雅丹地貌是约十万年以来，以风、水为主要营力侵蚀第四纪沉积物的结果，其形成有两个重要的因素，一是地质基础，必须有湖泊沉积层；二是外力侵蚀，即沙漠中定向风吹蚀和流水侵蚀。换句话说，以前的海洋变成干旱的沙漠区，再经风与水的打磨，才有可能长成"雅丹"，也就是我们通常所说的"海枯石烂"。

资料显示，这里年平均降雨量只有39毫米，而蒸发量却高达2400毫米。蒸发量是降雨量的60多倍，显然是生命的禁区。难得我赶上敦煌最热的几天，下午七点多光景，阳光还是那么强烈，气温接近50℃，地表温度约70℃。不要说鸡蛋，人站在沙海里，都昏昏沉沉，感觉已经被烤得半熟，只差撒上椒盐了。更要命的是，气温还在逐年攀升。一位先生央我给他拍照，刚拍一张，手机就因太热而自动关闭。

沙漠也需要保护，同车的导游小哥提醒，只能在指定区域驻足或走动，不要深入踩踏地表的黑色砾石。正因为这层砾石的存在，下面的流沙才相对稳定，不会"朝三暮四"地变化。可看的雅丹地貌都在公路两边，如禽如兽，如城如塔，还有造型酷似一只孔雀者。这一片比较奇特，平地上长出来许多城堡和佛塔，围着中间的一只孔雀，连顶上的花翎都惟妙惟肖，美其名曰"孔雀开屏"。近前细看，能看到明显的沉积层，重重叠叠，密密匝匝，极是严实，让人怀疑是外星人作品？

突然间狂风四起，飞沙走石，天昏地暗。顿觉鬼哭狼嚎，叫声凄厉，仿佛魑魅魍魉重生，妖魔鬼怪降临。怪不得民间称其为"魔鬼城"，果然名不虚传。我将相机紧紧抱在怀里，往回疾走。但这妖风，来得快去得也快，只一霎间，又是朗朗乾坤。反反复复，真如白日撞鬼，黄昏遇魔。

再前行有"西海舰队"，倒是填补了中国海军的空白。远远看去，就像万舰竞发，列队而来。时而风起，飞沙走石，阵势更显雄伟壮观。有意思的是，"舰艇"排列很整齐，都顺着一个方向，明显可以看出风向对雅丹地貌的作用。这里每年二月到五月是风季，常年刮东西风。从此再往西，就是《西游记》中的流沙河，即流沙成河，在罗布泊东缘。

我游览过新疆准噶尔盆地边缘的雅丹地貌群，也就是吉木萨尔五彩湾和乌尔禾魔鬼城。五彩湾颜色绮丽，如五彩云霞，与两座魔鬼城大相径庭，我看倒和张掖的七彩丹霞有些类似。

雅丹地貌哪家强？其实早有定论，乌尔禾魔鬼城被《中国国家地理》"选美中国"活动评选为"中国最美的三大雅丹"第一名，另外两处是罗布泊白龙堆和三垄沙雅丹。当然，"雅丹"本就来源于罗布泊，它独占两处最美，也算是名副其实。参观过第一和第三的雅丹，若有机会，当再去拜访雅丹世界里的二当家——白龙堆。

所谓"落日熔金，暮云合璧"，太阳终于变成蛋黄色。魔鬼于黄昏时分降临，沙尘弥漫，日头显得有些浑浊。尽管许多游人在摆造型照相，实际上拍不出来好效果。将近九点，夕阳西下，但热浪却丝毫没有消退的意思。或许半夜时分，沙漠的温度才会降下来罢。

中国古代很少从丝绸之路获利

西出阳关、玉门关，就进入丝绸之路西域段。

提起丝绸之路，我们的第一印象恐怕是"国际贸易通道"。用现在的话说，就是人类历史上最早的"全球化通道"。这条路在不同的历史阶段有不同的价值，但都脱不开政治、文化和经济。事实上，丝绸贸易没有为中国人带来巨额利润。民间贸易没有数据可查，或者说微乎其微；官方层面，丝绸更多时候充当外交和文化的"见面礼"。

西汉张骞、东汉班超、大唐玄奘，是丝绸之路上最有名的三个人。两位外交官，一位和尚，正好代表政治与文化。从张骞开始，"凿空西域"最初的目的在于夹击匈奴以实现和平，而后才成为外交和商贸通道。实际上，丝绸贸易此前就有，西域安定，只不过使交往变得更为通达顺畅。

"月氏遁逃而常怨仇匈奴，无与共击之。汉方欲事灭胡，闻此言，因欲通使。"张骞第一次出使西域，主要目的是联合大月氏以夹击匈奴。军事目的没达成，但他带回西域诸国的第一手资料。汉武帝元狩四年（前119），张骞第二次出使西域，"牛羊以万数，赍［jī］金币帛直数千巨万"。汉使一直到达安息、地中海，撒出大把银子。虽然对方也有所回馈，但基本属于官方层面的"外交"

和"维稳"手段。用现代学者的话说，就是"消弭军事威胁，谋求和平"，算不上做生意。

"骞还到，拜为大行，列于九卿。岁余，卒。"张骞墓位于陕西城固县博望镇，现为"丝绸之路：长安—天山廊道的路网"中的一处世界文化遗产。

值得一提的是，汉匈交战数百年，双方势同水火。但从张骞的经历来看，匈奴也有人道的一面，不像史书和文人笔下那样简单粗暴。匈奴"留骞十余岁，与妻，有子"。匈奴有汉家谋士，汉朝用匈奴重臣，官方尚且如此，民间的交流应该只会更为密切。

张骞后，"而汉发使十余辈至宛西诸外国，求奇物，因风览以伐宛之威德"。汉使最远抵达犁轩（今埃及亚历山大港）。中土的丝绸、茶叶、陶瓷，源源不断运往中西亚，而西域诸国的玉器、胡麻、苜蓿、葡萄及大批珍禽异兽，则让中原人大开眼界。

"散财帛以赏赐，厚具以饶给之，以览示汉富厚焉……行赏赐，酒池肉林，令外国客遍观各仓库府藏之积，见汉之广大，倾骇之。"这种炫富似的交往，目的在于使其依附、纳贡，也就是所谓的"朝贡贸易"。因为讲究"薄来厚往"，从经济方面来说，显然包赔不赚。后来的汉使甚至侵吞布帛财物，而外国使者"尚骄恣晏然，未可诎〔qū〕以礼羁縻〔mí〕而使也"。这些外使混吃混喝混赏赐也就罢了，还将汉朝当成放纵的乐园。

丝绸、茶叶、磁器虽然本小利大，但汉朝官方都当外交赠礼，最多换回一些西域的奇珍异宝。民间交易通常要经过中西亚一层又一层的二道贩子，才能到消费者手中。甘英出使罗马，在波斯湾被安息人骗回，因为安息人怕失去巨额中间利润。所谓"丝绸贸易给汉朝带来打击匈奴的资金"，无凭无据。

西汉末年，朝纲大乱，北匈奴乘机控制西域，丝绸之路中断。汉明帝时，班超"投笔从戎"，经营西域三十六年，重新打通丝绸之路。这一时期，丝绸之路经历了"三绝三通"。

接下来的三国两晋南北朝，中国四分五裂，但商业贸易和文化交流一直在继续。《魏书》记载，十个波斯使团曾先后抵大同、洛阳；隋炀帝亲临张掖，见西域二十七国使臣，举行"万国博览会"。印度的竺法兰、摄摩腾来了；中国的朱士行、法显去了。唐朝时，玄奘法师经丝绸之路西行印度求法，使佛教东传达到巅峰。

随着阿拉伯帝国的崛起，伊斯兰圣战士成为丝绸之路西端的主人。怛罗斯一战，唐军败退，失去把控中亚腹地的机会。安史之乱后，唐王朝开始走下坡路，再也没有能力经营西域。同时随着航海技术的发展，"海上陶瓷之路""海上香料之路"开辟，"陆上丝绸之路"逐渐衰落。

因军事目的而打通的丝绸之路，其意义在于满足人类的探索欲。正如美国学者薛爱华（Edward Hetzel Schafe）所言，人类从来不甘寂寞，丝绸之路正是缘起于文明之间的相互吸引。通俗地说，就是出于对未知领域的好奇，和我们现在探索月球一样。而由此带来的商业利润几乎可以忽略不计，对国家整体经济没什么明显的帮助，最多为皇室贵族带来一些异域的稀奇玩意儿，丰富一下他们的物质生活。重点在于认识、交往，互通有无，所得利润对一个商团来说可能丰厚，但对我们"天朝上国"而言微不足道。

中国是农耕民族，自古重农抑商。所谓"士农工商"，商贾位列末等。文学作品中商人的形象，不是"奸商"，就是"市侩"，专干投机倒把的营生。"巢许蔑四海，商贾争一钱"，腰包鼓起来的商贾不捐个小官，地位还不如手艺人。事实上，也没有谁在丝绸之路上因做生意而名留青史，在德国人将其命名为"丝绸之路"前，中国在汉朝以后就从没有给予相应的重视，包括"海上丝绸之路"，直到今天重启"一带一路"。

"尽管丝绸之路在历史上起了很大作用，但中国人从未主动利用这条路，也很少从丝绸之路获利。通过丝绸之路获利的都是粟特、回鹘、波斯、阿拉伯商人。"葛剑雄在题为"丝绸之路与一带一路"的讲座上这样说。来自外界的强烈需求才是维持丝绸之路的动力，才驱使一批又一批商人，不惜以生命为代价，维持着丝绸之路。

至于封建王朝对贸易的态度，且看1793年乾隆皇帝致英王乔治二世（George II）的一封信："天朝物产丰富，无所不有，原不假外夷货物以通有无。特因天朝所产茶叶、瓷器、丝巾为西洋各国及尔国必须之物，是以加恩体恤，在澳门开设洋行，俾得日用有资，并沾余润。"如果前朝通商赚得满盆满钵，乾隆何乐而不为？

西方工业革命时期，西洋货轮开到家门口尚且如此，以前的商业环境可想而知。后来乾隆搞了个"一口通商"，广州十三行始出现富可敌国的商业巨贾。鸦片战争后，西方列强用枪炮轰开清王朝的大门，强制实行自由贸易，想闭关锁国都不能了。

如今我们提出的共建"一带一路"倡议，当然不是穿上新鞋走老路，而是借用古丝绸之路的历史符号，融入新的时代内涵。它是开放包容的合作平台，也是各方共同打造的全球公共产品。